# 波の塔

長篇ミステリー傑作選

上

松本清張

文藝春秋

# 目次

小さな旅　9
深大寺付近　44
暗い窓　79
暗い匂い　113
夜の遊歩　136
風　184
雨中行　225
見た紳士　269

佐渡へ 313
ビルの事務所 354

# 波の塔　下　目次

影
上野駅の青年
情報
黒い山
ニューグランド・ホテル
逮捕
局長の家
落下
断絶の時間
樹海の中

解題　藤井康栄
解説　西木正明

# 波の塔　上

松本清張　長篇ミステリー傑作選

本作品の中には、今日からすると差別的ととられかねない表現があります。しかしそれは作品に描かれた時代が抱えた社会的・文化的慣習の差別性によるものであり、時代を描く表現としてある程度許容されるべきものと考えます。本作品はすでに文学作品として古典的な価値を持つものでもあり、表現は底本のままといたしました。読者の皆さまが、注意深くお読み下さるよう、お願いする次第です。

文春文庫編集部

# 小さな旅

## 1

最初の日は名古屋《なごや》に泊まった。次の晩には、木曾《きそ》の福島《ふくしま》に泊まった。最後が上諏訪《かみすわ》であった。諏訪では、窓からヒマラヤ杉越しに湖面の見えるホテルに泊まった。

中央沿線を一度ゆっくりとひとりで歩いてみたいというのが、田沢輪香子《たざわわかこ》の希望だった。女子大を卒業して、すぐにもと思ったが、父も母も容易に賛成せず、また、卒業生同士の会合がつづいたりして実現しなかった。

「ひとりで？」

父は、はじめ聞いたとき渋い顔をした。

「若い娘が、ひとりで行くのは困るな」

父は、ある官庁の局長をしていた。夜がおそいので、朝早く相談するほかはなかったが、それも役所からの車が迎えにきて、待たせているような忙しい時間のときが多かった。

「お母さまはどう言ってる？」

父は、母からとうに話を聞いているのに、そう言うのが癖《くせ》だった。毎晩、外でおそくなるので、一応は家の中で母をたてていた。

「お父さまさえ、よろしかったらって」

輪香子が答えると、

「そうか。考えとく」

と、言っていた。その、考えておく期間がずいぶんと長かった。

四月が終わり、五月にはいって、ようやく許可が出た。

「輪香子は木曾路《きそじ》にあこがれているのかね？」

父はきいた。

「ずっと、もう先《せん》から行ってみたかったんです。ひとりで、自由に歩くのだったら、あの沿線だと決めたんですの」

「あんまり自由に歩かれちゃ困るな。条件があるよ」

「なんですの？」

輪香子は父が許しそうだったから、なんでも諾《き》くつもりだった。

「三泊四日だ。これ以上はいけないよ」

「はい」

すこし短かったが、仕方がなかった。

「泊まる宿は、私が指定した旅館だ。いいね？」

父は太っていた。局長になってから白髪《しらが》がまじったが、輪香子が眺めても貫禄が出たと思うのである。頰《ほお》がたるんでいるので、厚い唇が窄《すぼ》んで見えた。

「まるで、役所の人に出張を命じるみたい」

輪香子は、行きあたりばったりに宿をとるつもりだった。昔の旅人のように、日が暮れると行きずりの宿屋にはいってゆく。部屋は狭く、太い梁《はり》を這《は》わせた天井は黒く煤《すす》けて、畳は赤茶けている。宿の夫婦が炉端《ろばた》にすわって、輪香子を招じてくれ、自在鉤《かぎ》から大きな鉄瓶《てつびん》をはずして、渋い茶をついでくれる。話をしていると、裏の戸を風が叩《たた》いて過ぎる――そんな空想をこっそりしていたのである。

「いけませんよ。ひとりで勝手な宿に泊まっては」

母が輪香子の不服を聞いて口を入れた。

「お父さまのおっしゃるとおりにしてください。でなかったら、出しませんよ」

こういう場合になると、父よりも母に威厳があった。父は指定の宿をメモに書いた。

それが、名古屋と、木曾福島と、上諏訪であった。東京から名古屋に直行して、逆に中央線を回って帰京する輪香子の予定だけが、故障をはさまれなかった。

輪香子に父の魂胆が分かったのは、名古屋に着いてからであった。

特二の停車位置ホームに中年の二人づれの男が立っていて、降りる客に目を配っていたが、輪香子を見ると、丁寧な態度で近づいてきた。

「失礼ですが、R省の田沢局長のお嬢さまでしょうか？」

男たちは口もとにやさしい微笑をたたえていた。

「はい。田沢ですが」

輪香子が、少々どぎまぎして答えると、男の一人が彼女の提げているスーツケースを両手で抱えあげるようにして取った。

彼らは何か名前を言ったが、輪香子は覚えていなかった。長い駅の構内を一人が先導するようにまっすぐに通りぬけると、表には車が待っていて、身ぎれいな運転手がドアをあけて彼女におじぎをした。

ホテルは一流だったし、彼女がはいらせられた部屋は立派であった。ここまでついてきた男二人は名刺をくれたが、肩書を見て県庁の人だと分かった。一人の男は頭が薄くなっていた。

「田沢局長さんには、日ごろからお世話になっております」

彼らは、輪香子が、局長夫人でもあるように礼を言った。

「このホテルの者に、よく申しつけてありますから、どうぞ、ご安心のうえ、ゆっくりおやすみください。それから、明日は木曾福島においでのご予定だそうですが、何時にお発《た》ちでございましょうか?」

高い窓からは、名古屋の灯《ひ》が低い海のようにひろがってみえた。輪香子に、自由な旅のよろこびはなかった。そう思って、胸をはずませていたのは、ここへ着くまでの東海道線の途中だけであった。

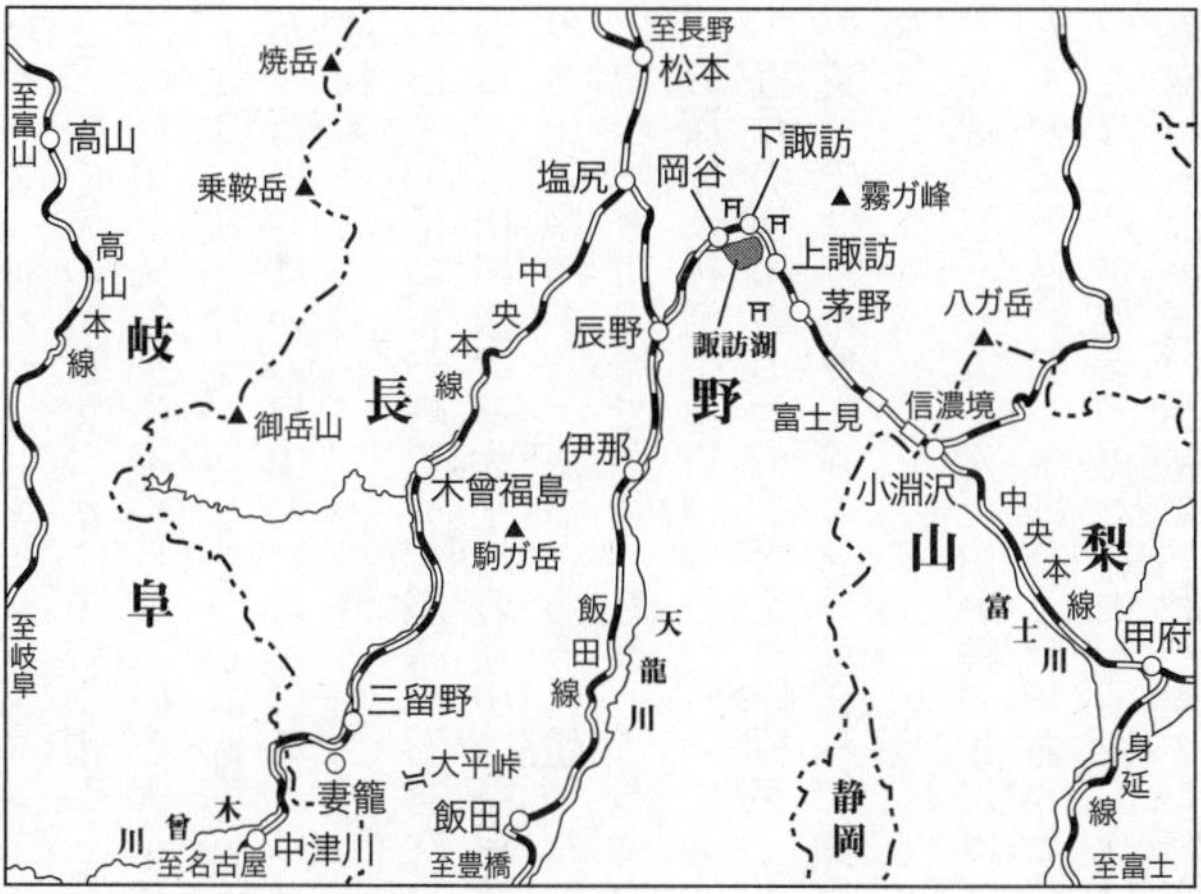


ボーイが赤いリボンの垂れた大きな果物籠《かご》を抱えてきた。名刺には、輪香子の知らない会社の名前がついていた。

木曾福島の宿でもそうだった。

木曾川が低いところに流れてみえる駅のホームにも、やさしい微笑をたたえた中年の紳士が、これは三人づれで立っていた。

「田沢局長さんからご連絡をいただいて、お宿はとってございます」

車は、輪香子を中央にゆっくりとすわらせて、川に沿っている道路へおりていった。いまの列車で降りたばかりの人の群れが歩いていたが、道をよけて顔を上げ、車を見ていた。ああ、あの中の一人になりたい、と輪香子は心の中で叫んでいた。

R省の局長でも、父は羽振りのいいほうの局長だ、と輪香子は人からも聞いていた。父は地方まで伸びているその勢威を、まさか輪香子に見せるつもりはなかったのであろう。娘の旅の宿を気づかっての愛情からに違いないが、これでは輪香子はまるで要所要所の自由を父の手に押えられているようなものであった。

ここに来るまで、三留野《みどの》という駅で降り、駅前の古びたタクシーで馬籠《まごめ》へ行ったのが、精いっぱいの自由といえた。ここは「通知」していないから、さすがに父の手から洩《も》れていた。

旧中仙道《なかせんどう》の杉の峠道や、屋根に石をならべた馬籠の宿場、藤村《とうそん》の旧宅、それから妻籠《つまご》から、飯田《いいだ》に抜ける大平峠《おおだいらとうげ》の途中の茶屋での展望は、ともかく輪香子に、「木曾路はすべて山の中である。あるところは岨《そば》づたいに行く崖《がけ》であり、あるところは数十間の深さに臨《のぞ》む木曾川の岸であり、あるところは山の尾をめぐる谷の入口である。一筋の街道はこの深い森林地帯を貫いていた」のイメージを満足させた。

五月の初めのことで、冴《さ》えた新緑が、黒っぽい杉の森林の間からもえていた。大平峠の茶屋では、木曾渓谷のひろがりと初夏の陽《ひ》をうけて光ってうねっている木曾川を望んだ。

光線を眩《まぶ》しくふくんだ白い雲の下には、淡いコバルト色にかすんだ御岳《おんたけ》の稜線《りようせん》が見えたものである。輪香子はひとりであった。

これだけが彼女が得た自由だった。夜は違うのだ。新築して、きれいな、東京と少しも変わらない宿の部屋で、例のやさしい微笑が真向かいに膝《ひざ》を折ってすわっていた。

「今夜は、私たちのうちの誰かが、階下の部屋におらせていただきます。どうぞ、ご安心しておやすみください」

輪香子は驚いて目をあげた。

「あら、そんなの困りますわ」

「いえ」

と、先方はまじめな顔だった。

「局長さんからご依頼をうけておりますので。万一、お嬢さまに何かの不都合がかかりましたら、われわれが申しわけございません」

まさか、父がそこまで注文はしないであろう。輪香子が、いくら頼んでも頑固に諾《き》かないのである。

夜、灯《ひ》を消すと、枕もとに木曾川の水の音が大雨でも降っているように伝わってくる。輪香子は、すぐ階下に、知らない人が自分を意識して横になっているかと思うと、気味が悪くて眠れなかった。

どこかに宴会があるらしく、木曾節《きそぶし》を弾《ひ》く三味線の音がいつまでも聞こえた。太い梁の這っている黒い天井と、赤茶けた畳と、炉端の火はどこにもなかった。――

この上諏訪に着いてもそうなのだ。やはり、穏やかな微笑を口辺に浮かべた出迎え人があった。まだ、昼間だったが、すぐに湖畔の旅宿に連行されてしまった。

きれいな芝生の上に、高く伸びたヒマラヤ杉の植わっている洋式のホテルだった。戦前は宮さまがかならずお泊まりになったという由緒《ゆいしょ》を聞かされたが、すこしばかり古めかしいのを除くと、高雅な建築様式であった。

ホテルの窓からの眺望だけはよかった。湖水が蒼《あお》くひろがり、光を中央にためていた。黒い小さな舟が動いている。対岸に屋根がこまやかな点描《てんびょう》で集まって見え、その後ろにゆるやかな山が横に流れていた。

「真向かいが岡谷《おかや》の町でございます。あのあたりが天龍川《てんりゅうがわ》の取入れ口で、こちらが諏訪神社の上社《かみしゃ》、反対側のあちらの森が下社《しもしゃ》でございます。冬になりますと、湖水が凍って、有名な御神渡《おみわた》りの現象が起こります。ええと、なんでございましたら、車でその辺をご案内いたしましょうか？」

輪香子は、もうたくさんだったから、その微笑にくるんだ親切な申しいでを断わった。

ひとりになって、こっそりホテルの女中にきくと、通りいっぺんの名所を教えたが、何か変わったところを、と言うと、女中は小首をかしげていた。

「上諏訪に行く途中に、昔の家がございますが、変わっているといいましても、そんなところでございます」

女中は、あまり自信がなさそうに答えた。

「昔の家、ですの？」

「はい。なんですか乞食《こじき》の掘立小屋みたいなものでございます。学生さんなんかが、もの好きにいらっしゃいます」

「ああ、考古学の遺跡なのね」

輪香子は了解した。

「そりゃ、きっと竪穴《たてあな》の跡だわ。小屋が建ってるなら、復原したのね？」

「はあ、なんですか、そんなようなことでございます」

輪香子はそれを見にゆく気になった。

「近いかしら、ここから？」

「はい。お車で十分ばかりでございますが」

「じゃ、車、お願いしますわ」

部屋の卓の上には、やはり届けものの果物籠がのっていた。赤いリボンに名刺が結んである。輪香子の知らない会社の出張所か営業所長の名前であった。これも名古屋のときと同じように、宿の女中さんに食べてもらうつもりだった。

「お車がまいりました」

女中が知らせてきたので、輪香子はレース手袋をはめ、ハンドバッグを抱えながら、

「これ、皆さんであがってくださいね」

と大きな果物籠を指さした。

「は？」

「いいのよ。わたし、ほしくないから」

車は往還を北にすすんだ。「茅野《ちの》行」とか「塩尻《しおじり》行」とかの標識を掲《かか》げたバスが通っている。輪香子は、知らない土地で、未知の地名を見るのが好きである。道には白い埃《ほこり》が立っていた。

「お嬢さんは東京から初めていらしたのですか?」

運転手が背中できいた。

「そうよ」

輪香子は、次第に家が少なくなる両側を見ながら答えた。

「やっぱり、考古学を、ご勉強なんですか?」

「ううん。そうじゃないけれど。ただのもの好きよ」

運転手は牛のひいている荷車を苦心して追いぬいた。それから右にカーブを切ると、小さな道を急勾配《こうばい》で登った。

すぐに、部落があって、車はそこでとまった。

「ここでお待ちしております。その畔道《あぜみち》を上がりますと、すぐに小屋が右手に見えますから」

「そう。ありがとう」

運転手はドアをあけ、帽子をつきだして方向を教えた。

そこは小高い丘になっていて、左右が傾斜のある畑だった。低い木が林のように集まっていたが、それには、いっぱい白い小さな花がついていた。梨《なし》の花かと思った。

輪香子が近づいてみると、梨の花とそっくりだが、花弁は薄赤色をおびていた。葉も細長いかたちだった。

が、新緑の滴《したた》るようなエメラルド色の茂りに梅か白桃かとも見紛《みまご》う小さな白い花の満開は美しかった。畑の麦も腰ぐらいに高いのである。

復原された竪穴の遺跡は、その青い麦畑の中にぽつんと建っていた。原始的な合掌造りで、萱《かや》で葺《ふ》いてある。輪香子は畔道を伝って近づいた。

ここまできて、はじめて気づいたのだが、諏訪湖が意外な低さでひろがっていた。上諏訪の町も、下諏訪の町も、岡谷の町も、一つの展望の中にはいっていた。陽が少し傾きかけて、湖面は目が痛いくらいに強く光っていた。

湖上には白い遊覧船が動いている。風に乗って、案内のアナウンスと音楽が聞こえた。

輪香子は、合掌造りの掘立小屋を眺め、そこに立っている説明の立札を読んだ。遠くに農夫が腰をかがめて麦畑にいるだけで、誰も近くにはいなかった。

その太古の小屋の傍にも小さな白い花をこぼれるようにつけた低い木があった。

輪香子は、小屋の入口があいているので、内部を覗《のぞ》きたくなった。暗くて、すこし気味が悪かったが、思いきって内部に足を入れた。一段と地面が低くなっているのは、竪穴の構造なのである。

明るい外から急にはいったので、目には暗いだけであったが、空気が不意に冷たいのはよく分かった。

内部にも何か掲げてあるらしいので、それを見たいと思い、目の慣れるのを待っていると、急に暗い隅から何かが動いたので、輪香子は肝《きも》を消した。

動物でも寝ていたのか、と思わず叫び声をあげるところだったが、

「失敬」

と、起きあがった先方で声をかけてくれた。乞食か浮浪者がいたのかと、とっさに今度は蒼くなって逃げかけようとしたが、やっと慣れた目には、ふくれたズックの鞄《かばん》を枕にしていたらしい青年の黒い輪郭がうつった。

「失敬」

と、相手はもう一度言った。

「きみ、ここの管理人ですか？」

2

起きあがった男の姿は、恐縮していた。あわてて白いズックの鞄を肩にかけようとした様子がみえた。

輪香子は安堵《あんど》し、それから気の毒になった。

「管理人じゃありませんわ」

彼女は打ちけした。

「ただの見物人なんです」

　輪香子が見まもっているなかで、男は自分の動作を急にゆるめた。掘立小屋の入口から射《さ》しこんでいる光線が反射して、彼の片頬をほのかに浮かばせた。声のとおりに、若い男なのである。

「安心しました」

　と、青年は言った。

「以前に、管理人からひどく叱《しか》られた経験がありますのでね」

「あら、この内に立ち入ってはいけませんの？」

　輪香子は周囲を見回した。

「いや、ぼくのは寝てたんです」

　青年はすこし笑った。

「ここじゃありません。この少し南に茅野町《ちのまち》というのがあって、そこに尖石《とがりいし》の竪穴というのがあります。有名な場所ですがね。二週間前、その竪穴の内にもぐりこんで寝てたのを見つけられたのです」

「そういうご趣味を……ああ、考古学をおやりになってらっしゃるんですね？」

　青年の話し方が明るかったし、輪香子も思わずそんな質問の仕方をした。

「別に、それを勉強しているわけじゃありません。学問とか趣味とかを離れて、好きでこんなところを歩いてるんです」

暗さに目が慣れて、相手の恰好も輪香子に分かってきた。登山帽みたいなものをかぶり、ジャンパーと、裾《すそ》をくったズボンをはいている。田舎《いなか》の小学生が持っていそうな、肩にかける鞄を、手にぶらさげていた。

好きで、こういうところに乞食のように寝るというのは、どのような心がけだろう。

輪香子が黙っていると、

「びっくりなさいましたか？　ぼくがここに寝ていたので？」

青年はきいた。

「ええ。逃げだすところでしたわ」

「そりゃ、どうも。たいへん失敬しました」

青年は登山帽をとって、おじぎをした。

「いいえ。もう、なんともないんです」

輪香子は会釈《えしやく》をした。

「お嬢さんは考古学のご勉強でここを見にいらしたんですか？」

「いいえ。わたくしは、ただ、もの好きにここに来ただけ」

「失礼ですが、東京のおかたですか？」

「そうです。諏訪に遊びにきて、ほかに見にゆくところがないものですから、もの好きにここを覗きにきたんですの」

「そりゃ、いいことです。どうです、涼しいでしょう？」

「え、そりゃもう。この中に足を踏み入れたとたんに感じましたわ」

輪香子は実感を言った。

「外の空気とは三度ぐらいちがうんです。これで冬ですと、逆に暖かいのですよ」

青年は地面の中央に掘ってある穴を指でさした。

「ここが、炉の跡です。ここで火を燃しましてね。古代人たちは弓で仕止めた獣や、湖水の魚を焼いて食べながら、家族同士で歓談したんですね」

「そんな古いことに興味をお持ちなんですか？」

「古代人の生活がなんとなく好きなんです。見ただけでは分かりませんよ。ぼくのように一晩寝てみないと」

「一晩？」

輪香子は声をあげた。

「じゃ、昨夜《ゆうべ》から、ここにお泊まりになったんですか？」

「いや、昨夜は違います。今朝早く、東京から、こっちに来たんです」

「ああ、東京のおかた？」

それを輪香子が言う番になった。

「ええ。今日が日曜日で、明日が祭日ですから」

そうだった。連休だったことに輪香子も気づいた。学校を卒業すると、曜日の感覚が鈍《にぶ》くなった。

すると、この青年は学生だろうか。いやいや、学生という感じではない。どこかにもっと大人《おとな》らしい落ちつきがあった。たぶん、勤め人であろう。それも、入社してまもないというような。

「お休みのたびに、東京からわざわざ、こんな場所にお寝《やす》みにいらっしゃるんですか？」

輪香子がすこし呆《あき》れた口吻《くちぶり》で言うと、

「いや、かならずしも寝るとはかぎりませんが」

青年の声に、小さな笑いがまじった。

「外に出ましょう、とにかく」

と、彼のほうから言った。

外に出ると、眩しい光が殺到してきた。蒼い空と新緑が強い色で目に迫ったことである。体にぬくみを感じたのは、温度がちがう竪穴の中から出てきたせいだと輪香子は知った。

外光のなかの新しい印象は、外の景色だけではなかった。青年が、やはり学生でなく、二十七八ぐらいの年齢だと想像できたし、帽子の庇《ひさし》のかげになっているが、眉が濃くて目が大きく、陽の当たった部分の皮膚も、けっして白いものではなかった。

青年は、無遠慮でない程度の視線で、輪香子を眺めた。彼女の経験の中にあるあわてて逃げる視線でなく、ゆったりと見るものは見届けておくといった、まなざしであった。

その目を、自然な感じではずし、青年は復原した竪穴住居の外観に体の向きを変えた。

「さっきのつづきですが」

と彼は、肩に吊るした無骨なズック鞄の紐《ひも》に片手をかけて言った。

「この竪穴の中に寝ていますとね、妙な錯覚が起こるんですよ。つまり、ぼくが家族の一員でね、みんな狩猟に出はらって、ぼくが留守番をしているような気になるんです」

輪香子は笑いだしたが、その話以外に、一つのことを知った。この話は、掘立小屋の中でもできたはずである。それを誘って外に出たのは、円形の暗い住居の中に、二人きりでいることを青年のほうで避けたことだ。彼からある距離を置いてならんで立っている輪香子には、その心づかいがよく分かった。

「古代人の夢を見てらっしゃるのね」

輪香子は言った。義理にも、詩的とも甘美とも言えない。石の鏃《やじり》を使い、石の包丁で動物の皮を剝《は》いでいる半裸体の毛むくじゃらな原始人の恰好を考えると、夢といったのが、せいぜいの彼女の挨拶であった。

「そうかもしれません」

青年はそのお愛想を、受けとるとも受けとらぬともつかない返事をした。

「彼らの単純な生活が好きになりましてね、休みの日には時々、こんなところに来ては、ぼんやりしてるんです。無論、復原してない竪穴もですが」

「そんなところでもお寝《やす》みになれますの？」

「これは野天ですから、まさか泊まるわけにはゆきません。腰かけて眺めているくらいなものです」

「やっぱり、家族の一員のつもりで？」

輪香子の軽い冗談《じょうだん》をうけて青年は声を立てて笑った。

「いつも、そうはゆきません。やはり三千年の時間をへだてた外来の訪問者ですよ」

「その訪問者は」

輪香子はちょっと躊《ため》いながら言った。

「現代の都会生活が退屈になったから逃げてくるんですか？」

青年はすぐに返答をしなかった。輪香子が軽く後悔したのは、青年が気軽に言葉を返してくると思ったのが、その顔から明るい微笑を一瞬に消したことだった。帽子の庇が陽をよけてつくっている黒い輪の中の目に、不機嫌そうなかげりがさしたようにみえた。

輪香子が思わぬ反応にあわてていると、

「そう言えるかもしれません」

と、青年のほうが彼女の気持を察したように、意外に明るい声で言ってくれた。

「そうかもしれませんね、実際。でも、こんな返事をすると、すこし気障《きざ》になりますね」

「いいえ、そうは思いませんけれど」

輪香子は顔がすこしあかくなった。そんなつもりで言ったのではない。無論、抽象的な、気の利いた質問のつもりだったが、軽薄で生硬な言葉を口に出したものだと自分を叱りたくなった。

「これぐらいの規模で」

と、輪香子は自分の気持を急いで救うように質問をにわかに変えた。

「家族が何人ぐらい住んでいたのでしょう？」

「さあ、五六人ぐらいかな」

青年の語調は、もとにかえっていた。

「もっとも庶民的な住宅ですよ。こういう竪穴は、はじめ海岸近くの洪積《こうせき》台地につくっていたんですが、だんだん奥地にはいって、やはり、こういう高台に営まれたんですな。一つや二つでなく、数個集まっているところをみると、一つの村をつくっていたのかもしれません」

「村？　では、村長さんみたいのが、いたんでしょうか？」

輪香子は、いよいよ気を変えるようにきいた。いったん、傷ついた気持はすぐには直らなかった。

「竪穴址《あと》に特別大きいのがないところをみると、まだそういう権力者はいなかったのでしょうね。みなが平等に共同して生活していたのかもしれません」

青年は言って、話が若い女性向きでないと気づいたか、

「失敬、お嬢さん、ぼくは下の町に降りてゆきたいんですが」

と言い、輪香子に、どうしますか、と帽子の下から目できいていた。

青い麦畑の径《みち》を青年が先になり、輪香子が後ろから従った。自然と、彼女の目は、青年の背中を見ながら歩いていることになった。薄いジャンパーを脱《ぬ》いでシャツになった青年の肩幅は広かった。

その一方の肩から下がったズックの鞄は、何がはいっているのかふくれていた。鞄はよごれて薄黒くなっていたが、その蓋《ふた》には、中学生がするように墨でT・Oと書いてあった。

T・O……輪香子は漫然とその頭文字《イニシャル》の当て字を考えている。

先頭の青年がとまった。径は下り坂だったので、輪香子の脚はうっかり彼との間隔をちぢめた。

「きれいでしょう」

と、彼がさしたのは星屑のように小さく、無数に枝についた白い花だった。輪香子が最初見たとき名前を知らなかった梨に似た花である。

「新緑の今ごろが、カリンの花の盛りなんです。この花を見ると、諏訪に来たな、と思いますよ」

「カリンですって？」

「あ、ご存じない？」

青年の声が背の伸びた麦の上から聞こえた。

「秋に実がなります。唐梨《からなし》とも言いますがね。大きくて、香りもいいけれど、渋いうえに堅いので、ナマでは食べられません。この地方では砂糖漬にして売っています。あんまりうまいものじゃありません」

輪香子が感じたことは、この青年がこの地方に詳しいということだった。それほど、この辺によく来る人であろうか。もしかすると、この地方で生まれた人かもしれないと思ったが、不躾《ぶしつけ》だし、それはきけなかった。さっきのことが心にまだ残っている。

もしきけたら、もう一つあった。この青年はどのような会社に勤めているのであろう。名前を頭文字で満足したように、彼の職業もその程度の暗示がほしくないでもなかった。休日には、ふらふらと古代人の住居を訪ねてゆくような男を雇っている会社の名を、できれば知りたいものである。

湖面が沈んで、それが集落の家と家との隙間に水平となって光っている道路までおりると、青年は、輪香子の方をむいて、登山帽の波打った庇に指をかけた。

「ああ、お嬢さん、まっすぐに旅館にお帰りになるんですね？」

彼は、輪香子の待たせてある車を見て言った。

「ご機嫌よう。失礼しました」

「あら」

輪香子は思わず言った。

「上諏訪へいらっしゃるんでしたら、途中までお乗りになりません？」

「ありがとう」

青年は軽く頭をさげた。

「でも、ぼく、方角が反対なんです。これから下諏訪に寄るものですから」

「残念ですわ。もう少しお話をうかがいたかったのに」

輪香子は、おだやかに笑っている青年の白い歯を見ながら言った。

「それじゃ。明日《あした》のお休みも、この辺をお歩きになりますの？」

青年は首を振った。

「明日は、富山《とやま》県をうろついています」

「富山県？」

輪香子は目をまるくした。

「洞窟があるんです。氷見《ひみ》というところですが」

「それも古代人？」

「そうです。住居址《し》です。遠いから休暇を一日とるかもしれません」

青年は低い声で言い、てれたように苦笑した。輪香子は呆《あき》れた。

運転手がドアをあけた。

「さよなら。お気をつけて」

輪香子は窓から手を振った。車が斜面の道をおりてゆくまで、古代人はあとからゆっくり歩いて、にこにこしながら帽子を上げた。彼の肩からつりさがった鞄が、あんがいな白さで目についた。


——が、輪香子は、その青年の鞄に偶然に翌日の朝、再会した。

持主は気づかなかった。輪香子が上諏訪駅から上り列車に乗って発車を待っていると、下り列車のホームの跨線橋《こせんきょう》の階段へ流れている乗客の群れの中に、それを発見したのだ。

青年は昨日のとおりの服装で、鞄を肩から吊《つ》って歩いている。が、登山帽子の下にのぞいている彼の横顔は、輪香子が、ちょっと人違いではないかと思ったくらい、しかめられていた。少しもたのしそうなところのない、沈んだような表情だった。移動してゆく彼の広い肩のあたりも、ひどく寂しそうなのである。それはわずかな間の目撃だったが、輪香子を車窓から乗りださせたものだった。

下り列車だから、彼はいまから信越線回りで、富山の洞窟に出かけるのかもしれなかった。

「元気で行ってらっしゃい、古代人！」

輪香子は口の中で言葉を投げた。

## 3

田沢輪香子は、三泊四日の旅から帰った。

新宿《しんじゅく》に夕方着いたので、家にはいった時は、まだ陽が残っていた。

「あ、お帰んなさい。予定どおりだったのね」

母は、輪香子が、玄関から自分の居間にはいるのを、あとからついてきながら言った。

「時刻表見てたのよ。やっぱり、思ったとおりの汽車だったのね。疲れたでしょ？」

母は四日ぶりに帰ってきた輪香子を、珍しそうに見ていた。

「まったく、予定どおりだったわ」

輪香子は椅子《いす》の上に体を落として、脚を投げだした。

「おや、どうしたの？」

母は輪香子が意外に不機嫌なので、目もとだけに微笑《わらい》を残して、不審そうな顔をした。

「だって、あまりにも自由がなかったんですもの」

輪香子は頬をふくらませた。

「変ね。なんのこと？」

「お父さまの指定の旅館には、わたし、ちゃんと泊まりましたわ。でも、駅までのお迎えや、旅館にまできて、差し入れしたり、お節介していただく約束はしませんでしたわ」

「差し入れなんて、きたない言葉はよしてちょうだい」

母は顔をしかめた。色の白い細面《ほそおもて》のひとで、笑うときも、しかめるときも、鼻皺《はなじわ》が寄るので、輪香子が見ていても、母がかわいく感じられるのである。

「で、輪香子のいただきものや、お迎えしてくだすったのは、どなたなの？」

「地方のお役人や、商売人のかたですわ」

「そう。お名刺、ちゃんと持ってるんでしょうね？」

「ハンドバッグの中にありますわ」

母は、机の上に置いてある輪香子の白いハンドバッグをあけた。その中から十枚ばかりの名刺をとりだして、一枚一枚繰りながら目を通していたが、

「これ、お父さまにお見せしなくちゃね」

と、帯の間に入れた。

「いいじゃないの。あなたがひとり旅だと思うから、お父さまが旅館をお願いしたんでしょう。お迎えや、いただきものは、ご先方のご好意ですよ」

母は、父の中央役人としての勢威が、田舎にまでおよんでいるのに満足のようであった。母の鼻皺は笑いに変わった。

「宮さまか何かじゃあるまいし、そんなの厭《いや》だわ。だから、お父さまがお帰りになった

ら、わたし、うんと文句を言ってあげるの。せっかく、たのしみに行ったのに、ちっとも自由がなかったわ」

「まあ、そんなことは言わないで」

母は機嫌のいい顔でなだめた。

「これも、お父さまのおかげで、輪香子にも皆さまがよくしてくださるのだから、いいじゃないの」

「わたし、そんなの嫌いですわ」

母が思わず本音《ほんね》を吐《は》いた恰好なので、輪香子はすこし激しい調子で言った。

「お母さまじゃお分かりにならないようね。わたし、お父さまに直接申しあげるわ」

「はい、はい。分かりましたよ」

母は輪香子の剣幕に困ったように、苦笑を浮かべて出てゆこうとした。

「あ、お母さま。お土産《みやげ》」

輪香子はもう一つの椅子の上に置いた四角い包みを母に、はい、と言ってさしだした。

「ありがとう。なに、これ？」

「カリンの砂糖漬ですよ。諏訪のお土産なの」

「ああ、カリンね」

母は、カリンを知っていた。

「お母さま、ご存じなのね？　わたし、知らなかった」

「前にいただいたことがあるから知ってますよ」

「でも、カリンの花、ご存じないでしょ？」

母は首を振って知らないと、言った。

「とてもかわいい白い花ですわ。それが、木にいっぱいに咲いていますの」

「そう。あなたは見てきたのね。今ごろ花が咲くものなの？」

「え、新緑に映《は》えて、そりゃ、きれい」

青い麦畑の径を、先になって歩いている青年の姿が、話している輪香子の目に浮かんだ。うすよごれたズックの鞄を肩にかけて、長身の背中を見せていたが、急にとまると輪香子をふり返り、白い花を見せたものである。

（あ、ご存じない？）

丈《たけ》の伸びた麦の上から聞こえた声も明るかったし、青年の微笑している横顔も、斜めに射した光線が深いかげりをつけたものであった。麦の下には、白い湖水が光をふくんで広がっていた。――

「輪香子は、さっき、つまらなかったと言ってたけれど、結構、たのしかったようじゃないの？」

母は、輪香子の機嫌が急に直ったものだから、目を細めた。

「え、カリンの花と竪穴を見たときだけですわ」

「タテアナ？」

輪香子は、その話には不意に戸を閉めた。


「輪香子は、今度の旅が、だいぶ不平だったらしいな」

父は、相変わらず、役所から迎えにきた車を待たせた忙しい出勤前の時間に、輪香子の部屋にきた。

「昨夜、お母さまから聞いた。私に、文句を言うんだって？」

いつも友だちがすわる、きゃしゃな椅子に、肥えた父は窮屈げに腰をおろし、笑っていた。

「え、とても厭でしたわ。いちいち、駅に迎えにきていただいたり、旅館にきてよけいなお世話をしてくださったり、ちっとも、ひとり旅のたのしさがありませんでしたわ」

輪香子は朝のピアノの練習をするつもりで楽譜を調べているところだったので、その本を手に持ったまま父に向かった。

「そりゃ仕方がない。先方では、私に気をつかってしてくれたことだ。旅館の手配を頼んでおいたからな」

父は煙草をくわえ、うつむいてライターを鳴らした。

「でも、わたし、お父さまの娘だけれど、お役所の仕事とは関係ないことですわ。ちっとも名前を知らない人が、いろいろと目の前に現われて、旅館までの車にいっしょに乗りこんだり、いちいち、こちらの予定をきいたり、届けものをしたり、とても不愉快な気分でしたわ。わたしが空想していた自由な旅のたのしさなんて、ちっとも味わえずに、行くさきざきで束縛されたみたいでしたわ」

「それは悪かったね」

父は、青い煙を吐いておだやかに娘の抗議を受けた。

「でも、若い女のひとり歩きだからね。旅館だけは指定しておいたが、同じ気持を、世話してくれた地方の人も持ってくれたのだ。その好意をあんまり悪くとってはいけない」

「いいえ、地方のかたは」

輪香子は、父のくわえている煙草の灰が長くなって落ちそうになったので、灰皿代りにありあわせの紙に受けてやった。

「わたしへの心配じゃなくて、お父さまへの心づかいですわ」

父は、それを聞くと、厭な顔をした。

「まあ、そう言ったもんじゃない。私だって、輪香子がどんなところを歩いているか全然知らないでは心配だからね。輪香子はひとり旅の自由がなかったと怒ってるけれど、未知の土地で災難にあうよりも、そのほうがまだましなのだ。輪香子ぐらいの年ごろは夢みたいな冒険心を起こしたがるがね」

父の言い方には、役所で下僚に言いふくめるときの口吻《くちぶり》がどこかに滲み出ていた。それは母にものを言っている場合でも出てきた。輪香子は父が好きだったけれど、そういう感じのする瞬間の父は嫌いだった。輪香子は黙った。

父は輪香子が黙ったものだから、納得したものと思ったらしく、腕時計を見て、椅子から立ちあがった。

「ああ、そうそう、お土産、ありがとう」

娘の部屋を出るときに言った。

「カリンの花がきれいだったって？」

父は母から昨夜おそく、話を聞いたらしい。

「ええ」

「よかった。そりゃ、よかったな」

父は、輪香子の不満を味の悪いものとして聞いたあとなので、ほっとしたように、そこだけを念入りに言った。

「お土産の砂糖漬は、悪いけれど、それほどおいしくなかったね」

あのときの「古代人」もそんなことを言っていた。しかし、カリンのお土産を買ってきたのは、一人の青年を佇《たたず》ませて、蒼い空と湖を背景にした、小さな白い花への愛惜《あいせき》であった。

母が覗きにきて、父を車にせきたてた。

輪香子に、友だちから電話がかかった。

「ワカちゃん、今度の日曜日、郊外に遊びにゆかない？」

いっしょに女子大を卒業した佐々木和子《ささきかずこ》からであった。彼女は、輪香子と違って、勤めに出ていた。

「郊外って、どこよ？」

「深大寺《じんだいじ》。知ってる？」

「ああ、名前だけ知ってるわ」

「行きましょうよ。武蔵野《むさしの》だし、新緑がとてもいいわよ。あなた、行ったことがないなら、ぜひ、お連れしたいわ」

新緑なら諏訪で見てきていた。帰りの汽車の窓から見えた富士見《ふじみ》から信濃境《しなのざかい》あたりは、樹林が迫って、乗客の顔が蒼く映えたくらいであった。輪香子はその印象を大事にしたい気持であった。

「そうね」

と、電話口で渋ると、

「ねえ、行きましょうよ。あたし、あなたがいっしょに行くことに決めて、たのしみにしているのよ。もう先《せん》、行ったことがあるので、ご案内したいの」

佐々木和子の声は弾《はず》んでいた。輪香子は、それで承諾した。

寺は古かった。

山門が藁葺《わらぶ》きで桃山《ももやま》時代の建築というから古いものである。入母屋《いりもや》造りの本堂も、その横の石段を上がったところにある小さな堂も、こけがとりついたようにくろずんでいる。が、その黒い色をいっそう沈ませているのは、その周囲に立っている樹林の蒼い色のせいかもしれなかった。

場所が武蔵野の中だし、それも、ここは「万葉植物」が栽培されているというほどに由緒を感じさせた。山門までの道は杉木立があり、寺の屋根の上は密林のように葉が緻《ち》密《みっ》に重なっているのである。

静かだった。都心から乗物で一時間ぐらいの距離に、まだこんな場所が残っていたかと、輪香子も驚いたくらいだった。

「どう、いいでしょう?」

佐々木和子は寺の石段をおりて、音立てている小さな滝へ歩きながら言った。その滝も湧《わ》き水なのである。

「来てよかったわ」

輪香子は、小柄で、いつも明るい顔をしている友だちに実感を言った。子供が三人づれで、滝の落ち水に手を漬けて、氷のようだと騒いでいた。

信州で見た新緑とも違う、吸いこまれそうな深い緑が、閑静な空気に重く沈んでいた。

「ここ、おそばが名物なのよ。ね、食べない？」

山門の前には、「名物、深大寺そば」という看板をかけた店が二三軒あった。ひなびた食べもの店で、これは寺の風景によく似合っていた。

「いいわ」

輪香子は賛成した。

「腹ごしらえをして、三鷹《みたか》の天文台の方へ歩いてみましょうね。その径《みち》も、またいいのよ。ほんとに武蔵野にきたという感じがするのよ」

佐々木和子は、以前に歩いたことがあるといって、輪香子を連れてゆきたがっていた。

学校のときから、輪香子を好きだった友だちである。

藁《わら》でできた馬や、達磨《だるま》などを店先にならべたそば屋にはいりかけて、佐々木和子は、

「あら、虹鱒《にじます》もあるのね」

と言った。看板には、その文字が出ていた。

「珍しいわね。虹鱒の料理、できたら、こっちも食べたいわ」

輪香子も、それは食べてみたかった。

「じゃ、ちょっときいてくるわ」

佐々木和子は、店の中にはいって、おじさんと話をしていた。

輪香子は、その話がすむまで、そこに立って待っていたが、ふと、山門の方を見ると、古い建物の下をくぐって、一組の男女がならんで石段をおりてくるところだった。

恰好のいい洋服と、すらりと着つけのきれいな和服の女性だとは、目が瞬間に捕えた印象だったが、それへはっきりとした視線を向けるのは、もとより不躾《ぶしつけ》なのである。

目を店の方へ戻したときに、佐々木和子がにこにこしながら出てくるところだった。

「虹鱒ね、おじさんが目の前で料理して見せると言ってるわ」

「そう。見たいわ」

輪香子も微笑《ほほえ》んだ。

「おじさんが、裏へ回ってくれって言ってるのよ。行きましょう」

店の横は、やはり湧き水を利用して、ジュースやビールの瓶《びん》が冷やしてある。客の腰かけも素朴なものだった。そこを通りぬけ、木の葉や草のいっぱい蔽《おお》っている斜面についた径をおりると、小さなせせらぎが流れていた。

シャツだけの店の主人が、二人を待っていて、流れに漬けてある四角い木箱のようなものをさした。

「虹鱒はこの中にいますのでね、いま、取って、ここで料理します」

おじさんはかがんで腕を箱の中に入れた。手が出たとき、指に跳ねている魚をつかんでいた。黒っぽい背に、赤鉛筆でひいたような線があった。

「虹鱒はね、東京では、ここしか育たないんですよ」

用意した俎《まないた》の上に置くと、魚は諦《あきら》めたように動かないでいた。

「水質が中性で、水の温度もこれくらいなところでないと死ぬんですよ。だから、ここの湧き水がいちばん虹鱒には適しているのです。東京のデパートが、なんとかして虹鱒を飼いたいと苦心しているんですが、こればかりはどうにもなりませんな」

おじさんは講釈しながら、包丁を入れていた。

「あら、ちっとも跳ねないのね？」

佐々木和子が覗きこみながら言った。

「そうですよ。鯉と同じでね、こいつは俎の上に乗せたら立派なもんです」

わきには、草の匂いの中に、湧き水の流れが絶えず水音を聞かせていた。流れの末は、深い杉林なのである。

灌木《かんぼく》の枝が遠くで鳴る音がした。

魚を見ていた輪香子は目をあげて、その方を何気なく見た。

枝と草を分けて、洋服と白っぽい着物が、斜面をおりてくるところだった。

ああ、さっき、山門を出てきた人だな、と輪香子が思っているとき、木の茂みから出た男の顔を見て、彼女は、もう少しで声をあげるところだった。

諏訪の竪穴に寝転んでいた「古代人」なのである！

# 深大寺付近

## 1

青年は、顔を斜め下に向けて、小さな流れを見ながら歩いてきていた。薄いグレイの洋服で、着こなしがいいし、似合うスタイルでもあった。蒼い葉の茂みと雑草が、それを浮きだした。

浮きだしたことといえば、後ろに従って歩いている女のひとは、もっと白く目立っていた。白っぽい着物に、初夏の陽が当たって、そこに光がたまって見えたせいだけではなく、その顔が、視覚に明るさを滲ませて映したのである。

青年は、輪香子が立っていることに気づかないで、せせらぎの清水をさして、後ろのひとに何か言っていた。その女のひとは小さくうなずいていた。青年のかげに半分見えたのだが、背がすらりとしていて、陰影の深い顔だった。

輪香子が動悸《どうき》を打たせているうちに、青年は歩きながら、顔をあげてこちらを向いた。諏訪で、掘立小屋から出たとき、初めて眩《まぶ》しい光線の下に見たときの、あのとおりの顔であった。

青年がこちらを見て、訝《いぶか》しげな目つきに変化するのを、輪香子は真正面の視線で受けとめた。胸が落ちつきなく鳴っていた。

「ああ」

と言ったのは、青年のほうだった。これはそこに佇《たたず》んでいる若い女性が誰かと分かった瞬間の驚きの目が、すぐに明るい微笑に変わったものである。

輪香子は、おじぎをした。

「あなたでしたか？」

声は、無論、あのときと同じであった。違うのは、青年が、よごれたジャンパーを着て、うす汚い肩掛け鞄を持っているかわりに、洗練された紳士の姿でいることだった。どういうものか、ネクタイの柄が先に目についた。

「意外でした。まさか、あなたをここでお見かけしようとは思わなかった」

青年はその微笑のなかにも、素直な驚きを消さずに言った。

「わたくしも」

輪香子は言った。

「そこを歩いていらっしゃるときに、あっと、思ったくらいです」

「あなたは、さっきから気づいてらしたわけですね？」

「ええ、びっくりして立ってましたわ」

「ぼくは、また、そこにどこかのお嬢さんが二人で立っているとは、ぼんやり目にうつっていたが、あなたとは知りませんでした。いや、あのときは、失礼しました」

青年は、はじめて笑い声を立てた。

「いいえ。わたくしこそ。おかげで諏訪が一等、おもしろい思い出の土地になりましたわ」

「そうですか」

青年は笑っていた。

「越後《えちご》、じゃなくて、越中《えっちゅう》ですか、洞窟をごらんにおいでになりました?」

輪香子は、上諏訪の駅のホームを歩いている、この青年の姿を思いだしながらきいた。

「ええ、行きましたよ。なかなか、愉快でした。帰りの夜汽車では、すっかり疲れましたがね」

「たいへん!」

輪香子は、そんなに長い旅をしてわざわざ洞穴《ほらあな》の中に寝にゆく相手をご苦労さまだと思った。

この二人の会話の間に、青年の後ろにいる女のひとは、かなりの距離をおいて佇んでいた。小さな流れの上に視線を投げているのだが、その横顔には、つつましげな微笑《ほほえ》みが浮かんでいた。連れの話のすむのを待っている、しかし、それでいて、若い女性の明るい話を、控え目に傍聴して好意をみせている、そのような態度だった。

輪香子は、自分より五つぐらいは年上のその女性に、おだやかな知性の匂いといったものを感じた。それが、どこか、彼女に一つの軽い圧迫感となった。このころの若い年齢が覚えがちな、年齢の差だけの、あの劣弱感であった。

「塩焼きにしますか、それともフライにしますか？」

俎《まないた》にかがみこんでいたおじさんが、声をかけた。

「どうする、ワカちゃん？」

佐々木和子が、遠慮そうにきいた。

輪香子は虹鱒に視線を戻した。魚が四尾、俎の上にきれいにならんでいた。

「そうね、あなた、どっちが好き？」

「あたし、塩焼きがいいわ」

佐々木和子は、青年と女のひとにちらちら瞳《め》を投げていた。

「じゃ、わたしもそれでいいわ」

このとき、後ろで青年の声が聞こえた。

「では失礼します。さようなら」

そば屋の奥は、簡単な座敷になっていて、食事ができるようになっていた。古い家だから、万事が山間の小料理屋と思えばいいのである。

ここにすわっていると、裏から聞こえる流れの音が、雨でも降っているようであった。

「いまの人、誰なの？」

佐々木和子が、四つならんでいるうちの、床の間よりのチャブ台に肘《ひじ》をついてきいた。大きな目を輪香子の顔にまっすぐに向けて、興味に溢《あふ》れた表情だった。

「古代人よ」

輪香子は答えた。失敬します、と言って、木の多い斜面をゆっくり上がってゆく青年の姿が、まだ目に残っていた。それから、輪香子の方に会釈《えしやく》をして、青年のあとに歩いていった女のひともである。

「古代人？　なんのこと」

佐々木和子は目をまるくした。

「諏訪で会ったの。この間、あっちを回ったときにね。諏訪湖の近くに竪穴の遺跡があるのよ。そこを見にいったとき、いまの青年が、復原した掘立小屋の中で寝てたの。聞いてみたら、それが趣味で、お休みのたびに、そんな場所を探して旅するんだって」

「へええ。変わってるわね。古代人というのは、あなたがつけた綽名《あだな》なの？」

「うん。だって、そんなところに寝ていると、家族がみんな狩猟に出はらって、自分だけが留守番してるみたいな気になるって言うんだもの」

「おもしろいわ。原始への夢ね、ロマンチストだわ、煩雑《はんざつ》なる現代生活への反逆ね」

佐々木和子は手を打った。

「どういう人なの？」

「知らないわ。どんな職業の人だか。名前は、T・Oというんだけど。きたならしい古い肩掛け鞄の蓋に中学生みたいに墨で書いてあったの」

「ふうん。ちょいと魅力あるわね。それで、今日は、リュウとした青年紳士の恰好で現われるなんて、すてきだわ。プリミティブなものとモダニズムが同居してるのね」

佐々木和子は両肘をついて、指を組みあわせ、その上に顎《あご》をのせた。

「そして、モダニズムの側が、すてきな恋人を連れて深大寺あたりを遊弋《ゆうよく》させているのね」

「あら、恋人かしら？」

輪香子は、目をあげた。

「ばかね。恋人じゃなかったら、二人きりでこんなところを歩かないわ。あなたはなんだと思ったの？」

輪香子は、すこし考えていたが首を振った。

「分かんないわ」

分かる気はする。しかし、はっきりと恋人と決めてしまう気にはなれなかった。

「あたし、観察したんだけど」

佐々木和子は、目を輝かして言った。

「あの女のひと、奥さんじゃないかしら」

「奥さん？」

「いいえ、あの古代人の奥さんじゃないわ。そら、年は同じぐらいだけれど、あのひとのじゃないわ」

「……」

「ねえ、とても落ちついた感じじゃないの。着ている着物だって、未婚女性のものと違うわ。一越《ひとこし》の白地にタテの銀通しを置いて、グリーン、イエローオーカー、ローズピンクの配色で、細かい印度ふうの更紗《さらさ》模様を紋織りにしているんだけど、渋派手《しぶはで》で感心したわ」

「ずいぶん、詳しい観察ね」

「そりゃ呉服屋の娘だもの」

そのとおり、佐々木和子の家は、京橋《きょうばし》の古い呉服専門の老舗《しにせ》だった。

「帯は、塩瀬《しおぜ》だと思うんだけど、錆朱《さびしゅ》の型染めがとても利《き》いてるわ。着物には感覚の贅《ぜい》沢《たく》なひとだと思うし、未婚のかたとは思えないわ」

輪香子は黙るよりほか仕方がなかった。

「きれいなひとね」

佐々木和子は、輪香子を見るのに、片目をつむっていた。

「そう、きれいなかただわ」

輪香子には、そのひとの白い顔にかげっている陰影がくっきりと目に残っていた。

「いやに元気がないわね」

「だって、カズちゃん」

輪香子は顔をあからめた。

「変なこと、言うんだもの。あの古代人、そんなひとと思えないわ」

「バカね」

と、佐々木和子は言った。

「公明正大な間柄だったら、ちゃんとワカコにも、あたしにも紹介するわ。それをしないで、こっそりと立ち去ったじゃないの。これ、あたしの推理の根拠よ」

焼きあがった虹鱒が皿にのってきたが、輪香子は急に食欲を失った。


小野木《おのぎ》喬夫《たかお》は、諏訪の竪穴で会った田沢輪香子のことを、結城《ゆうき》頼子《よりこ》に話したところだった。無論、その若い女性の名前は知らないのだが、いいところのお嬢さんのようだし、明るい性格だとほめていた。

「驚いた。あのひとに、こんなところで、すぐ会おうとは思わなかった」

寺の前を通って、林の中にはいってゆく途中の道であった。結城頼子は静かな微笑を浮かべてそれを聞いていたが、茶店の陳列棚に藁《わら》でできた馬がならべてあるのを目にとめると、

「かわいいわ。買おうかしら」

と、立ちどまった。

「そんなもの買って、どうします？」

小野木喬夫は、子供もないのに、という言葉をのみこんだ。

結城頼子は、小野木の顔を目で微笑《わら》ってみて、

「記念にするわ。あなたと、ここにきたのを……」

と言って、上背《うわぜい》のある姿を茶店の前に寄らせた。

小野木が待って、煙草に火をつけていると、頼子は藁細工の馬を選び、それから茶店のおばさんに何かきいていた。

「ね、かわいいでしょう」

頼子は出てきて、掌《て》の上に馬をのせてみた。かたちのいい指に囲われて、小さな馬が長い脚をふんばっていた。

「どうして、藁の馬をここで売ってるか、ご存じ？」

「知りません」

小野木は歩きだした。湧き水が道の傍を音をたててこぼれていた。

「赤駒を　山野《やまぬ》に放し捕《はか》りかにて　多摩《たま》の横山　歩《かし》ゆかやらむ」

結城頼子は、きれいな声で言って、

「万葉集にあるのが由来よ」

と、小さく笑った。

「よく知ってますね」

「検事さんには関係ないことね。実は、わたしもガイドブックの受け売りですわ」

「そのほかに、何を茶店できいてたんです？」

「ムラサキ草のあるところ」

「分かりましたか？」

頼子は小さく首を振った。

「篤志家が栽培しているのだけれど、いまは忙しくて見せられないんですって、お寺に鉢植えしたぶんは、枯れたそうです。野生のものだから鉢植えはだめなのね。見たかったわ、花が今ごろ咲くんだそうです」

「あなたは、花よりも」

小野木は、すこし揶揄《やゆ》するように言った。

「その根が見たくないですか？　着物が好きだから、江戸紫の原料を見たいでしょう？」

「それほど凝《こ》ってませんわ」

頼子は歩きながら笑った。

「でも、感心に、そんなこと、よくご存じね」

「ばかにしないでください。検事の雛《ひな》でも、それくらいは知っています」

「根よりも」

頼子は言った。

「万葉集で有名なので、花のついたところを見たかったのですわ」

道は、林にはいりかけるところに湧き水の池を見せていた。池の中に弁財天の祠《ほこら》があり、水面には白い睡蓮《すいれん》が咲き、池辺には赤い躑躅《つつじ》があった。

老夫婦が、子供の手をひいて、立って水を見ていた。

ケヤキ、モミジ、カシの樹林は陽をさえぎって、草を暗くしていた。径の脇には去年の落葉が重なって、厚い朽葉《くちば》の層の下には、清水がくぐっている。蕗《ふき》が、茂った草の中で老《お》いていた。

深大寺付近はいたるところが湧き水である。それは、土と落葉の中から滲みでるものであり、草の間を流れ、狭い傾斜では小さな落ち水となり、人家のそばでは筧《かけひ》の水となり、溜め水となり、粗《あら》い石でたたんだ水門から出たりする。

歩いていて、林の中では、絶えずどこかで、ごぼごぼという水のこぼれる音が聞こえてくるのである。下枝を払いおとした木は、高い梢《こずえ》に、木箱の小鳥の巣がかかっていた。下は暗いが、見上げると、太陽の光線が葉を透《す》かして、緻密な若い色をステンドグラスのように、澄明に輝かしているのである。

閑静で、人の姿はなかった。遠くの道を、赤白のバスが木の間を縫《ぬ》って動いていた。

小野木喬夫は、立ちどまって、後ろを向いた。すぐ斜めうしろに結城頼子が歩いてきていたので、自然に、それは抱くかたちとなった。

「ひとが来ますわ」

頼子は低く言い、目を瞑《つぶ》った。葉のために顔が蒼い。

いつもの香水の匂いにまじった、女のかすかな唇の臭いを、小野木は吸いこんだ。鳥が上の葉を騒がせて飛んだ以外に、人の声は聞こえなかった。

頼子は袂《たもと》からハンカチを取りだし、小野木の唇を拭った。白い布にはうすい紅色がついた。それから、小野木の顔を見つめると、黙って先に歩きだした。

道は、崖くずれのあとの赤土の壁の間についていた。崖には木の根が無数の条《すじ》となって垂れている。

勾配《こうばい》になっている道の傍には、ふちを白くした熊笹《くまざさ》が集まっていた。この道までが暗く、坂の上には陽が当たっていた。

「小野木さんは」

坂を上がりながら頼子が言った。

「あんなお嬢さんと、結婚なさるとよろしいわ。きれいなかたじゃないの？」

小野木はそれを聞いて、頼子が、あの若い女性のことを、今まで考えつづけていたのを知った。

2

崖くずれの坂道を上がると、今まで頭の上を蔽《おお》っていた木が急にひらけ、陽と蒼い空とが久しぶりにじかに見えた。

道は平坦となり、短く刈りこんだ草がひろがって、公園のような場所になっていた。実際、四阿《あずまや》があったり、茶店が出ていたりした。遠足らしい幼稚園の園児が、草をつんで遊んでいた。

「どうします？」

小野木喬夫がきいたのは、寺の方へ引きかえすことの意味だったが、

「まっすぐにまいりましょう」

と、結城頼子はそのまま足を運んでいた。たいていの場合、きくのが小野木であり、それに答えて、その答え方も行動で見せるのが頼子であった。

二人は、そのまま黙って歩いた。小野木は頼子の顔を見たが、その横顔はたのしそうに微笑んでいた。

公園を突っきって街道へ出るまでは、かなり長い。その長い時間、頼子のその表情は変わらなかった。

街道は三鷹から調布《ちょうふ》に通じる道で、バスも自動車も通っている。すぐそこにバスの停留所の標識があり、老人がしゃがんで退屈そうに待っていた。

「バスに乗りますか？」

小野木が言ったが、頼子は首を振った。

「歩きましょう、もっと」

57　深大寺付近

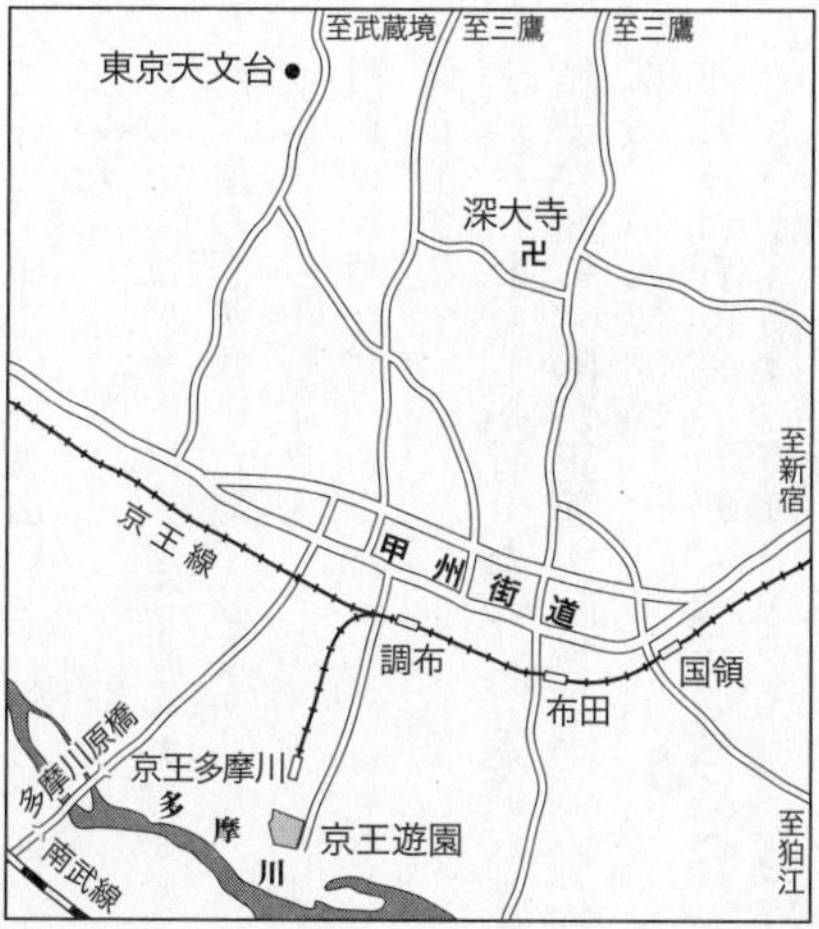


やはり歩き方はゆるめないでいる。

「なんだか、今日は、いつまでも歩いてみたいわ」

小野木は、また頼子の顔を見た。

街道の一方は家がとぎれていて、低い林になっていた。そこから奥へ細い道がついていた。頼子はひとりでその道へはいっていった。

「そっちへ行って、どこへ出るんです？」

小野木がとがめるように言ったのに、

「どっかへ出られるでしょう、道があるから」

というのが返答だった。

この細い道の片側は、低い林かと思ったが、実は植木屋の庭だった。無論、庭とは見えない、種々雑多な樹木が密生していた。それも手入れの行きとどいたものばかりで、一本をとってきても十分に鑑賞用になっていた。

道の片側は畑になっていて、麦が黄ば

んでいた。植木の林も広いし、畑も広かった。その林の奥からは枝をつむ鋏《はさみ》の音が聞こえていた。

この道ではめったに人と行きあわなかった。農夫が荷車をひいて通るくらいなものだった。道の涯《はて》が傾いた陽で眩しかった。

「ずるいわ、小野木さん」

頼子が言った。

「何がです？」

「さっき、わたしが言ったこと、返事なさらないのね」

頼子の顔に、陽が正面から当たっていた。

「ああ、あれですか」

小野木は軽く言ったが、頼子の呟《つぶや》いた、あのようなお嬢さんと結婚なさるとよろしいわ、という言葉は、実は、さっきから胸につかえていた。

「別に、ずるいわけじゃありません。返事する必要がなかったからです」

道は屈折し、畑の中に、新しいアパートがぽつんと建っているのが見えた。左側の低い林はそこで切れ、苗畑がそれにかわった。光線がもっとひろがり、遠い山まで見えた。

「やっぱり、小野木さんと同じ趣味のかたかしら？」

頼子が言ったのは、無論、寺のそばで会った若い女性のことである。

「そうでもないんです。ただ、もの好きに竪穴を見物にきたというだけでしょう」

小野木は、頼子を肩の傍に置いて言った。

頼子は声を出さずに笑った。

「いいとこのお嬢さんらしいですわね？」

「そうかもしれません。名前も何も聞きませんでしたが。まだ少女ですね」

小野木はカリンの花を説明してやったことを思いだしていた。湖の色まで、ふいと目に浮かんだ。それから白い花の咲いている木の下で働いている農夫の姿もである。

「すなおそうな、いいかたに見えたわ」

頼子が言った。が、小野木は、それには、もう返事をしなかった。

アパートの前を通るとき、窓に夕支度にかかっている主婦の姿がうつっていた。部屋につづく台所《キッチン》がまる見えなのである。

二人が通りすぎるまで、庭に出ていたアパートの人が熱心に彼らを眺めていた。

その道は台地の上を通っていた。

だから、家がなくなると、左右が畑ばかりで、その先の雑木林《ぞうきばやし》がずりさがって沈んでいた。人は相変わらず通らない。声も音も聞こえなかった。

「脚が疲れませんか？」

小野木が言った。

「ずいぶん、歩いた」

頼子は足を運んでいたが、そのかたちが少しも崩れていなかったのに、小野木はちょっとおどろいた。いつのときでも、頼子にはこういう一面があった。

「小野木さんは？」

頼子が、微笑みながらききかえした。

「少し疲れました。あなたは強いんだな」

「前身は何をしていた女だろう、とお思いになってるんでしょう？」

頼子は、今度は低い声を出して笑った。

道は下り坂になった。また、林が空を蔽い、陽をさえぎった。小さな鳥が葉を騒がせて過ぎた。

「あなたのことを知るのは」

と、小野木は葉を靴で踏みながら言った。

「もう諦めました」

遠いところで銃が鳴った。近くの鳥が一どきに騒いで逃げた。

「そう。そうでもなさそうだわ」

「いや、本当です」

「そのうち、また、何かおっしゃるわ」

小野木はそれに答えなかった。実際にそうなりそうだった。

道は急傾斜になり、足が滑りそうになった。赤土がまじっていたし、車の轍《わだち》のあとが盛りあがっていた。陽の射さないところは、いつまでも濡れている。

頼子が足もとを見つめて立ちどまったので、小野木は手をかした。彼女の掌《て》まで青くなっていた。

斜面の道を五六歩おりてきたところで、滑る危険は過ぎたが、小野木は手を放さなかった。そのまま下降してくる女の体を両手で受けとめる恰好になった。

「いや！」

頼子は言ったが、小野木はその顔を抱えた。彼女は、もう首を動かさなかった。

人声がしたので、小野木は顔を放した。が、その声は、こっちにくるのではなく、谷間に茂っている葉の向こう側を通りすぎていた。

「この下に道がありますのね」

頼子が、紅のついたハンカチをまるめて袂《たもと》に入れながら言った。

「道は、どこかに出ると言いましたね？」

小野木が言うと、

「そう。言ったわ」

と、頼子は答えた。

「だから、どこかに出たんです」

百メートルばかりで、白い道に出た。樹林の中みたいだが、ちゃんとした舗装道路だった。片側が低くて古い石垣になっていて、その上に斜面の樹林がつづいていた。無論、ここも蒼い林だった。

「なんでしょう?」

頼子が石垣の上を見上げたが、分からなかった。

「天文台ですよ、三鷹の」

小野木が言った。

「あら、ここがそうなの」

頼子は目をみはった。大きくあけたときの瞳《め》がきれいなのである。

「めったに、この辺まで来たことはないでしょう?」

小野木がきくと、

「一度も」

と、首を振った。

「いいところに連れてきてくださったわ」

と言ったのは、古い寺を見たこともふくめてだった。

ここまで来ると陽のかげりがはっきり分かって、天文台の樹林が道をくもらせていた。片側は小さな谷間になり、それから斜面が起こって見上げるように伸びていた。谷間の樹木の上の方と、斜面の葉にだけ、衰えた陽射しが当たっていた。

警笛が後ろから聞こえたので、振りむくとバスが来ていた。標示板には調布行と出ていた。バスは通りすぎたが、ほとんどの乗客が窓から二人の方を見返っていた。頼子の姿が目立つらしかった。

「その辺でバスを待ちますか？」

小野木が言ったが、頼子は、もう少し先まで歩く、と答えた。両側から迫ってくる青い葉がきれいだったし、人家がまた一軒も目に触れなかった。

「ずっと先《せん》にね」

頼子が言いだした。

「田舎に行ったことがありますの。初めての土地でしたわ。バスに乗りおくれましてね。知らない土地で、乗りおくれたバスが遠くに小さくなってゆくのを見てると、寂しくて耐えられない気持でしたわ」

その田舎の地名をききたかったが、小野木は言葉に出さなかった。頼子が断わるに決まっていた。

珍しいことに、後ろから空車のタクシーが来た。

小野木は手を上げた。

「どちらまで？」

ドアを閉めてから、運転手が座席をふりかえった。

「まっすぐ行くと、どこに出ますの？」

頼子がきいた。

「調布です。京王線《けいおうせん》の調布駅に出ます」

「それを、まだ、まっすぐに行くと？」

「まっすぐですか？」

運転手は考えていたが、

「そうですな、狛江《こまえ》から多摩川《たまがわ》へ出ます」

「多摩川……」

頼子が声を弾《はず》ませた。

「では、多摩川に行ってください」

車の窓には、しばらく両方の林が流れた。

「多摩川なんか行って、何があるんです？」

小野木がきくと、

「川が見たくなりましたの、久しぶりで」

頼子は小野木の手をとって握ると、それを膝《ひざ》の上に置き、上から袂で蔽った。車に乗っているとき、頼子がいつもする癖だった。

車は、一度、ひろい原野に出たが、調布の踏切を越してゆくあたりから、ひどく、狭苦しい道をたどたどしく走った。両側には普通の家が詰まり、今まで林を見た目には、それが嘘《うそ》のような記憶に思えた。

人家には、もう灯《ひ》がついていた。空に澄明な光線だけが揺曳《ようえい》していた。

「明日から、また、忙しいのね」

頼子が、ぽつんと言った。

「やっぱり、いろんな人をお調べになりますの？」

「ええ」

「やっぱり専門がおありになりますの？　民事とか刑事とか。よく分からないけれど」

「それは、まだ先ですよ」

小野木は気のない声で答えた。

「いまはなんでも屋です。先輩が指導してくれるんです。そのうち、向き向きに別れるでしょう」

「小野木さんは何がお好きなんです？」

「さあ」

小野木は答えずに笑っていた。このような話はあまりしたくなかった。

「だいぶ暮れましたね」

と、外を見た。車はまた場末のようなところを走っていた。近くに工場があるらしく、後ろの荷台に、弁当箱をくりつけた自転車がいくつも走っていた。

車の前方に、川が見えてくるまでは、たっぷりと四十分はかかった。その間、小野木は頼子の指を揉《も》んでいた。尖《とが》った爪が、ときどき彼の指の頭を軽く刺した。

「多摩川の、どの辺につけますか？」

運転手が速度を落としてきいた。車は勾配の道を上がって橋にかかっていた。橋の前方には、小さな灯をちりばめた黒い丘陵があった。

「この橋は？」

頼子がきいた。

「登戸大橋《のぼりとおおはし》です」

その橋は黒っぽい欄干《らんかん》をもっていた。正面に料理屋の名前のついたネオンがかたまっていた。

「この川下にも」

頼子は窓からさし覗いた。

「橋がありますの？」

「あります」

運転手は車を停止して答えた。

「二子玉川橋《ふたごたまがわばし》というのがあります」

「そう。この堤防の道を行ったら、そこへ出るのでしょうね？」

「出ると思いますが」

運転手は首を伸ばして見ていた。

「来たことはないのですが、道がついているから行けるでしょう」

実際、堤防の上には自動車二台がならんで通れるような白い道がついていた。両側とも草の多い傾斜になっていたが、片側の人家は遠くてまばらで、一方の川も、中央の水面の雑草は、近いところだけが暮れ残っていた。少ない川の水がにぶく光っている。河原に生えた一面の雑草は、近いところだけが暮れ残っていた。

車は、ヘッドライトをつけて堤防の上を走りはじめた。舗装はしてないが平坦なのである。道の両端の草が光芒《こうぼう》をうけて白く浮いた。

対岸に灯はほとんどなく、まっ暗になりかけていた。堤防の下は畑だったり、石を詰めたりしてあった。こちら側は、遠いところに工事中の建物が黒い影で見えたりした。人ひとり通らず、蕭条《しょうじょう》とした暮景だった。

一キロあまり走ったころ、

「おや」

と、運転手が言った。

道の正面に、杭《くい》が二本、門柱のように立っているのが見えたのだった。

「しまった、この道は行きどまりだ」

堤防は、その杭の先から切断したように落ちていた。

運転手は舌打ちして、車をバックさせた。かなりの距離を突っこんできたので、後退の道も長かった。

頼子は、小野木の指に力を入れた。

小野木が見ると、暗い中で頼子が笑っていた。

「道があるから、どこかへ出られると思ったけれど、どこへも行けない道って、あるのね」

頼子がささやいた。

どこへも行けない道――小野木は口の中で呟いた。

3

小野木喬夫の机の前にすわっているのは二十九歳の男である。蒼い顔をして目を伏せていた。無精髭《ぶしょうひげ》が頬から顎にかけて生えている。垢《あか》が、皮膚の毛穴にしみこんで、濁ったようなどす黒い蒼さであった。小野木は、こういう顔色にもやっと慣れてきた。

小野木の後ろにある窓の陽が、彼の背中に当たり、その端が、容疑者の鼻のあたりから半分下を照らしていた。

小野木の机の上には、いろいろな書類が重ねて置いてある。送致書、意見書、実況見分書、領置書、現場見取図、強盗事件聞込報告書、犯罪捜査報告書、聴取書などで、一つの山ができている。

この山が全部、前にすわって目を伏せている蒼い顔の容疑者のものだ。

机は一つだけではなかった。かなり広い部屋に一列にならんでいた。小野木と同じような七人の新任検事が片側にすわり、七人の容疑者が前に向かいあっている。検事の椅子はゆったりとした回転椅子だが、容疑者のすわる椅子は、小さくて堅い。

しかし、どちらも古いことには変わりはなかった。

七人の若い検事と、七人の容疑者とが問答していた。ひとりの年輩の検事が、後ろ手を組みながらその部屋をゆっくりと歩きまわっている。時々、立ちどまっては、ある組の問答に耳を傾け、微笑して歩きだす。

小野木の前にすわっている男は、柴木《しばき》一郎《いちろう》という名であった。それは机の上の書類の全部に出ている。ことに身上取調書には詳しい。

本籍地は岐阜《ぎふ》県R郡R村である。無職。東京へ出てから二週間目に、ここにくるような犯罪をおかした。

犯罪名は強盗傷害で、これも所轄署から出ている意見書や捜査報告書などに詳しいのである。

小野木は、今までにそれを何回となくくりかえして読んで熟知している。

容疑者は、よれよれのワイシャツを着て、垢で黒い襟を見せていた。

「経歴は？」

と、小野木はきいた。書類を見れば問うまでもないことだったが、検事の尋問として必要なのだ。

柴木一郎は、低い声でそれに答えた。滋賀《しが》県のある工場の工員となっていたが、整理されて職を失った。そのとき、下宿していた家の下田《しもだ》美代《みよ》といっしょに上京し、亀戸《かめいど》にある彼女の実家に、二週間ばかり厄介《やっかい》になっていた。

低いが、わりに、はきはきした言い方であった。

「東京へ来てから、いろいろと就職口も探してみましたが、適当な仕事がなく、遊んでおりましたので、金にも困り、つい、悪いことをするようになりました」

「おまえは東京に来てから仕事がなかったというが」

小野木は言った。

「肉体労働をするつもりなら、仕事があったのではないか？」

「二三日、ニコヨンに出ましたが、朝早く晩おそいうえに、仕事にアブレることが多く、もっと安定した事務的な仕事をしたいと思っていたため、就職口がなかったのです」

小野木は、このとき出刃包丁を出してみせた。それには荷札のようなものがついており、「証第二号」と記してあった。

「おまえは、悪いことをするつもりで、この出刃包丁を買ったのではないか」

容疑者柴木一郎は、ちらりとその包丁に視線を走らせた。陽射しが顔の上半分に当っていないので、陰のところから目がきらりと光った。

「いえ、それは下田美代が、包丁が切れなくなったと言ったので、今年四月に浅草《あさくさ》の夜店で買ってやったものであります」

「では、被疑事実についてたずねるがね」

小野木は書類に目を落として言った。

「本年四月十七日午後十時ごろに、江東区《こうとう》高橋《たかばし》×ノ××番地付近の路上で、岸井輝夫《きしいてるお》を脅《おど》して、金品を奪ったことに相違ないか」

「違いありません」

柴木は、頭を垂れて答えた。

「その時の模様を言ってみたまえ」

「美代の実家に厄介になりましても、少ない退職金はつかいはたすし、懐中には金が七八十円くらいしかありませんでしたので、他人から金を奪おうという気になり、脅すために、お示しの出刃包丁を、上着の内側にかくして、午後八時半ごろ家を出たのですが、べつだん、どこという目的もないので、とにかく高橋のあたりをうろついておりました」

柴木は乾いた唇を、舌でなめて言った。

「すると、あとで名前が分かったのですが、その岸井輝夫さんが、一人で歩いていました し、服装もそう悪くないので、この男を脅かして金を出させようと思い、あとをつけたのですが、初めてのことですから、何回もやろうとしては躊躇《ちゅうちょ》し、小学校裏のわりに暗いところで、私は左手で、その男の腕をつかみ、右手で出刃包丁を出して突きつけたのであります」

「それからどうしたか」

小野木は、書類を見て先をうながした。

「出刃包丁を突きつけて、金をくれ、と言いますと、相手は百円札六七枚を出して私にくれました。私はなおもその男から金を奪おうと思い、財布《さいふ》とも出せ、というと、その男は黙ってがまぐちを出したので、それを受けとると大急ぎで、住吉町《すみよしちょう》から電車に乗り、帰宅したのです。帰って調べると、千円札が一枚はいっておりました」

「取ったがまぐちはこれか」

小野木は「証第五号」と名札のついたがまぐちを出して見せた。

「そうです」

柴木一郎は、また、ちょっと視線を走らせてうなずいた。

「次は、同月十九日、品川《しながわ》区北品川×ノ××番地付近の路上で、行商人中田吉平《なかたよしへい》から金品を強奪しようとしたことに相違ないかね」

小野木は書類をめくり、ざっと目を通して頭を上げた。

「相違ありません」

柴木は、こっくりとうなずいた。どこか子供のようなうなずき方であった。小野木は、自分より二つ年上のこの容疑者が、ひどく素直な性格に思われた。

「では、そのときの模様を言ってみたまえ」

「ただいま言いましたとおり、岸井さんを脅かして千七百円を奪《と》りましたが、美代の出産費用のこともあり、また金を奪ろうと思い、今度は国電に乗って品川駅に行きました。駅前をうろうろしていると、荷物を背負った男が、旅館を探しているらしいので、おっさん、宿のいいところを世話してやろうか、と言うと、世話してくれ、と私についてきたので、暗い道につれこみ、金をくれ、と言うと、その男は、むちゃを言うな、おまえ、客引きなら、金は旅館に行ってからやる、と言いましたので、オーバーのかくしから出刃包丁を出し、金を出さねばこれだぞ、と言いながら右手をふりあげたのであります。すると、相手の男は、わあ、と大きな声を出し、逃げようとして、下水の溝《みぞ》に足でも突っこんだらしく、私は騒がれて人が来てはたいへんだと思い、そのまま先の方へ走って逃げていったのです」

「そのとき使った出刃包丁は、これか」

小野木は、また「証第二号」の出刃包丁を見せた。

「そうです」

容疑者はうなずいた。

「相手の男、つまり中田吉平は、このような怪我《けが》をしたということだが、どうか」

小野木は、医師の診断書をよんで聞かせた。

「私は出刃で脅すつもりでふりあげただけですが、そのときに傷ついたものであろうと思います」

容疑者は小さな声で答えた。

「このハンカチは何か」

小野木は「証第三号」とついた、うすよごれたハンカチを出した。

「そのハンカチは私のもので、出刃をふりあげたとき、私の顔の右の鬢《びん》あたりが痛いような気がしたので、手をやってみると、血がつきましたので、そのハンカチで拭《ふ》いたのです。その傷は、ほんの少しでした」

「おまえの血液型は何か、知っているか」

「O型です」

「この出刃包丁で、ほかに人を脅して金を奪《と》ったことはないか」

「ありません」

このとき、先輩検事の石井《いしい》が、すこし離れたところで、じっとこちらを見ているのを小野木は知った。

彼は書類を見た。

「おまえと下田美代との関係はどうなんだね」

小野木は、さっきから言うはずの尋問を最後にした。最後にしなければならぬ理由が彼にだけあった。

「はい、下田美代は」

と言いかけたとき、二十九歳の容疑者の顔がやや上向きになり、声まで弾んできたようだった。

「美代は、下田《しもだ》武夫《たけお》の妻で、当年三十七歳になります。夫婦の間には十二歳を頭《かしら》に三人の子供までありますが、美代の話では夫と仲が悪く、いつも別れ話が出ていたそうです。そうして夫武夫は、九州のほうの会社に転勤になったまま、妻子を呼ぼうとはせず、向こうで愛人ができて、同棲しているということでした。そんなわけで、美代は夫とも仲が悪く、別れる気持でいましたので、昨年夏ごろから、私との間に、どちらから言いだしたともなく、情交関係を生ずるようになったのであります」

柴木一郎は、しごく明るい顔になっていた。小野木の表情のほうが暗かった。

「そうすると、おまえは」

小野木は、一度、息を吸いこんで言った。

「夫のある女と、そういう関係になったのだね。それに対して、悪いとは思わなかったか」

「思ったことはありません」

柴木一郎は即答した。

「ほう、どうしてだね」

「美代を不幸にした男ですから、それに対して、悪い、という気持は起こりませんでした」

小野木は、うむ、と言って、何か言おうとしたが、すぐに言葉にならなかった。言いかえしたいことはいっぱいあるのだが、当面は言い負かされたかたちだった。

「ところが、私が失職してから」

柴木のほうから話しだした。

「美代が妊娠三カ月であるということを初めて聞かされました。私も責任をとらねばならぬと思い、美代と同棲する気になりました」

「夫のほうはどうするつもりだったのか」

小野木は容疑者の顔をじっと見た。自分では分からなかったが、その目が急に険《けわ》しくなってみえたのか、容疑者の柴木が怪訝《けげん》な顔をした。

「それは、美代が夫と別れると申していましたから、その意志に任せました」

「美代とは、そのような関係ができた当初から、夫婦になる気はなかったのかね」

「年齢がちがうので、夫婦になるという気はなかったのですが、妊娠したことを知ったので、それで一緒になる決心をしたのであります」

「美代の両親は、美代が妊娠していることを知っているか」

「実家の者には妊娠の事実をかくしておりました。しかし、次第にお腹も大きくなり、隠しきれぬことにもなり、なんとしてでも、私が美代をひき取って同棲せねばならぬことになりました」

「おまえは、当初、美代と関係を結んだとき、夫婦になる意志はなかったといっているが、結婚するつもりになったのは、美代が、妊娠したためか」

「そうです。それは私の責任であります」

責任であります、と言ったとき、柴木一郎は何かをこらえるように口を一文字に結んだ。

「その場合、美代の夫が、夫婦別れを承知しなかったら、どうするつもりだったか」

「夫婦別れをしなくても、同棲するつもりでした。生まれる子は、私の子に相違ありませんから、美代の亭主も別れないはずはありませんが、もし別れないときでも、離婚まで待って結婚するつもりでした」

小野木は、このとき先輩の石井検事が、五六歩の距離に立ちどまって、耳を傾けているのを知った。

小野木をふくめて、ここにいる七人の新任検事は、司法研修所をこの春終えたばかりであった。

司法研修所というのは、判事、検事、弁護士を国で養成するところで、二年の課程を必要とする。

修習生たちは、裁判所、検察庁、弁護士会と回り、最後にまた研修所に帰ってくる。いわば、医者のインターンのようなものである。検察庁では、実際に容疑者の取調べに当たるのだが、そのときは先輩検事が教官となって補導してくれる。

その期間が終わり、検事の任命をうけても、当分の間、その地検に配属された新任検事は一堂に集まって、比較的簡単な事件から受け持たされるのである。先輩検事は、やはり見まもってくれ、相談に乗ってくれるが、刑量の決定については容喙《ようかい》できないことになっている。つまり、研修所時代とは違い、その点が一人前になったわけである。

が、先輩検事がつきそっているところは、まだ、研修所の気分であった。

小野木は、猫背の石井検事が、手を後ろに組んで近くに立ちどまっているのを意識しながら、目の前の容疑者の柴木一郎に次の尋問をした。

「犯罪の動機は美代と関係があるのか」

「はい」

容疑者は、ここで辛いというような表情をして、頭を前に垂れた。

「そんなわけで、美代を実家からひきとって同棲せねばならぬことになりましたので、そのためには世帯道具も整えねばならず、また生活費にも困りましたけれど、依然仕事がありませんでしたから、金を得るには、悪いことをするよりほかに方法もなく、ついに今回の罪をおかすようになったのであります」

「美代は、今度のおまえの犯罪が、自分のことから起こったので、夫の武夫とも別れ、また、生んだ子はおまえにも迷惑をかけないで、自分の手で育ててゆくつもりだ、と言っているが、これについて、おまえはどう思うか」

柴木一郎は、うつむいたまま黙っていた。見ると、涙を膝に落としていた。落ちるときの水滴は陽にきらりと光った。

事務員が入口に現われ、靴音をしのばせて小野木の横に来た。

「小野木検事殿、お電話です。葛西《かさい》さんとおっしゃるかたからです」

小野木は、うなずいて、ありがとう、すぐ行く、という意味を返した。それから、ゆっくりと歩いて部屋を出ていった。

電話機は事務室にある。書記が机に向かって謄写原紙を切ったり、書類を書いたりしていた。

「もしもし」

小野木がはずされた送受器を握って耳に当てると、

「小野木さん？」

と、結城頼子の声が呼びかけてきた。

小野木は、柴木一郎を取り調べているときから、頼子が頭の中に密着していた。それで、いま彼女の声を聞くのが、しごく当然のように思えた。

## 暗い窓

### 1

「小野木さん？」

と、呼びかけた結城頼子の声の後ろには、かすかに自動車のクラクションが聞こえていた。小野木喬夫は、それで頼子が、どこかの街角《まちかど》で電話をかけているのだと知った。

「昨日はご迷惑でした」

頼子の声には、小野木が聞いて、特有の潤《うるお》いがあった。低い声を出すときに、とくにそれがひびいた。

「いえ、失礼しました」

近くには書記が書類を書いていたし、一心にガリ版を切っている者もいた。この事務室に話し声はなかった。

「お仕事でしょう?」

頼子はきいた。

「はあ」

「たいへんね」

頼子は短く切って、

「ちょっと、お声が聞きたかったのです。いまどこにいるかご存じ?」

「知りません」

「あなたの、つい、近くですわ」

「近く? 近くって、どこです?」

「田村町《たむらちょう》ですわ」

頼子は答えた。

「そうね、そこから歩いていらして三分ぐらい」

「………」

「でも、だめよ。わたし、すぐここから離れますから。今日は、運転手が横に車をとめて待ってるんです」

「……」

「もしもし、分かります？」

「はい、分かります」

「これからある場所に行くのですが、あなたの近くだから降りて電話したのです。べつに用事はありません。昨日のお礼を言いたかったのです。いいところへ連れていっていただきましたわ」

深大寺のことだった。小野木の目にも、緑色の木立の中に歩いている頼子の姿が浮かんだ。蕗《ふき》が生えている陰に、暗い湧き水が朽葉《くちば》の積んだ下を流れている場所だった。

「それだけよ。では、切ります」

「もしもし」

小野木は、送受器を握った手に力を入れた。

「今度は……」

と、彼は言った。

「いつ、電話をくださいますか？」

会ってくれるか、とききたいのだったが、それは言えなかった。

「そうね」

声が切れている間、電車の音が送受器を通過した。

「近いうちにします。では、さよなら、お元気でね」

「失礼しました」

小野木は仕方なしに言った。送受器を置かない前に、ことりと切れる音がした。

電話は、いつも頼子からかけてきた。こちらからかけることは不可能だった。それは彼女の置かれている立場に遠慮しているからではなく、彼女がその電話の番号を教えなかったからだ。

結城頼子は電話だけでなく、その家も教えなかった。彼女の家が漠然と渋谷《しぶや》ではないか、と考える理由が小野木にはある。が、彼女との交渉が半年以上つづいた今でも、家の所在地を彼に教えることを頼子は、はっきりと断わった。

だから、電話は常に頼子からかかってきた。小野木がかけたくても、その方法がない。一方交通だった。

小野木は、頼子にたびたびそれを責めた。

そのうちね、と頼子はなだめるように言った。そのときの頼子の頰が水のように寂しいので、彼は、いつも、その説得に負けた。しかし、後悔するのだ。頼子に無性に会いたいとき、いらだつだけであった。

小野木は、これまで何度、電話帳をくったことであろう。結城の姓を探し、渋谷の局番に一致する番号を拾った。それは、八つあった。しかし、八つの番号にかけてみたが、ことごとく違っていた。

頼子が夫の姓と違った実家の名前を言っているのかも分からないし、疑えば偽名かも分からなかった。小野木は一度だけそれを頼子にきいたことがある。

「そんなこと、お知りになる必要はありませんわ」

頼子はそのとき言った。

「わたしは結城頼子よ。あなたは結城頼子というわたしを信じてくださればいいの。わたしにまつわっている係累《けいるい》のいっさい、環境は、あなたには関係ないことですわ。小野木さん、わたしという女だけを見つめてくだされればよろしいの。あなたは、わたしの家族のことを知る必要はありませんわ」


自席にかえると、柴木一郎が行儀よくすわって待っていた。小野木が椅子につくと、容疑者は、じろりと下からうかがうように見た。

小野木は書類を重ねた。

「柴木」

と、彼はうなだれている相手に言った。

「だいたいの調べはすんだ。今日は、これで帰っていいよ」

「はい、ありがとうございました」

容疑者は丁寧に頭を下げた。それから、すこし怪訝《けげん》そうに小野木の顔をちらりと見た。小野木の表情に今までとは違ったものを敏感によみとったかもしれなかった。

巡査が来て、柴木をつれて去った。その後ろ姿を見ながら、小野木は刑量のことをなんとなく考えていた。回ってきている次の書類を見ると、デパートを常習的に荒らしている万引女だった。時計を見ると、十二時を過ぎていたので、食事に立った。

サンドウィッチの注文を給仕に頼んで会議室に行くと、コの字型にならんだ机の端の方で、同期の加藤《かとう》検事がライスカレーを食べていた。

「やあ、お疲れさん」

加藤は自分の横の椅子をさした。

「今かい？」

と、昼食のことをきいた。

「ああ」

小野木はそこに腰かけた。

「疲れるね。元気がないようだが、何人も調べたのかい？」

加藤はスプーンを口に運びながら小野木の方を向いた。

「いや、一人だけだったけれど」

「むずかしい事件だったのかね？」

「強盗傷害だ。女のために生活費がほしくて、路上で出刃包丁を振るったというのだが」

「その女は、水商売か何かの女かい？」

加藤検事は、黄色い飯をつっついていた。

「そうじゃない。地方にいて、下宿のおかみさんと仲よくなり、東京に来たが、職がなかったというのだ」

「ふうん」

加藤は、また小野木の顔を見た。

「女の亭主はどうした？　追いかけてはこなかったのかい？」

「いや、亭主にも女がいたのだ。ほとんど家には寄りつかなかったらしい。それで、いっしょに逃げてきたようなものだ」

給仕がサンドウィッチと紅茶を運んできた。小野木はそれをつまみながら、ふと、結城頼子も今ごろ、どこかのレストランで食事をしているのではないかと思った。一人でしているのであろうか。しかし、一人以外には考えたくなかった。

「ぼくが調べたのは」

加藤が言った。

「亭主が、ほかの男と仲よくなった女房を棍棒《こんぼう》でなぐった事件だがね。田舎だ」

小野木はサンドウィッチに向かっていた。

「三週間の傷を負わせている。本人は、女房を叩《たた》きのめすつもりでやったのだが、それで死ねば死んでもいいと思った、と言っている。殺意があったか、なかったか、この辺が微妙なところだがね。送致書には、殺意を認めているんだ」

加藤は皿をきれいにして手を拭《ふ》いた。

「おもしろい。勉強になるよ」

と、彼は煙草をとりだしながら言った。

「女房のほうも尋問したがね、これは亭主と別れると言っている。いや、ひどい目にあわされたから怖《こわ》いという理由だけで、他の男と仲よくなった事実は認めないのだ。警察から否認のしどおしだがね」

加藤検事は興にのって、そのことを話したそうにしていた。

もし、このとき事務員がはいってきて、上司が呼んでいることを告げなかったら、彼の話はさらにつづいていたかもしれない。

「きみ」

と、椅子を立つとき、加藤は小野木の肩をたたいた。

「帰りには、ビールでものまないか」

「そうだな。しかし、今日は失敬しよう」

「いやに元気がないね。どうしたのだ？」

「疲れたのかもしれない」

「そりゃいけない。じゃ、また、田舎にでも出かけてみるんだな」

加藤は、小野木の趣味を知っていた。

小野木はサンドウィッチを食べおわった。紅茶をのみながら、ふと、気づくと、厚い本が一冊、机の上に残っていた。加藤がすわっていたところだから、彼が忘れたものらしい。

小野木は、なんとなくそれをひき寄せてみた。古い判例集だった。加藤検事は勉強家だから、始終、このようなものを読んでいるらしかった。

本の間には、加藤が入れたらしい付箋《ふせん》がはさまっている。小野木はそこを開いた。

その「判決原本」は明治二十四年だから古いものだった。小野木はそれを読んだ。

「右の者に対する故殺《こさつ》被告事件審理を遂げしところ、富田勘次郎《とみたかんじろう》は明治二十三年十一月以来、滋賀県××郡××村、小杉与兵衛《こすぎよへえ》次女サトと婚姻《こんいん》せしに、サトは明治二十四年三月中より、川村金吉《かわむらかねきち》なるものと通じおることを推知するも、強《し》いてこれを咎《とが》めず、そのまま黙許しありしところ、その頃、横浜に居住するものの由にて、氏名不詳《ふしょう》男子、しばしばサトを訪ね来たりしより、被告はサトに対し、如何《いか》なる関係のものなるやを尋ねしに、サトは甥《おい》なる旨を答うるも、被告はこれを信ぜず、強いて事実を詰問したるに、かく疑わる上は死して潔白を示さんとて、すでに出刃包丁をもって自殺せんとせしにより、これを止めたるも、被告の疑念は一層加わり、明治二十四年四月三日夜、被告においては、サト不在中帰宅せし折、右男子、サトを尋ね来たりしにより、家内に入るべき旨申し聞かせ引きとめるも、右の者、逃げるが如く立ち去れり……」

小野木は、煙草をすった。煙が紙の上をもつれてはっている。目は、いやでも、その先を読まないと承知できなかった。不安な文字である。

「被告は立ち去りたる右の男子のあとを、ひそかにつけ行き、車屋某方へ立寄りたるを認め、右車屋方にいたり、該《がい》男子の氏名住所を尋ね、かつ、右男子とサトと私通の周旋《しゅうせん》をなしたることあるやを問いたるに、車屋は住所などは存ぜず、かつ、私通の周旋などは致《いた》さざる旨答うるにつき、爾来《じらい》、面会の世話等はいたさざるよう断わりおき、帰宅せしに、該夜、十一時にいたり、サトは知人と同道、寄席《よせ》より帰り来たりしにつき、一応、横浜より来たりし某の儀申し出たるもサトは依然、甥なる旨答えおりたり。しかるにサトが、甥と称するものは、その実、情夫にして、サトは執心これを慕いおることは、最早、掩《おお》うべからざる事実なるに、あくまでこれを隠蔽《いんぺい》するは甚《はなは》だ嫉《ねた》むべきことと思惟《しい》し、サトに対し、その不道義を責問するに、このとき初めて坂本喜太郎《さかもときたろう》なる旨、氏名を申し明かす。なお、その住所は押し包みおるのみならず、いたずらに疑いを受くるなれば死するほう勝《まさ》れるにつき、殺すべき旨傲然《ごうぜん》申し答え、さらに事実を吐露《とろ》せざるにより、被告はここにおいて、怒心にわかに発し、自ら押えること能わず、むしろサトを殺すべしとの意志を生じ、翌四日午前二時頃、かねて隣室の簞笥《たんす》の下にしまい置きたる鰻截《うなぎさき》包丁を持ち来たり、サトが横臥せる傍より、俄然その咽喉部を刺し貫き、左右頸《けい》動静脈《どうじょうみゃく》気管を切断し、なお、外《ほか》数カ所に傷を負わせ、ついに殺害したり。

これを法律に照らすに、刑法第二百九十四条にあたり論ずべきものとす。

右の理由なるをもって、被告人富田勘次郎を死刑に処す。

明治二十四年十月三十一日、東京地方裁判所において検事阿南尚《あなみひさし》立会第一審の判決を言い渡すものなり」

小野木は厚い本を閉じた。付箋の赤い色がページの間からはみだしている。同期の検事はおそらく、いま自分が手がけている事件と相似しているので、栞《しおり》がわりに付箋をはさんだのであろう。

小野木は、長いこと煙草をすった。目が暗くなった。食事をしていたほかの検事たちは、誰もいなくなった。窓から薄ら陽が射している。隣の建物が高いので、ここにはわずかな陽しか洩れてこなかった。

靴音が、廊下から聞こえてきた。

目をあげると、石井検事が猫背を、戸口からゆっくりと現わした。顔がうす暗いので、眼鏡だけが光っていた。

小野木は、はっ、となっておじぎをした。

「あ、小野木検事」

石井検事は、小野木の傍に寄ってきた。

「食事だったのか？」

と、先輩検事はきいた。

「いえ、もうすみました。これから部屋に帰るところです」

小野木が言うと、

「はあ」

小野木は頭をさげた。石井検事が、あのとき、横に立って聞いていたのは知っていた。

「あれは、よかったよ。ぼくは、ちょっと聞いていたがね」

「はあ」

「さっき、きみがやっていた強盗傷害の尋問だが」

と、石井はとめた。

「きみ」


「いずれ」

と、小野木は言った。

「論告の草案のときは、なにかと教えていただきます」

「いいよ」

石井は答えた。

小野木は部屋へ帰る廊下を歩いた。先輩からほめられたが、そのことは実感がこなかった。あたりが暗くて仕方がなかった。

しかし、その暗い中に、結城頼子の声が、もう一度無性に聞きたくてならなかった。

役所が退《ひ》けてから、小野木はひとり日比谷《ひびや》公園の横を通って、銀座の方へ歩いた。すぐにバスに乗って帰る気になれない。歩きながら、いろいろなことを考えてみたかった。

2

夜、アパートで、小野木喬夫は日記をつけた。

「頼子より電話。役所」

最後の部分は、いちばん簡単である。ただ、心覚えというだけの文字であった。

昨日のところは、こう書いている。

「頼子と深大寺に行く。諏訪で会った若い女性と偶然に出会う。深大寺より多摩川へ回る」

ほかのことは、かなり詳しく書いたが、頼子の名前の出る部分はどこも短かった。

小野木は煙草をすいながら、前のほうを繰って見ている。ひとり住まいだから、しんとしたものだった。どこかの部屋で、ラジオがニュースの終わりとして、プロ野球の結果を知らせている。

「頼子と向島《むこうじま》を歩く」

「頼子よりアパートに電話」

「頼子と夜の海を見にゆく」

二日おきのときもあるし、十日もはなれていることもあった。

このような簡略な文字になったのは、いつごろからであろう。以前はもっと詳しかったし、感情も書き入れてあった。簡素になったころから、一つの意味が発生している。そのことから文字が自由を失いはじめたのだった。

日記は勝手なつけ方だった。帳簿のように厚いノートに書いているので、去年のぶんまでいっしょについていた。

「×月×日。天気だが、風が寒い。夕方からモスクワ芸術座を演舞場に見にゆく。一週間前から手に入れた切符。今日から〝桜の園〟のかわりに〝どん底〟上演。——途中で出る」

この日から、頼子が日記に顔を出している。

小野木がそのときにとった席は二階で、かなり前の方だった。客はぎっしり詰まっていて、開演前に廊下を歩いていても、新聞などで顔を知っている文化人や、新劇の俳優や、はっきりそれと分かるジャーナリストのような人が多かった。

小野木は、芝居がそれほど好きというわけではなかったが、世界的に知られているモスクワ芸術座というものを見ておきたかったし、以前に『どん底』を読んだことがあるので、その本の活字からうけたイメージが舞台でどのように実際に目に組みたてられて映るか、確かめたい興味があった。

開幕の前に、ソ連にいる日本人の高名な女優の声が流れて、ドラマの解説がはじまった。レコードだったが、それを聞いている観客席では、あちこちで小さなささやきがはじまっていた。長い間、この女優はソ連にいるのだが、日本語の音韻の美しさを十分に聞かせてくれた。観客の静かなざわめきは、そのことの驚愕《きょうがく》と、述懐《じゅつかい》がまじっていた。

小野木の左隣には、黒っぽい洋装の婦人がすわっていたし、右隣には髪の長い初老の紳士がいた。

その婦人の横顔が、うす暗い照明のなかで美しいのは気づいていたが、それ以上の注意は、小野木にはなかった。彼は、それから始まった舞台を一心に見ていた。

舞台は陰惨な洞穴《ほらあな》のような地下室の木賃宿である。ぼろ服をきた浮浪者がきたない寝台にごろごろしていた。破れた服がたれさがったりするので、観客席ではくすくすと笑いが起こっていた。言葉は分からなかったが、日本人には馴染《なじみ》深い劇なので、新劇を見るように、観客は、舞台の進行といっしょに、目に感情を動かしていた。

正面の左側にはカーテンが下がり、死にそうな肺病女が寝ていた。やがて、袋を背負ったルカ老人が現われ、絶望の止宿人にキリストの教えを説いている。

小野木は熱心に見入った。舞台は、彼が本から受けとったイメージを越えていた。目をつむると、彼以外には誰一人としていないように、満員の観客席が静まりかえっていた。みんな身じろぎもしていなかった。

いや、ただ一人、体を小さく動かしている者がいた。それが小野木の左側にすわっている黒っぽい洋装の婦人だった。

舞台を見つめている目には、左の端にちらちらと映るその婦人の動作が、目ざわりでならなかった。椅子に腰かけた彼女の体は、ゆっくりだが、左に傾いたり、右にゆれたりした。そして、前にうつむいたりしているのである。

落ちつかない女性だと思った。その落ちつかなさが、彼の正面を凝視《ぎょうし》している目まで攪乱《かくらん》するのである。

劇は進行していた。喧嘩がはじまったり、酔っ払いが出てきたりする。木賃宿の主婦のワシリーサがその妹のナターシャに嫉妬《しっと》している。このころから、小野木は隣席の女性の動作が普通でないのに気づいた。

不躾《ぶしつけ》だから、はっきりと横を向くのを遠慮していたのだが、彼女は口にハンカチを当て、目をとじて、いかにも、その場に耐えられないように身もだえしているのであった。

ただ、彼女はその苦悶をできるだけ抑圧しているのだった。

小野木は隣の女性からしばらく目を放していた。もう一度舞台にとけこみたい気持もあったが、この女性に同伴者があることを考えたからだ。彼女の左側には太った男がすわっていた。小野木は、それとなく様子をうかがったが、太った男も、時々気になるように、彼女に目をやっているようだった。だが、声はかけなかったので、その男が同伴者でないらしいとは見当がついた。

婦人はもう舞台の方を見ていなかった。うつむいて口にハンカチをあてている。相変わらず、体をくねらせていた。小野木は、今度は、はっきりと見た。その婦人はハンカチの端を口の中に入れて噛《か》んでいるのだった。見えないが、汗も流しているように思えた。

小野木は、思いきって、婦人に低い声をかけた。

「ご気分でもお悪いのですか？」

婦人は返事をしなかった。ハンカチは口からはなれず、声もおさえているようだった。顔を伏せたが、それがうなずきのかわりにもとれた。

小野木はひそかにあたりを見回した。劇場の案内係は一人も姿を見せていなかった。観客のたくさんな顔が、石のようにならんでいる。それは一種の威圧であった。

おそらく、この婦人は、観客の迷惑を考えて、途中から席を立つのをはばかったのであろう。立つと彼女の姿勢は、きっと普通の状態ではあるまい。観客の注視からうける苦痛も、彼女を椅子から立たせないに違いなかった。

舞台ではナターシャがカーテンの中をのぞいて肺病女の死んでいるのを発見し、叫び声をあげる。修理工の亭主が枕もとで慟哭《どうこく》する。第二幕の終わりに近づいた高潮の場面であった。

さっきから早くカーテンがおりればいいと思っていた小野木は、婦人の苦しみがひどくなってきたようなので一分も猶予ができない気がした。

彼女にささやいた。

「失礼ですが、ひどくお苦しみのようですから、廊下に出られたらいかがですか。この劇場には、たしか医務室があるはずです。よろしかったら、ぼくがそこまでお供をします」

婦人は、小野木が思ったよりも素直にうなずいた。それはよほど我慢ができなくなったからに違いなかった。しんと静まりかえった小ゆるぎもしない周囲の観客たちの圧迫をはねかえすように、小野木は勇気を出して椅子から立ち、通路を歩いた。

その婦人は、後ろから影のように従ってついてきた。

廊下に出て、はじめて小野木は婦人の顔を明るいところで見た。すらりとして背の高いひとに違いなかったが、姿勢はうつむき加減に傾いていた。彫《ほ》りのふかい顔が蒼白《そうはく》になっていた。

小野木は、

「医務室がどこか、きいてきます。ここに休んでいてくださいますか」

と、廊下に置いてある長椅子をさした。

「すみません」

婦人は初めてハンカチを口からはなして低い声で礼を言った。それからクッションの上によりかかって斜めにかけたが、その形態《フォーム》は自然な、きれいな線になっていた。

小野木は向こうに立っている案内嬢のところに行った。

「急病人が出たんでね、すぐに医務室に連れていってもらいたいのだが」

紺色の制服をきた若い娘は、小野木の顔を大きな目で見て、次に長椅子によっている女性を眺めた。

「あのかたですね？」

そうだ、と言うと、敏捷《びんしょう》な動作で急病人のところへ行った。

「医務室は地下になっております。どうぞ」

案内嬢は、婦人をたすけて歩きながら、小野木を振りかえって言った。小野木を彼女の同伴者と思いこんでいる言い方だった。

小野木は、それは違うのだ、と言おうとしたが、とっさにそれが口から出なかった。ここまで連れてきたのだから、医務室まではついていかぬと徹底しないような気持になった。あとで考えると、小野木はそのときに、もう結城頼子に惹《ひ》かれていたと言えそうだった。

案内嬢が彼女の腕を抱えるようにして地下室の階段をおりた。小野木は、すこし離れて従ったが、医者に彼女を渡したら、すぐに引きかえすつもりでいた。遠くの方で長い拍手が聞こえてきた。

医務室には医者も看護婦もいなかった。

「先生をすぐにお呼びしてきますから、しばらくお待ちください」

案内嬢は、病人にではなく、後ろからついてきた小野木に向かって言った。

医務室は狭かった。診察机の横は、上がり框《かまち》になっていて、二畳ばかりの畳が敷いてあり、隅に急患を寝かせる布団が折りたたんであった。

案内嬢は医者と看護婦を探しているらしく、すぐには帰ってこなかった。小野木は妙な立場で佇んでいる自分を知った。

「あの時は、どうぞ観客席にお帰りください、と言いたかったけれど、苦しくて、それも言えませんでしたの。それに、やっぱり、あんなところで、ひとりぼっちにされるのは心細かったわ」

あとになって頼子は、そのときのことを言って小さく笑った。

しばらくして、医者は看護婦といっしょに戻ってきた。今まで舞台を見ていたらしかった。

「どうなすったんです？」

医者も小野木に向かって言った。

小野木は無関係の人間とは言えなくなった。曖昧《あいまい》に、

「急に、苦しい様子だったものですから」

と言った。医者はそれで簡単に納得し、そこの椅子によってハンカチを顔にあてている婦人に向かった。

「どこがお悪いのですか？」

小野木には聞こえなかったが、婦人が小さく答えたので、医者はうなずいた。

「胃痙攣《いけいれん》ですね。では、注射をしておきましょう」

と言い、小野木の顔を見た。医者も、看護婦も、案内の女の子も、みんな頭から小野

木を病人の同伴《つれ》だと思いこんでいるようだった。——

「あのとき、どうしてお逃げにならなかったの？」

と、やはりあとで、頼子は小野木にきいたことだった。

「なんだか、そのままにして帰ったら悪いような気がしたんです。せめて、車に乗せるまでは世話したかったのです」

　小野木は、そう答えた。

「ご親切なかただと思ったわ」

「こいつ、不良じゃないかと警戒していたんじゃないですか？」

「ううん。それはわたしが薄目をあけて、小野木さんを観察していたから分かったの。その区別はつくわ」

「ぼくが、あなたの車に乗って、お宅の近所にお送りします、と言ったときは、おどろきませんでしたか。自分でもあとで、その勇気にびっくりしたくらいです」

「いいえ。あのときは、自然にそうなったのね」

　頼子は、うまい表現をした。

　実際、そのときは自然にそうなったという以外には言い方がなかった。小野木はタクシーの中に先にはいった頼子が、まだ体を折って前にもたれているのが気になってならなかった。彼女は注射が終わって、医者が、しばらくすると楽になるから、ここに寝《やす》んでいるように、という忠告を断わって、タクシーで帰ると言いだしたのだ。そういう場所に体をしばらくでも横たえたくない彼女の潔癖らしいものが、傍に立っている小野木にもよく分かった。

タクシーに彼女がはいったとき、運転手が当然、小野木もつづいて乗りこむものと思い、ドアをあけて彼を見ていた。小野木には、その運転手の顔も風采《ふうさい》もひどくガラが悪く見えた。頼子は、まだ、ろくに口も利けないようにして、前部のよりかかりに体を支えている。夜だったし、弱り疲れているきれいな婦人客をひとり乗せて走るこの運転手に、小野木は危惧《きぐ》を突然に覚えたものだった。

とっさに決心して、乗りこみ、自分でドアを閉めた。

「ご近所までお送りします。どこまでですか？」

小野木は顔を伏せている婦人にきいた。

「渋谷ですわ」

婦人は小さな声で答えた。

「渋谷」

小野木は、獰猛《どうもう》な顔つきをしている運転手に言った。——

「あの時は、わたしも運転手の顔をみて、車を降りたくなったくらいでした」

やはり頼子はあとで述懐して言った。

「小野木さんが近くまで送ると言って傍におすわりになったとき、内心ほっとしたの。でも、お気の毒だったわ。せっかくのモスクワ芸術座を放棄されて……」

しかし、意識のどこかに惹かれるものがなかったら、彼も彼女の傍にすわらないだろうし、彼女も拒絶したに違いなかった。

車は、赤坂から青山《あおやま》を通り、渋谷の賑《にぎ》やかな灯の見える坂を下った。

「渋谷はどの辺ですか」

小野木はうつむいている隣の婦人の様子を見まもりながらきいた。

「松濤《しょうとう》です」

彼女は、やや間《ま》をおいて答えた。

車は道玄坂《どうげんざか》をあがり、環状線の出合いを右に曲がった。

「ありがとうございました。ここで結構でございます」

婦人は顔を上げて言った。車の交通は激しいが、両側は塀の多い暗い邸町《やしきまち》だった。

「ほんとうにご迷惑をおかけしまして、申しわけございません。あの、お名刺をお持ちでしたら、不躾ですけれど、ちょうだいできませんかしら？」

小野木は断わったが、婦人が車を降りて歩きだすころに渡した。本当は、このまま彼女との縁が切れるのを惜しむ気持だった。名刺にはアパートの電話番号もはいっていた。

お宅の前までお送りします、というのを彼女は強いくらいに辞退した。

小野木は、車の内に戻るのを忘れて、そこにしばらく立った。彼女の姿が、行き交う自動車のヘッドライトにときどき浮きだされながら、夜の中に去ってゆくのを見送った。そのとき吹いていた風の快い寒さを、小野木はいまでも記憶している。

## 3

そのことがあって一週間ぐらい過ぎた。

小野木喬夫にとって、あの夜の出来事は、一つの行きずりにすぎない。しかし、彼はモスクワ芸術座の舞台を途中で放棄したことを、それほど後悔はしなかった。自分がすすんでそれをしたからだという意味ではない。つまり、彼女を世話して渋谷の夜の通りに置いてきたことに、それだけの充実を感じていたと言えそうだった。あのときの寒い風が頬に爽快《そうかい》だったようにである。

そのとき小野木はまだ司法修習生だった。裁判所、検察庁、弁護士会と回り、最後にふたたび司法研修所に戻ってきた、いわば、二年間の修業の最後の期間だったのだ。

小野木は、なぜ自分が司法官を選び、その中でも検事を選んだか、特別に意義づけて考えたことはなかった。しいていえば、叔父に地方検事をつとめた者がおり、田舎の実家の者がこの叔父を尊敬していたから、同じ職業につくようすすめられたにすぎなかった。それは多くの人間の職業が、そのようなたいした理由もない結びつきで、ほとんど成立するのと同じであった。

小野木は、異常な熱意もなかったかわり、あまり抵抗もなく、この二年間の研修を終わりかけていた。

それほど熱心でなかったことは、さして罪悪ではない。異常な熱意に燃えてついた職業を、中途から失望して投げすてるよりも、少なくとも検事になることは、自己の責任がもてる、と彼は思っていた。

ただ、研修所の教程となっている数々の判例集の中に塗りたくられているどろどろした人間臭や、最後の課程にはいっての生きた人間の取調べの実習に感じる人間の業苦《ごうく》というものには、時に神経が圧倒された。小野木のような青二才にはとても太刀打ちできそうもない巨大な壁の厚みが、犯罪というかたちで凝固《ぎょうこ》しているように思えた。それに手向かうのが『六法全書』という活字本なのである。これを武器に人間業苦の集積を解決してゆくことの頼りなさに、小野木は自信を失いそうになるのだ。

ほかの同僚たちも、同じ懐疑《かいぎ》をもっているだろうか。小野木はそっと自分の周囲を見渡してみることがある。が、無論、表面のことだが、その様子は見受けられなかった。

みんなが、平気な顔で人間の地獄を条文によって裁断してゆこうといそしんでいるのだ。

たとえば同期生の加藤喜介《きすけ》だ。この検事志望者は、はじめから検事を天職と考え、一番の成績で研修所を卒業しようと、なみなみならぬ勉強をしている。研修所のテキスト以外の、あらゆる広範な判例集を読破して頭にたたきこもうとしているのだ。おそらく、彼は、ぎっしりと細かく活字で組まれた条文以上の絶対はないと信じているに違いない。彼には、小野木が感じるような懐疑も自信喪失《そうしつ》もないであろう。

小野木は、これまで、ひどくやりきれなくなると、地方の古代遺跡を歩いてまわった。中学校のとき、考古学にひどく熱心な教師がいて、貝塚や竪穴や横穴などの石器時代遺跡の発掘につれていかれたものだが、いまごろになってそれにひかれたのは妙な具合だった。とにかく、人間関係のあまりに複雑な業苦ばかりを見せつけられると、古代人の単純な生活の跡が、いつのまにか彼の逃げ場所になってきた。そのような習慣が、そのころから始まっていた。——

あれは、たしか頼子を最初に送って一週間ぐらいしてからだった。もちろん、頼子という名前はそのときはまだ知らなかった。アパートに電話がかかってきたので出ると、

「この間はたいへんありがとうございました。演舞場から渋谷までタクシーで送っていただいた者ですわ」

と、女の声が聞こえたのには驚いた。

「お名刺をいただいたので、それでお電話申しあげたのですわ。失礼ではございませんでしたかしら」

と、彼女の声は言った。

「いえ、かえってぼくこそ失礼いたしました」

小野木はかなり狼狽《ろうばい》して答えた。落ちついて考えると、とりようによっては、見ず知らずの婦人と同車した彼の行動こそ不躾だったのだ。

小野木は電話口で頬をあからめたのを覚えている。

「あの、大へん失礼なんですが」

と、ためらったような声で婦人はつづけた。

「次の土曜日の夕方六時から、T会館のロビーでお待ち申しあげていますわ。ぜひ、ご夕食をご一緒したいと存じますので」

あっと思った。返事にとまどっていると、

「ご都合よろしいんでございましょう？」

と、おいかぶせるように言った。

「はあ、それは……しかし」

「わたくし、結城と申します。フロントにそうお尋ねくださいまし。フロントにそう申しつけておきますから」

それが、彼女の姓を知った最初であった。

「あの時は、おしつけがましい女だとお思いになったでしょう？　だって、そういう言い方をしなければ来ていただけないような気がしたんですもの」

あとで結城頼子は小野木に言ったことだった。

「いや、そのように言われなくとも、ぼくはおうかがいしたでしょうね」

小野木も答えた。

実際、その時、彼は断わらなかった。のみならず、土曜日になる二三日の間に、ひどく間隔を感じたものだった。

小野木はそれまで恋愛の経験が一度はあった。しかし、それは彼にも相手のほうにも事情があって実らなかった。その時、待っている二三日の気持が、その恋愛をしていた期間のある時期の意識に似かよっていたのは、これもあとで気づいたことであった。

土曜日の夕方、小野木は研修所が午前中までだったので、早く支度をして出かけた。T会館は豪華な洋式の宴会場として一流だったので、小野木はそれだけの身支度をしていったつもりである。同時に、そのような場所を使っている相手の環境の高さも考えずにはおられなかった。

厚い緋絨毯《ひじゅうたん》をしいた、金色に金具の光っている階段を上がると、二階が広いロビーになっていた。立派な緑色のクッションが贅沢《ぜいたく》な数で置きならべてある場所に出ると、外人客が組になってすわっているのが目についた。天井からは、唐草《からくさ》の模様を絡《から》ませた大シャンデリアがつりさがっていた。

ここに小野木が来るまでに、フロントでは丁重に、承っております、と柔らかい声でおじぎをされ、ボーイを案内に立たせてくれる手数があった。

クッションの緑の波の間から一人の婦人が立ちあがった。微笑してはいたが、小野木はそれが自分に向けられている挨拶《あいさつ》とは知らなかった。白っぽい地に黒い斑《ふ》が大胆に散っている和服で、すらりと姿勢のいい着つけであった。

上背《うわぜい》があるから、知らない者でも、通りすぎてそっと目を向けるに違いないほどきわだっていた。

「お待ちしていました。結城頼子でございます」

袂《たもと》を動かして、その女性が小野木に真正面におじぎをしたとき、彼は一瞬、棒になり、目がぼんやりした。

劇場の医務室に体を苦しそうに折っていた同じひとがここにいるとは思えなかった。若々しいし、呆れるほどきれいだった。

「よくいらしていただきましたわ。お忙しいのに申しわけございません」

小野木をうろたえさせて、そのひとは、口もとにきれいな笑いを見せた。劇場で最初に見たときもそうだったが、いま見ても、つぶらな目いっぱいに墨を滲《にじ》ませたように瞳が黒いのである。

少々、気持が静まってから気づいたことだが、あのときの洋装が和服に変わっているだけではなく、髪のかたちまでちがっていたのである。わずかに波打った髪が豊かにふくれ、眉の上で小さく散っていた。

「あのときは、どうしてあんな恰好で来たのです？　人が違ってみえましたよ」

あとで小野木がきいてみた。

「劇場で、いやな自分の姿をお目にかけたでしょう？　恥ずかしかったのです。そして、残念でならなかったのですわ。ですから、小野木さんに、ぜひ、きれいにしたわたしの姿を見ていただきたかったのですわ。女の気持って、そういうものなのよ」

結城頼子は答えた。

「へえ、では、お礼のためにご馳走に呼んでくださっただけではなかったのですか？」

「もちろん、それもありますわ」

頼子は力をこめて言った。

「あんなにご親切にしていただいたんですもの。それはもちろんですわ。でも、そのついでに、あの時にお目にかけただけがわたしでないことも、訂正していただきたかったのですわ」

小野木には、彼女のその気持が分かる気がした。

「それは、女のひとの本能的な自己存在の主張ですか？」

と、分かっていながら、多少、意地悪げな質問をした。

「小さな虚栄心でなかったことだけは、申しあげておきますわ」

頼子は言った。

「そして、あなたのおっしゃる本能的な自己存在の主張とやらも、まったく無関心な異性に向かっては役に立たぬことですわ」

小野木はそれも理解できた。女性は日ごろは臆病《おくびよう》なのだ。興味のない異性には、その面倒の起こることを恐れる。結城頼子が、もし彼に関心がなかったら、夜の寒い風の吹く通りまで見送らせて、そのまま消えてしまってもよかったのである。

その夜の食事は、T会館に予約した小さな部屋でとった。銀色のきゃしゃなシャンデリアの灯をガラスの壁で反射しあったような明るい贅沢な部屋であった。

「まあ、検事さんですの？」

小野木が招待者に尋ねられるままに、検事の卵です、と言ったものだから、結城頼子はきれいな黒い瞳《め》で彼を凝視したものだった。

「いまではありません。正確には、あと四カ月したらそう呼んでくださっても、おかしくない人間になります」

頼子は、そのことに興味を起こしてきいた。小野木は研修所の仕組を詳しく説明させられる羽目になった。

「おめでとうございます。あと四カ月ってじきでございますわ。小野木さんは……」

と、初めて小野木の名が、頼子の唇から出た。

「きっと、優秀な検事さんにおなりになるに違いありませんわ」

「いや、そんなことはありません」

無理もないが、頼子はそれを、謙遜《けんそん》と取ったようだった。

「いいえ。わたしはそう信じますわ」

結城頼子は自信をこめて言った。

小野木は時々起こるいつもの懐疑感にそのとき陥っていた。が、初めて会った頼子に、もとよりその説明をする勇気はなかった。

それよりも、この女性はいったいどのようなひとか、と思った。きれいだし、化粧の方法もあかぬけていたから、若くみえるけれど、ほぼ自分と同じくらいの二十七八ではなかろうか。彼女の落ちついた動作といい、その着物の好みや着つけ具合といい、年齢を匂わせ、結婚を感じとらせていた。それも贅沢な環境にいるひとなのである。

小野木は、何度、ご主人はどこかにお勤めですか、と聞こうとしたかしれない。が、妻にこれだけの生活をさせる人だったら、普通の勤め人ということはない。少なくとも重役以上だったし、商売としたら大きな資本をかけた事業主に違いなかった。このことが、小野木の質問する気持をおっくうにした。

一度、言いそびれると、妙に気持にひっかかって、口に出しにくくなった。それは、頼子とその後も会うようになったのちまでも尾をひいた。

気がついたが、頼子自身も、けっして夫のことを言葉に上《のぼ》らせなかったのである。それだけでなく、自分がどのような生活環境を持っているか、すすんで説明しようとはしなかった。初対面のときならそれでもいい。しかし、二度目からはおかしなことに感じられるのである。

T会館での食事は、一時間半ぐらいですんだ。けっして、長くもないが短くもない。小野木はその時間を充実して過ごしたが、どこかにものたりなさがあった。

それも色彩が空気のように逃げてゆきそうなむなしさである。

「今晩は、ほんとうにたのしゅうございましたわ。いろいろなことがお話しできて」

頼子はよく本を読んでいたし、話題も豊富で、控え目な批評が適切だった。それらは彼女の知性の高さと感情の奥行を小野木に感じさせていた。このひとと、そのような話を交すことができたたのしさは、むしろ小野木のほうかもしれなかった。

「また、お目にかからせていただきとう存じますわ」

頼子は椅子をすべらせて立つときに言った。

ぼくもそれをお願いします、と小野木は言った。が、それはあくまでも、彼女の言葉を儀礼的なものとして受けとったうえでの挨拶であった。それを、そのまま期待するほど、小野木は無節制ではなかった。

「あのときは、あれきりかと思いました」

やはり、あとで小野木は、頼子にそのときの感想を言った。

「そう？　それでは、わたしが二度目のお電話をしたとき、びっくりなさったわけね？」

「それは驚きました。しかし……」

しかし、それはうれしかったのだ。アパートの受話器を切ったとき、小野木には、消失した色彩が掌《て》にもどったような気がした。

二度目は、最初のときから、十五日ぐらいはたっていた。彼女の希望で、日本料理の家で食事をしたいと言い、赤坂辺の、家にくらべて庭のひろい料亭の座敷で向かいあった。

白い髪をしているが、上品なおかみが座敷に出てきて頼子に挨拶をした。

「ご機嫌よろしゅうございますか？」

おかみは手をついて、艶《つや》のいい顔をにこにこさせていた。

「ありがとう」

頼子の今日の着物は変わっていた。わざと目立たない工夫をしたように、塩沢かなにかだった。

「おかみさんもいよいよ繁昌で結構ですわね」

おかみは当たらずさわらずの話を二三して退いた。小野木は、頼子がこの家で大事にされている客であるのを知った。

「もう先《せん》から、ご飯を食べにきている家ですのよ。今夜は、小野木さんが優秀な検事さんにおなりになる前祝いでお呼びしましたわ」

頼子は会食の理由を言った。

「庭がとてもきれいなんです。お降りになりません？」

料理の支度には、わずかな間があった。小野木は座敷の縁から庭下駄をはいた。松の梢の上から照明がついていて、庭は蒼白い風景になっていた。

小野木の前を案内して歩く頼子の姿が、美しい沈んだほの白さで見える。冬の樹木と石が、深い水の底のように濡れた明暗をつくっていた。

小野木が頼子を愛するはっきりした意識は、このときから始まったかもしれない。

# 暗い匂い

## 1

　三月の終わりが近づいた。それは小野木に司法研修所の卒業が近づくことであり、一人前の検事として、各地検の配属の決定が、間近になることだった。

「東京だとよろしいのにね」

と、会ったときに結城頼子は言っていた。瞳を沈めて、どこかを見つめるような眼差《まなざ》しが憂愁なときの頼子の癖だ、と小野木が知ったのも、そのころだった。

「どなたか、偉い上役の方にお願いしても、だめなんですか？」

　頼子はたびたび、それを言った。

「これぱかりは、だめなんです」

　小野木は答えた。彼には、そういうヒキもなかったし、あってもむだであることを知っていた。

　日本の涯にある検察庁の土地を頼子が覚えたのも、配属が間近くなってからだった。

「これは、成績によって決まりますの？」

頼子はきいた。

「いいえ、そうともかぎりません。一期先輩で、首席だった人は札幌《さっぽろ》に赴任《ふにん》しましたよ」

「三番か、四番は？」

それは、小野木の成績を、頼子が聞かされているからだった。

「さあ」

小野木は首を傾《かし》げた。頼子には言わなかったが、自分だけは、東京に残される可能性があるように思われた。

卒業と同時に、赴任地が言い渡された。小野木は東京地方検察庁勤務になった。

「うまいことをやったな」

同期生の佐藤が彼の肩を叩《たた》いた。小野木は、ありがとう、と言って、

「きみはどこだ？」

と、きいた。

「大阪だ」

佐藤は答えた。佐藤の生まれは仙台《せんだい》だった。配属は出身地によらなかった。

「大阪なら結構じゃないか」

小野木が言うと、佐藤はまんざらでもない顔をしていた。

「実は、芦屋《あしや》に許婚者《いいなずけ》がいる」

佐藤は、にやにやしていた。

「上司も、あんがい、さばけた行政をするものだね」

むろん、冗談だった。上司がそんな事情を知るわけはないし、知っていても、その都合どおりにはならなかった。

「きみが東京に残ると聞いて、喜ぶ人があるか？」

佐藤はきいた。

「さあ」

頼子の顔が浮かんだが、話題にはできなかった。ない、と言うと佐藤は、九州から誰か呼びよせるか、ときいた。小野木の故郷は、大分《おおいた》県だった。

「いや、兄貴も丈夫だし、両親をひきとることもない。当分はひとりでいるつもりだ」

「いずれ、女房は東京の者をもらうのだろうな？　住むのはいいが、女房にするのは、東京者は考えものだ」

「なぜだ？」

「女房は関西がいい。第一、経済観念があるし、親切だ。そして住むのは東京だね。これが理想的だ」

おれも三四年したら、東京へ呼んでもらうつもりだ、と佐藤は勝手なことを言っていた。

「大阪でよい娘がいたら、きみに世話してやる」

佐藤は笑いながら言ったが、本気にそうしかねなかった。小野木とは、いちばん、うまが合っていたし、親切な男なのである。

「ありがとう」

小野木は礼を言ったが、結城頼子がまた頭をかすめ過ぎた。しかし、このとき、彼女と結婚できそうには考えていなかった。

その直後に、頼子と会ったとき、東京にいることが決まったと聞いて、彼女は、息をのんで目をいっぱいに見開いた。

「うれしいわ」

という声が洩れたのは、しばらく時間がかかったように思えた。小野木を、まっすぐに見る目がうるんでいたのである。

「あのとき、すぐ九州に帰ってみるとおっしゃったわね？」

あとになって頼子は、思いだして小野木に言った。

「そうなんです。とにかく、ぼくの人生の一つのエポックですからね。故郷のある人間は、そういうとき、かならず郷里に帰ってみたくなるものですよ」

結城頼子は、それには答えなかった。頼子に郷里があるということを小野木はまだ聞いていない。それを尋ねたとき、頼子は、わたし東京生まれですわ、と言ったが、小野木の直感として、その返事が自信なげに見えた。

そのことは、頼子を膜《まく》のように包んでいる、秘密めいたものの一つだった。

小野木が九州に帰るとき、結城頼子は東京駅まで見送った。

十五番線ホームは長距離列車の発車専用だったせいか、ここには、あわただしい旅立ちの哀愁がこもっていた。

暮れかかっている時刻も、その雰囲気をたすけたようだった。

頼子は目立たないスーツで来ていた。

このひとの服装は、小野木はさまざまな変化で見ていた。贅沢な生活をしている女なのである。それが小野木にはぼんやりした不安だったが、まだ結婚のことは考えていなかったし、その漠然とした不安を、自分で押しのけるようにしていた。だから、その目立たない服装は小野木を喜ばせた。

「あのとき、帰りの汽車の時刻を、なぜ、急にお決めになったの？」

あるとき頼子がきいた。

「あなたの顔を見ていたら、急に決めたくなったんです。東京へ着いたときのホームでも、ぜひ会いたくなったのです」

列車がホームをすべりだしたとき、小野木はその約束をしてよかったと思った。頼子は、輝きはじめたホームの灯の下で、白い顔を、いつまでもこちらに向けていた。その背後には、この列車の見送り人が崩れかけていた。

その群衆の中の一人が、頼子の傍を通りかかると、気づいたようにおじぎをしていた。

立派な紳士だったが、次第に遠去かってゆく窓からはさだかに分からない。分かっているのは頼子がそれを知らないで、まだこちらに顔を向けていることだった。

小野木は翌日の晩に故郷に帰った。耶馬渓《やばけい》の裏側にあたる、小さな山村であった。中学校も、彼はここから、三里の山越しをして歩いて通ったものだ。

家の前には白い道があって、絶えず、バスが山かげの間から現われて、山かげの間に消えていった。それが桑畑の間から見えるのだ。

こんな山の中でも、以前とは見違えるような大型のバスが通っていた。

郷里に帰って五日間、することは何もなかった。小野木は頼子に手紙を書いた。しかし、あて先の書きようがなかった。投函できない手紙で、東京に帰ってから、頼子に手渡すほかはなかった。

しかし、それは帰りの汽車の中で破ったのだ。

「どんなことを、お書きになったの？」

頼子はきいた。

小野木は言わなかった。

「いただけたらよかったのに」

頼子は残念そうな顔をした。

「きっと、山の匂いがしていたと思いますわ」

――その山ひだの間には、絶えず炭焼きの白い煙がのぼっていた。頼子が知らないことで、小野木の目にだけ残っている煙だった。

炭焼きといえば、小野木に幼いときの記憶が一つある。四つか五つのころであろう。炭焼き小屋の近くで男女の心中死体があるというので、みなが騒動して見にいったものである。小野木は子供たちと駆けつけたが、萌《も》えるような若葉の間に、白い着物が木から下がっているのを一瞥《いちべつ》しただけで逃げ帰った。

村では、しばらくは、その噂で、もちきりだった。東京から死に場所を捜してきた若い男女ということだったが、どのような素性《すじよう》の人間か、いまの小野木には記憶がない。ただ、まだ覚えているのは、その女のほうが死ぬ前に、村の子供たちに、にこにこして菓子をやっていた、という話だけだった。

山といえば、小野木には蒼い空に、まっすぐにのぼってゆく炭焼きの煙が目に映るのだ。それから、若葉の隙《すき》から見えた垂直の白い着物もである。頼子に山のことを書いても、むろん、それは書けなかったであろう。しかし、小野木は、いつの日か、それを話すことがあるような気がしている。それも、頼子にだけ向かってだった。

小野木は、田舎にいて、五日間、頼子のことばかり追って暮らした。古い友だちにも会ったし、小さな日を過ごした山の小径《こみち》や、沼地を歩いたが、それほどの感慨はなかった。彼は、自分の心が、東京に密着していることを、はっきりと知った。

六日目、親戚の老人が古希《こき》の祝いをするから、小野木にもぜひ来てくれと言った。むろん、親も兄もすすめたが、小野木は、役所がまにあわないから、という理由で断わった。役所はあと五日間も余裕があったが、結城頼子と東京駅で会う機会を失うのが、たまらなく耐えきれなかったのだ。約束の汽車を待ち、空しく肩を落として歩き去ってゆく結城頼子の姿を想像すると、どのような犠牲を払ってでも、その列車にまにあいたかった。

小野木は、その列車で東京駅に降りた。しかし、結城頼子の姿はなかった。小野木は自分の目を疑い、乗客と出迎え人がいなくなるまで最後までホームに居残った。頼子は来ていなかった。

「あのときは、失望しました」

小野木は、やはりあとで、そのときのことを言った。

「目がくらみそうでしたよ。東京の街がいっぺんに白くみえたくらいですよ」

「ごめんなさい。ほんとうに申しわけないわ」

頼子はあやまった。

「あのとき、どんなにわたしもくやしかったか分からないわ。でも、どうしても抜けられなかったの。ごめんなさい。どんなに叱られても、しようがないわ！」

それは、その翌日、小野木のところにかかってきた頼子の電話で、会った最初に、頼子に詫《わ》びられたことだった。

頼子は、しかし、その「抜けられなかった」理由をはっきりと言わなかった。涙をためて詫びるだけだった。小野木が、頼子に「拘束された生活」を感じた、それが最初だったようである。

「ねえ、これから、横浜に行きません？」

頼子は、そのときに誘った。もう黄昏《たそがれ》が近づいて、街の灯がもえかけるころだった。空には澄明な蒼さがまだ残っていた。

頼子は、東京を少しでも離れた場所に行き、小野木と、ひとときの時間を過ごしたい、と言った。それは、半分、頼子の謝罪であった。たしかに、そのときまでは、小野木は多少、怒っていたようだった。

自動車は第二京浜国道を走った。いろいろな車が川になって走っていた。小野木たちの車も、その流れに乗って高台から下町の灯を見おろしたり、工場の黒い輪郭を見たり、羽田《はねだ》あたりの空に回転している照明の筋を眺めたりした。小野木は、自分の掌《て》の中に、頼子の手をしっかりと組みしいていた。

横浜に来ると、頼子は、外人墓地を見たいと言いだした。まだ、一度もそこには行ったことがないと言った。

墓地に来たときは暮れていた。車を待たせて降りると、岬《みさき》の灯が、自然に黒い海の中に曲線を描いていた。場所は高いところなのである。

後ろの坂道を人が通っていた。長い塀が斜面にはっていて、何かの花の匂いがしていた。その匂いのことを話しながら、人が歩いていた。夜だったが、森閑としたものだった。小野木たちを乗せてきた車が、灯を消してうずくまっていた。賑やかなのは、暗い海で息づいている灯の点描だけであった。

風が顔の正面から吹いて当たった。潮の匂いがまじっていた。

「頼子さん」

小野木は呼びかけた。

しかし、頼子は自分の言葉で別なことを言った。

「東京でよかったわ」

小野木の勤務先のことを言っているのだった。

「安心しましたわ。もう先《せん》より、ずっとよく眠れますのよ」

頼子の掌が冷たくなっていた。

「もし札幌とか、鹿児島《かごしま》だったら、と考えて、わたし、胸がふるえていましたわ」

若い組が、墓地の中に歩いてくるようだった。笑い声をたてている。

二人は自動車の中にはいった。

「これから、どちらへ参ります？」

東京から乗せてきた運転手が、ふりかえってきいた。

「海の近いところ」

頼子が言った。

車は坂道を下った。街の灯が窓に戻ってくる。

広い通りに出たと思うと、左側が行儀のよい黒い樹林になっていた。右側のホテルの高い建物には、灯がいっぱいにはいっている。

「公園です」

運転手が教えた。

木の多い公園にはいると、波止場《はとば》がすぐそこに見えた。岸壁をなめている波の揺れる音が聞こえた。遠くに誰かが呼んでいる声がしたが、船かもしれなかった。灯をつけた汽船は多いのである。

外灯が、光の斑《ふ》をつくっていた。木にさえぎられた暗い部分が、黒インキをためたように、公園の地面に影を落としていた。

その下を歩いたとき、小野木が突然、立ちどまった。

頼子が息をひいて立ちどまると、小野木は頼子の体を抱きかかえた。手を握っていたので、この動作は、頼子の向きを回転させるだけで、容易だった。

頼子の体の重味と実体感とを、小野木の手が受けとめていた。頼子は、すこしもがいたが、小野木の唇を素直に、その唇でうけた。触れた頰も、唇も、熱でもあるように暖かだった。彼女の胸のふるえが、小野木の体に伝わった。

それが最初だった。

そのときから、頼子の許容がはじまった。

## 2

結婚披露《ひろう》はTホテルで、午後三時から始まった。

招待状には、三時半から仲人《なこうど》の挨拶があると書いてあるので、その前に客は、ほとんど揃っていた。

カクテル・パーティーになっているので、客は立っていた。卓《テーブル》がいくつも広間に置かれ、客はそれを囲んで、料理をつまんだり、グラスを持ったりしてしゃべっている。女たちは裾模様の着物や、派手な色の洋装で来ていた。正面には六曲一双の金屏風《きんびょうぶ》が立てまわしてあり、巨大な花が飾ってあった。客たちは行儀よく笑いあい、躾《しつけ》のいい恰好で歩いていた。

新郎は若手の役人であり、新婦は某大デパートの重役の娘であった。この両人は会場の入口に佇立《ちょりつ》している。左右に媒酌人《ばいしゃく》夫婦が分かれてつきそい、新郎側、新婦側の両親がならんで、はいってくる客の挨拶を受けていた。

輪香子は友だちといっしょに卓の前に固まっていた。新婦が友人だというだけでなく、両親が媒酌人だった。現に、父親は恰幅《かっぷく》のいい体にモーニングをつけ、ゆったりとした微笑で花嫁の傍に立っていた。ならんでいる誰よりも堂々としているのだ。

R省の局長として場なれしているせいもあったが、新郎が自分の部下だし、ここに来ている客のなかにも若い下僚が多いのである。穏やかに微笑しているが、目立たない威厳が感じられた。

　母は目を伏せて立っている。

　久しぶりに濃い目の化粧をしているので、見なれた輪香子にも美しく見えた。若いときは、輪香子そっくりだったに違いない、と知人が想像を言うのである。

「お母さま、おきれいだわ」

　佐々木和子も友だちも、輪香子に言った。

　輪香子は、友だちの間のことだし、否定をしなかった。中学校のときも、高等学校のときも、母がＰＴＡの会などで学校に来てくれるのが楽しみだった。お母さま、きれいね、と級友たちがのぞいてきて言ってくれるのが、うれしかったのだ。

　会場の入口に立っている母は、化粧のせいで十年も若くみえた。

　裾模様が派手ではないかと騒いでいたが、地味なくらいだった。が、さすがに父にくらべて、面映《おもは》ゆそうだった。

「あら」

　カクテル・グラスを手にした佐々木和子が、遠い目つきをして叫んだ。

「あれごらんなさい、ワカちゃん」

　輪香子の肩をつっついた。

　背の高い男が、新郎の前に立って、笑いながら挨拶しているのだ。

　黒っぽい洋服が、ぴったりと身についていた。

「古代人じゃない？」

客の青年は、新郎から離れて、その両親に会釈《えしやく》し、うつむきかげんに会場にはいってくるところだった。

輪香子は、あっ、と思った。間違いなく、あのときの青年だった。

諏訪でも会ったし、深大寺でも見た顔である。

「来るわよ、こっちに」

佐々木和子が、また袖をひいた。

客はみなで二百人ぐらいは確実にいた。芋《いも》の子を洗うようだったが、人の陰にかくれて観察するのには都合がよかった。

青年は、卓の方に歩いてきた。背が高いから目立った。礼式めいた黒っぽい洋服も颯《さっ》爽《そう》とした感じで受けとれた。諏訪の竪穴からきたない鞄を、よれよれのジャンパーの肩に掛けて起きてきた同じ人物とは思えないのである。

ばさばさした髪も、今日は櫛の手入れがしてあった。

青年は、輪香子がいることに気がつかないらしい。花やかなお嬢さんの一群れがあるとは目で知ったかもしれないが、彼女の顔には一瞥もしないのである。

「彼のところに行って、話しかけてやろうか？」

佐々木和子が、大きな目を笑わせて輪香子に相談した。

「およしなさいよ」

輪香子が言った。急に動悸《どうき》がしてきたのは、のみつけないジンフィーズの酔いが、いまごろ出てきたのかも分からなかった。

「妙だわ」

和子が言った。

「古代人氏がここに現われるなんてふしぎじゃないの。どなたの御縁かしら？」

新郎に挨拶していたから、その関係とは思ったが、それがどういう縁故《えんこ》か、輪香子には分からなかった。

「そら、そろそろこっちに移動してくるわ」

佐々木和子が教えた。

青年は、ゆっくりと人の間を歩いてきていた。誰か、知った人間がきているのを探しているのかもしれなかった。目を客の顔に投げているのである。

佐々木和子が、くるりと背中を回した。輪香子が、あっと止めるまもなかった。

「こんにちは」

和子が青年に腰をかがめた。

青年は不意に立ちどまった。挨拶してくれた相手に、まじまじと目を向けたが、当惑した表情だった。これは相手が誰か思いだせないときの顔つきである。微笑はしているが、眼差《まなざ》しが曖昧《あいまい》であった。

「この間……」

佐々木和子が笑いながら言った。

「お目にかかりましたわ」

深大寺で、と言わなかったのは、相手が婦人づれだったことへの礼儀だった。

輪香子は、和子の陰にいたが、もうどうしようもないので、青年に向きなおった。

「こんにちは」

青年は、輪香子を見たが、目がすぐに驚いたものである。

「あ、どうも」

不意だという驚きが消えると、なつかしそうな笑いが浮かんだ。

「驚きました。また、ここでお目にかかろうとは思いませんでした」

青年は、あらたまったおじぎを、輪香子とその友人にした。

「失礼しました」

と言ったのは、佐々木和子を覚えていなかった詫びであった。

「ずいぶん、盛会ですね」

青年は、当面の会話に困って、あたりを見回した。客は、前よりもふえていた。広間と、次の間とつづいていたが、混《こ》むので、ロビーに待機している客もいたくらいである。

「あの……」

輪香子よりも先に、佐々木和子が口に出した。

「今日の花婿さんのお友だちでいらっしゃいますの？」

青年は、和子に目をもどし、

「そうなんです」

と、輪香子にも向けた。

「芝《しば》は、ぼくの同期なんです」

芝五郎《ごろう》というのが、今、会場の入口で、しかつめらしく立っている新郎の名前だった。

「そうですか。あたしたちは、花嫁さんのお友だちなんですよ」

佐々木和子が、こちらの立場を説明した。

「もっとも、この輪香子さんは、もっと御縁があるのですけれど」

輪香子は、はっとした。輪香子という名を青年は、初めて耳にしたに違いない。その反応は、たしかに青年の表情に出たように思えた。

「輪香子さんのお父さまが」

佐々木和子は重ねてつづけた。

「今度の媒酌人でいらっしゃいますのよ」

青年は、前よりもはっきり意外な顔をした。輪香子をまっすぐに見て、

「それでは、田沢さんが、あなたのお父さまでいらっしゃいますか？」

と、目をみはってきいた。

「はい」

輪香子は、うつむいてうなずいたが、青年のきき方は輪香子の父を知っている口調だった。自分が今度は名乗らなければならないことを知った。

「田沢輪香子と申します。

頭をさげると、青年も、すこしあわてたように返した。

「小野木喬夫と言います。よろしく」

これは佐々木和子にも言ったことなので、彼女も自分の名を言い、

「輪香子さんの親友なんです」

と、つけたした。

「お父さまのお名前は承っておりました」

青年は言った。

「芝の上司だということで、うかがってたんです。もっとも、芝に言わせると、雲の上のようなかただそうですが」

青年は微笑して言った。芝五郎は、R省に去年はいった一課員にすぎないから、局長との間隔は、雲上の比喩《ひゆ》でも不当ではなかった。

輪香子は、青年が花婿と挨拶していたとき、もしかすると、彼も父と同じ役所の人かもしれないと予想したが、青年のその言葉で、そうでないことが分かった。

客は周囲でざわめきあっている。それが急にやんだのは、このとき音楽がおこり、新

郎新婦が腕を組んで入場するのを知らせたからである。

拍手がわき、客の顔がいっせいにその方に向いた。

輪香子の父の田沢隆義《たかよし》が、新婦の横に立って、媒酌人としての新夫妻の紹介を客に話した。マイクに乗った父の声は、輪香子が聞いても慣れたものだった。態度にも余裕があったし、話しぶりも適当にユーモラスであった。来客の間からは、つつましげな忍び笑いがおこったほどである。

それがすんで、来賓《らいひん》のなかから、祝辞が始まったが、その出来は、誰も田沢隆義におよぶ者がなかった。やはり、R省の局長としての貫禄がここでも、ものをいっているのであろうか。

輪香子は、しかし、父の話し方が慣れすぎているのに不満だった。父は部下たちを集めてよく訓辞しているのであろうし、会にもたびたび顔を出すので、挨拶の要領も心得ているであろう。政府委員として代議士たちを相手に、国会の何々委員会などで抜かりのない答弁をしているのである。

花婿の同僚という若い客が、代表格で祝辞を言ったが、

「田沢局長殿のご媒酌で……」

などと、あきらかに上司を意識した演説をしたのは、輪香子が聞いてもいやな気がした。のみならず、自分の頬があかくなった。

たくさんの客は三十分ぐらい粛然《しゅくぜん》と佇《たたず》んだままだった。それで、司会者がスピーチの

終了を告げ、これからどうぞゆっくりお寛《くつろ》ぎください、と言ったとき、大勢の客は安堵《あんど》の溜息を吐いて崩れ立った。

輪香子が、次の間の窓ぎわに、小野木喬夫の姿を見たのは、それから十分ばかり後であった。小野木はソファに腰をおろし、ひとりで煙草をすっていた。それを遠くで見た時、輪香子は上諏訪の駅で、ホームを歩いている彼の横顔を思いだした。どこか苦渋《くじゅう》じみた寂しそうな表情は、あの時とそっくりなのである。登山帽もないし、よごれたジャンパーもなく、T・Oの印のはいった肩掛け鞄もなかった。しかし、きちんとしたこの若い紳士の姿が、一瞬にそう見えたから奇妙だった。

佐々木和子は、どこかにはぐれて傍にいなかった。輪香子は思いきって小野木のところに歩いた。

小野木は、近づいた振袖の華麗《かれい》な色彩に気づき、目をあげたが、輪香子と知って立ちあがった。

「やあ」

それまでの表情が消えて明るいものとなった。

「おかけになりません?」

輪香子はすすめた。言葉も、思ったよりすらすらと出たし、自分で先にソファにすわれた。

「はあ」

小野木喬夫は煙草を消して、すこし離れたところに腰をおろした。

「このごろ、やはり古代遺跡をお歩きになっていらっしゃいますの？」

輪香子は、微笑みながらきいた。

「いや」

小野木の頰に苦笑が浮かんだ。

「あれから行ってないんです。いろいろと忙しいものですから」

どこにお勤めですか、と、よほど、きこうとしたが、無遠慮に思えたので、それは勇気がなかった。

「しかし」

小野木が言った。

「驚きましたな。あのときのお嬢さんが田沢さんのお嬢さんとは知りませんでした。東京に帰ってからも、お会いすることはないと思ったんですが、こうたびたび、お目にかかるとは意外でした」

小野木の目にも、その瞬間にかならず諏訪の湖を背景にしたカリン林の花や、青い麦畑が映っているに違いないと思われた。が、その小径《こみち》をいっしょに歩いている輪香子の印象を、小野木がどのように受けとめたかは、彼女にも分からなかった。ただ、分かることは、輪香子がずっと子供っぽいお嬢さんとして映ったに違いない想像だった。

父が、左右の客に笑いかけながら、輪香子のところへくるのが見えた。でっぷりとしているからモーニング姿が立派だった。

「お父さま」

輪香子が立って呼んだ。小野木もそのあとから立ちあがった。

「ああ、ああ」

父はそんな答え方をしてうなずいた。

「輪香子、お母さまが用事らしい」

父は小野木を見た。

「お父さま。小野木さんとおっしゃるかたです。もう先諏《せん》訪でお知りあいになったんですけれど、今日、ここでお目にかかって、芝さんのお友だちだと初めてうかがったんです」

父は、ほう、と言って小野木に笑いかけた。笑うと、丈夫そうな白い歯が見えた。

「小野木喬夫と申します」

小野木が頭を丁寧にさげた。

「芝君のお友だちだとおっしゃると」

父は会釈してききかえした。

「はい、大学が同期なんです」

小野木はかしこまって答えた。

「そう？」

父は目尻に皺《しわ》を寄せた。

「私と同じ母校だ」

「後輩です。どうぞ、よろしく」

小野木は、軽くおじぎをした。

「いや、こちらこそ」

父は、ゆったりときいた。

「それで、お勤めもやはり……？」

「いえ」

青年は、すこし首を振って、微笑に答えた。

「東京地検に勤めています。新米《しんまい》の検事なんです」

父はまた、ほう、と言った。

輪香子が驚いて小野木の横顔を見た。

# 夜の遊歩

## 1

輪香子と佐々木和子とは、閉店のベルを聞いてデパートを出た。外には、黄昏《たそがれ》の陽ざしが残っていた。陰になった商店街には灯がついている。暮れ方から夜に移る、妙に落ちつかない風景であった。

食事をして帰ろう、というのが、買物をしている時、二人できめた相談だった。人ごみについて流れながら尾張町《おわりちょう》の交差点を渡っていると、

「ねえ、古代人氏を呼ばない?」

と、佐々木和子がおもしろそうな顔をして言いだした。

「小野木さんを?」

輪香子がびっくりすると、

「いいじゃないの。いつも二人だけじゃつまんないわ。彼、ちょうど退《ひ》ける時間よ」

と、佐々木和子は腕時計を見た。

「さあ」

輪香子が交差点を渡りきって歩道に足をゆるめると、

「あたし、電話するわ。あの人、帰らないうちに、足止めしておくわ」

と、ハンドバッグから小さな手帳を出して開いた。彼女は、小野木喬夫の勤務先の電話番号を早くもメモしているらしかった。

「ね、いいでしょう？」

佐々木和子は赤電話に歩む前に輪香子の承諾を求めた。求めたというよりも、強《し》いた口調であった。

輪香子が曖昧《あいまい》に迷った顔色でいると、和子は目を笑わせて、さっさと電話機へ行き、手帳を見ながらダイヤルを回していた。佐々木和子は、何か思いつくと、勝手に実行する癖があった。輪香子は、いつもこの友だちのあとにひきずられてしまう。和子も、それを承知のことだったが、しかし、けっして相手に不本意な独走はしなかった。そのことは和子の勘の良さを証明する。すると、いまの場合も、小野木を呼びだすのに輪香子が反対でないことを承知しているようだった。

電話は通じたらしい。輪香子は、すこし離れたところに立っていて、佐々木和子の口もとを見つめていた。目の前を、絶えず人が流れてゆく。その隙間からちらちらする佐々木和子の横顔は、送受器にうつむいて笑っていた。輪香子は小野木が勤め先から帰らないで残っていたことを知った。

落ちつかない気持で佇んでいると、佐々木和子が戻ってきた。

「来るそうよ」

にやにやしていた。

「たいへんだわ」

輪香子は、友だちの顔を見た。

「驚いてらしたでしょ？」

「ううん、ちっとも」

佐々木和子は首をふった。

「ちょうど、帰るところだから、行ってもいいっていうの」

佐々木和子は、小野木喬夫の返事を取りついだが、小野木がそんなに簡単に承知するとは思わなかった。

彼女が電話口でねばったに違いない。

「あたし、これから、タクシーで迎えにいってくるわ」

佐々木和子は、いくらか声をはずませていた。

「そういうお約束をしたの。小野木さん、検察庁の前で待ってるんですって。往復二十分はかかるわね」

彼女は腕時計を見て、輪香子をのぞいた。

「あなた、いっしょに行かない？」

「さあ」

輪香子はとまどうような目をした。タクシーに乗って小野木の勤め先に行く。いくら友だちといっしょでも、そんな会い方をするのは厭だった。

「わたし、その辺で待ってるわ」

輪香子は言った。

「そう？」

佐々木和子は、その場所を求めるように、あたりを見回していたが、

「どこかの喫茶店で、待っててくださる？」

ときいた。

「そうね」

輪香子は考えて、思いついて言った。

「じゃ、千疋屋《せんびきや》の二階で待ってるわ」

「そう。あそこなら分かりやすいわね。では、急いでいってきます」

佐々木和子は、輪香子の背を軽く叩くと、もう足早にタクシーの駐車場の方へ向かっていた。その肩が生きいきとしていた。

輪香子は、ゆっくりと人ごみの中を歩いた。

思いがけないことになった。ここで小野木と食事をする羽目になるとは想像もしていなかった。散歩の人通りにはさまれながら、輪香子は、これから自分の人生に、一つの

光と翳《かげ》とが射してくるような予感がした。

銀座の表通りが見おろせるガラス張りの隅にすわって、輪香子が待っていると、目の下の歩道のわきにタクシーがとまった。直感は当たって、佐々木和子がまず降りた。立って、車の中を微笑みながら見ている。見覚えのある小野木の姿が、高い背をかがめて出てきた。

佐々木和子が片手をさしだして、小野木の腕に触れ、早く、と誘うように店の中にはいった。輪香子の見ているところからは、両人の姿が軒の下に消えたのである。どうして、あんなに無心にふるまえるのだろう、と輪香子は、佐々木和子の人見知りしない性格が羨しくなった。

不意だが、胸に小さな動悸が打った。いまに、両人でこの卓に近づいてくる。その姿が入口のドアをあおって現われるまで、不安に似たたかぶりを覚えた。輪香子はフルーツ・カクテルに目を落として、その不安の正体が来るのを待っていた。倍の時間に思えたが、むろん三分とはたたなかった。灯をよぎる影が目の前に動いた。

「お待ち遠さま」

佐々木和子の明るい声が落ちた。

輪香子は椅子をすべらせた。和子とならんで、小野木喬夫の高い体が立っていた。柔和な微笑でおじぎをした。

「先日は、どうも」

小野木はTホテルの披露宴で見た印象よりはくだけていたが、こうして三人で揃うと、輪香子には、あのときのつづきのような気がした。Tホテルの帰りに、三人でここに立ちよっているような錯覚が過ぎた。

「ご迷惑ではなかったかしら?」

これは小野木に直接でなく、傍の佐々木和子にきいたものだった。

「いいえ」

小野木がひきとった。

「役所が退けたら用のない体です。お誘いをうけてありがたかったです」

「でしょう?」

語尾について、佐々木和子が輪香子の顔をさしのぞいた。

「やっぱり、電話してみるものね。ワカちゃん、遠慮ばかりしているんだもの」

和子は笑っていた。

「だって、急にお誘いするんですもの、ちょっと、とっぴみたいだったわ」

「ぼくが、こうして平気でうかがっています」

小野木は輪香子に微笑を投げて、煙草をとりだした。彼女は断わったが、佐々木和子は、一本を紅い爪の指先でつまんだ。

「お食事、どこか、連れていってくださいます？」

佐々木和子が小野木にきいた。

「いや、ぼくは、そのほうは、さっぱり不案内ですから」

小野木は笑った。その頭の上に、天井から吊りさがった熱帯植物の葉が、ひろがっていた。

「じゃあ、Ａにしない？」

佐々木和子が、コップの苺《いちご》をつぶしながら、輪香子を見た。すっかりたのしそうな恰好をしていた。

「そうね」

輪香子が、小野木の方に目を向けると、

「ぼくなら、どこでも結構です」

と、小野木は簡単に答えた。が、案外に遠いところを見つめるような瞳《め》をしていた。

この人には知った店があるのかもしれない、と輪香子は瞬間に見た小野木の眼差《まなざ》しで想像した。食事のことで、その知った店を考えたのだが、そこに行こうとは言えない、そんな感じの目の表情であった。

小野木はそこで誰かと食事をしている。輪香子は、深大寺の木の茂みから見た、すらりとした背恰好の婦人を思いだした。

Ａは、近かった。フランス料理で評判をとっている店だし、設備も気がきいて、清潔であった。

「小野木さんが、検事さんとは存じませんでしたわ」

佐々木和子が、ナイフを皿に動かしながら言った。

「はあ、どのように見えました？」

小野木は、軽い笑いをふくんでいた。

「そうですね、はじめて深大寺でお見かけしたとき……」

和子は、輪香子の顔をうかがうように、ちらりと見た。

「若い学者かと思いましたわ」

輪香子も、その観察には同じ意見だった。諏訪で初めて見たとき、そうだと思いこんだものだ。

「それは光栄ですな」

と、小野木は、若どりの蒸焼《むしや》きの脚をつまんで言った。

「がっかりなさったでしょう、こういう殺風景な職業で」

「いいえ」

佐々木和子が、急いで否定した。

「そのほうが好きなんです。きっと学者型《タイプ》の検事さんだと思いますわ」

輪香子の方をむいて、

「ねえ、あなたもそう思わない？」

と、上目で共感を求めた。

「ええ」

輪香子は仕方なしにうなずいたが、佐々木和子が天衣無縫《てんいむほう》に、小野木の中にぐんぐんはいってゆくのを羨しいと思った。

食事は一時間たらずで終わった。

フルーツを食べながら、佐々木和子は、

「このまま、帰るの、なんだか惜しいわね」

と、輪香子に言いだした。

「まだ時間が早いんですもの、小野木さんをお誘いして、映画でも見ない？」

「あら、だめよ」

輪香子は、びっくりしてとめた。

「用事があるの？　これから」

「ううん、そうじゃないけれど、小野木さんが、ご迷惑だわ」

「あら、それなら大丈夫よ。ねえ、小野木さん、いいでしょ？」

小野木は、メロンを匙《さじ》でえぐっていたが、仕方がないように苦笑してうなずいた。

見た映画は外国ものだったが、ひどくつまらなかった。

「がっかりだったわね」

カーテンが閉まり、場内に灯がついてから佐々木和子が言った。和子の隣が小野木、その隣が輪香子の順にすわっていた。三人とも椅子を立ち、明るくなって初めて顔を見合わせた。観客は、ぞろぞろ階段をおりていっていた。

輪香子も失望していた。筋も平凡だったし、演技も盛りあがりがなかった。よい映画を堪能《たんのう》したあとの、溜息の出るような感動は少しもなかった。一時間半ばかり、椅子にくくりつけられていた退屈感と疲労感しか残らなかった。

小野木も、つまらなそうな顔をしていた。

佐々木和子が、時計を見て、

「まだ十時前だわ。どこかに行ってみない？」

と、輪香子を誘った。

「まだ、どこかに行くの？」

歩きながら、和子が、輪香子の肩のところにすりよってきた。

「なんだかつまらない映画を見て、気がおさまらないわ。ぱっと派手な雰囲気にひたって帰りたいの」

「そんなとこ、どこにある？」

「小野木さんとごいっしょに、ナイト・クラブに行ってみない？」

「ナイト・クラブ？」

輪香子は驚いて、佐々木和子の目を見た。和子は白い歯を出して笑っていた。

「どう？　好奇心、あるでしょう。もう先から、あたし、行ってみたいと思っていたのよ。でも、女たちだけでは行けないでしょう。今夜がチャンスだわ。小野木さんに連れてっていただきましょうよ」

輪香子にとっても、それは興味のないことではなかった。小野木といっしょに未知の虹《にじ》のような世界にひとときを過ごすのはすばらしいことに思えた。それは、つまらない映画を見たあとの損失感を何倍か埋めてあまりがあるようだった。しかし、時間もおそいし、小野木の当惑も考えなければならなかった。

「だって、もう時間がおそいわ」

輪香子は、一応、言った。

「大丈夫よ。四十分もいたら十分だわ。あたしたち、お酒をのむわけじゃなし、ただ見学するだけだわ。あたし、車でお家までお送りしてよ」

佐々木和子は、輪香子を引っぱるようにした。

「でも、小野木さんに悪いわ」

「それは大丈夫だわ、ねえ、小野木さん」

和子はひとりぎめにしたように、小野木の高い背を見上げた。

「何ですか？」

小野木はふりむいた。

「あら、おききになってらっしゃるくせに。ナイト・クラブに、連れて行っていただきたいんですの、あたしたち、行ってみたことがないんです」

「ぼくも、一度もないんですよ」

小野木は、ぼそりと答えた。

「大丈夫ですわ。名前だけ、あたし、知っていますの。クラブ・トロアっていうんです。東京で一流なんですって」

佐々木和子の家は、京橋の呉服屋で、そのほうでは老舗《しにせ》であった。近ごろの商法で、各デパートの名店街にも支店を置いている。

和子の知識は、父や兄の商売話から耳にはいったに違いなかった。

「悪いわ。きっと高いでしょう」

輪香子は言ったが、心のどこかで弾《はず》むものがあった。

「ばかね、検事さんだけに払わせないわ」

これは、小野木に聞こえないような低声《こごえ》だった。

「割り勘よ。なんだったら、あたしが立て替えてもいいわ」

やはり下町の娘だった。

「小野木さん、お願い。ごいっしょに行きましょうよ」

「そうですか。ぼくはかまいませんが」

小野木は、輪香子をちらりと見た。かばっているような瞳《め》だったのが、輪香子に小さな反発を起こさせた。

「小野木さん、ちょっとだけ見せてくださいません?」

輪香子が、すすんで言った。

二十分の後、三人はタクシーを赤坂のナイト・クラブの前にとめていた。真赤な制服をきたボーイが走りよって、いんぎんにドアをあけた。見ると、フロアの前は、高級車が列をつくってパークしていた。

玄関のドアをボーイが丁重にあけたとき、佐々木和子は輪香子を見て、ちょっと舌を出した。

2

ホールに出るまでの、ほの暗い廊下を、赤い制服のボーイが懐中電灯で案内した。こういう場所の礼儀として、小野木喬夫が、女性たちの後ろについた。

佐々木和子が先頭だったが、これは顔を上げてまっすぐに歩いている。緋《ひ》色の絨毯《じゅうたん》を長く敷いた通路を肩をたてて、大股で足を運んでいた。

この海峡を通りぬけると、広い海に出た。赤い漁火《いさりび》がいっぱいに集まり、人々がそれを囲んですわっていた。空には満天の星がきらめいている。

初めてだし、輪香子は、あっと思った。正面のホールに明るい光線が降りそそぎ、客が群れて舞っていた。背景には、白服のバンドがいならんで、音楽を演奏している。緑色のドレスをきた小柄な女がマイクの前でうたっていた。

ボーイが隅の白いテーブルに案内した。佐々木和子が、ボーイに椅子をひかせて鷹揚《おうよう》にすわった。

周囲の卓は、客でいっぱいだった。

「おのみものは何になさいます？」

ボーイが、腰を折って注文をきいた。

小野木が、佐々木和子と輪香子の顔を見た。

「ワカちゃん、何にする？」

和子が忍び笑いをおさえるようにして、首を伸ばした。

「そうね。あなたに任せるわ」

輪香子は何をのんでいいか、見当がつかなかった。

「そう」

佐々木和子は、体をそらせた。

「ピンクレディ」

と、のぞきこんでいるボーイに指を二つ見せた。

「はい」

ボーイが、かしこまってメモにつけた。

「ぼくは、ハイボールでもらおうか」

ボーイは足音を殺して去った。

「ピンクレディって、どんなの？」

輪香子は心配になって、友だちにきいた。

「よく知らないの」

和子は舌を出した。

「名前だけ、誰かが言ってたのを覚えていたの。さあ、どんなのが来るか、判じものだわ」

曲が変わって、ルンバになった。ホールでは、忙しそうに客が踊っている。

輪香子はあたりを見まわした。外国人の客が多い。金髪の婦人たちが目立つせいか、洋画の一場面に、自分が身を置いているような気がした。黒い天井には、小さな孔《あな》が無数にあいて灯がきらめいていた。ホールを中心に半円にひろがって、赤い筒《つつ》型《がた》のスタンドの中に蠟燭《キャンドル》が燃えている。白い卓は、外国人の客の顔が赤く浮き出ていた。

ボーイが、銀盆の底を三つ指で支えて、グラスを運んできた。小野木の前には黄色、輪香子と和子の前には、桃色の液体が配られた。

輪香子は、目を落として、

「きれい」

と言った。グラスの酒の色のことだった。

「ジュースみたいね」

和子は、目八分に透かして見て言った。

「酔うかしら」

首を傾《かし》げて、

「ねえ、小野木さん？」

ときいた。和子の鼻と口とが、赤いスタンドのせいで、真赤になっていた。

「さあ」

小野木は微笑した。知らない、と正直に言って、

「こういうものは甘いけれど、あとで酔うと聞いています」

と言った。

「ワカちゃん用心あそばせ」

グラスをあげると、

「今夜の、よき脱線のために」

と、和子が言った。輪香子も小野木も笑いながら、グラスのふちを合わせた。

輪香子は液体に口をつけた。甘いし、快い刺激があった。

「おいしい」

和子が目をまるくして言った。

「こんなに、おいしいものとは知らなかったわ。小野木さんは、どう？」

黄色いグラスを見てきいた。

「ぼくのは辛《から》いです」

「そう？」

薬でものむように、たしなんですすって、

「小野木さん、一口、おのみになりません？」

と、自分の桃色のグラスを、ちょっと高くさしあげて見せた。

「いや、ぼくは結構です」

小野木は苦笑していた。

輪香子は、ここでも佐々木和子が、小野木に甘えるように、自由にふるまうのが羨しかった。

正面のバンドは、絶えず曲を変えて鳴っている。卓と卓の間の、狭い通路を、踊りの客が女づれで往復した。この雰囲気が、輪香子を自然と浮き立たせた。

「小野木さんと踊らない？」

佐々木和子が輪香子に相談した。和子の目も、紅色の灯のせいかきらきら輝いていた。

輪香子が、ちらと小野木の顔をうかがうと、小野木はすこし狼狽《ろうばい》して首を振った。

「ぼくはだめですよ。踊れないんです」

「うそ！」

「本当です」

「あら」

和子が叫んだ。

「学生時代に、おやりにならなかったんですか？」

「友人はやっていましたがね、ぼくは無精だから、つい……」

「ご勉強ばかりなすっていらしたのね？」

「そういうわけでもないのですが、習う気がしなかったんです。やりだしたら、おもしろいらしいですね。ぼくの友人で凝《こ》りだして、ダンス教師になった者がいますよ」

小野木はグラスを置いて、煙草をとりだした。青い煙が、暗い光の中に浮いて流れた。小野木の目は、ホールで踊っている人たちの姿を見ている。静かな目だったし、何かを考えているような目つきだった。そのダンス教師になった友人のことを考えているのかもしれなかった。

「でも」

和子が言った。

「すこしは、おできになるんでしょう？」

「いや、全然です」

「お踊りになれるように見えますけれど」

和子が観察するように眺めて言った。小野木は、長身で均斉のとれた姿勢をしている。

「そうですか、見かけだおしですよ」

「残念ですわ」

和子は、溜息まじりに言った。

「あなたは、踊りがお好きですか?」

小野木が和子にきいた。

「好きなんです」

和子が明るく答えた。

「へたですけれど」

「いいえ」

輪香子が口を出した。

「和子さん、とても、じょうずなんですよ。クラスで一番だったでしょうね。教習所に通ったりして」

「人ぎきの悪いことを言わないでよ」

和子が、輪香子を急いでさえぎった。

「嘘ですわ、小野木さん」

「いや、それは結構ですよ」

小野木は声をたてずに笑っていた。

「ワカコ、いやなこと言うのね」

和子が輪香子に目をむいた。

小野木のグラスには、黄色い液体が半分以上残っていた。

「小野木さんは、お酒、あまり召しあがれないんですか？」

「そうなんです」

小野木は、自分でもハイボールに目を落とした。

「これもだめです。何もかも、いけないですな」

「まじめなのね」

これは輪香子に向かって言った。

「やはり、検事さんというと、そういうことでも違うのかしら」

小野木は笑いだした。

「それとは関係ありませんよ。同僚で、大トラがいます。いま、大阪に赴任していますが」

「じゃ、小野木さんは、特別なのね？」

佐々木和子は、顎《あご》の下に指を組んで言った。ピンクレディはグラスの底に、わずかに色をためていた。気づくと、和子の顔がひどくあかく見えた。

「カズちゃん、酔ったのね？」

輪香子が気づかうと、

「ううん、大丈夫」

と、髪を振った。

「おいしいもの。もう一杯、お代わりいただこうかしら」

「もう、およしなさいよ」

「あら、ワカちゃん、ちっとものんでないのね」

和子は、輪香子のグラスに目をとめて言った。

「うん。だってあとがこわいもの」

「お母さまに叱られる？」

「でもないけれど」

「小野木さん」

と和子が言った。

「ワカちゃん、ひとりっ子のお嬢さんなんです。ですから、とてもお家ではたいへんなんですの」

「いやだわ、カズちゃん」

輪香子は言ったが、小野木の目が、急に自分の横顔に注がれているのを知って、顔がほてった。

小野木喬夫は、正面のホールをぼんやり見ていた。踊っている客が多いので、せまいところでは、芋の子を洗っているようだった。みんな愉快そうな顔をし、抱きあって動いていた。こういう場所は初めてで、珍しいことと眺めた。

若い二人の女性も、気持のいいひとだった。いいところのお嬢さんらしく躾《しつけ》もよかったし、その行儀の上で若さがあふれていた。この若い純真さは彼にも爽快《そうかい》だった。佐々木和子は、やはり下町っ子らしく、多少はひらけた感じだった。田沢輪香子は、高級官吏の家庭の空気を身につけていた。どちらもいい。友だちになれたら、自分でも明るくなれそうだった。

ホールの人ごみの中には、外人夫婦が踊っていた。かなりの年輩だが、若い人にまじって、にこにこと笑い、活発に踊っている。夫は白髪で、妻の顔には皺《しわ》があった。傍で踊っている人や、卓にすわって見つめている人たちのことは歯牙《しが》にもかけないような、自分たちだけのたのしみに浸っている奔放な踊り方だった。

いいものだな、と小野木は感心した。日本人なら、年齢を気にして、こうはゆくまい。その周囲に渦巻いているどの組よりも、この老夫婦が清潔にみえた。小野木の目は、客席に自然に移った。

外人が多かったが、無論、日本人も来ている。このナイト・クラブが一流なだけに、客の身なりも、行儀もよかった。女たちを呼んでいても、大声を出して笑う者はいないのである。

ふと、三つばかり離れた卓に、その日本人の客が、じっと小野木を見ていることに気づいた。いや、相手の視線は、小野木よりも、傍にすわっている輪香子か、佐々木和子に注がれているのかもしれなかった。そうでなければ辻褄《つじつま》が合わない。小野木の知っている顔ではなかった。

ほの暗い照明の中でも、その男は四十前後にみえた。やや面長だが、鼻梁《びりよう》の高い彫《ほ》りの深い顔だった。光線の薄いところだけに、テーブルの上に乗ったスタンドの光が、陰影を男の顔にくっきりとつけているのだ。中年の好男子といっていい、背の高いことは、横の女たちの肩が、ずっと低くみえたことで知れた。

その男客は、片肘《ひじ》をつき、頬に軽く手を当てて、煙草をくわえている。女たちが何か言っているのに、時々うなずきながらも、目はこちらに向けているのである。

女たちも五六人、その男客を囲んでいた。彼女たちがここで働いていることは、その服装の恰好でも知れたが、よく来る客とみえ、女たちは勝手にしゃべり、勝手に笑いながら、その男客に話しかけていた。

男客の顔は、相槌《あいづち》のために、適当に微笑が浮かぶ。顔も女の方へふりむくのだが、また、手を頬に当てて、小野木の方を眺める姿勢にかえるのである。これは眺めているのか、退屈のまま顔をこちらにぼんやり向けているのか、それとも考えごとをしているのか分からなかった。とにかく、視線だけが、こちらに向いているのは間違いなかった。

小野木は、その男客が妙に気になった。いや、気にかけることではないかもしれない。知らない人だし、先方では、顔を偶然にこちらに向けているだけで、平気にしていればいいのかもしれなかった。しかし、小野木は、自分が遠くから見られている、という感じがしてならなかった。

「小野木さん」

佐々木和子が言った。

「はあ」

小野木は目を戻した。

「いやだわ、二度、お呼びしたんですのよ」

「そうですか、すみません」

「おそくなるから帰りましょうか」

小野木は腕時計を見た。十一時五分になっていた。

「失礼」

と、あわてた。

「ずいぶんおそくなりましたね。お家《うち》でご心配なすっていらっしゃるでしょう？」

「ううん、それは大丈夫。さっき、ここからワカちゃん家《ち》と、あたしんちとに電話しましたから。ワカちゃんのお母さまは、あたしがついていると、ご安心なさるんです」

「それは、たいした信用ですね」

「でも、もう帰りましょう。ボーイさんを呼んでくださらない？」

小野木は、通りがかりのボーイを呼んだ。会計のことを言うと、ボーイは、しばらくお待ちください、とおじぎをして去った。

「いくらかしら？」

和子が赤い紙入れを、そっと出して言った。

「さあ、分かんないわ」

輪香子も見当のつかない表情をした。

「大丈夫ですよ。ぼくがお払いします」

小野木が言うと、

「いけないわ。あたしたち、いつも、割り勘で払ってるんです。小野木さん、今日から、わたくしたちのお友だちでしょう。ですから、割り勘でお願いしますわ」

と、佐々木和子が片手をあげた。

小野木はまた苦笑した。そして、そのことは、小野木が、いつのまにか彼女たちの友だちになっていることを意味した。ボーイが、伝票をのせた銀盆を持ってきた。さすがに体裁が悪いから、小野木が立て替えて払った。

椅子から三人が揃って立ちあがった。佐々木和子は、踊っている組を未練そうに見ながら、

「ねえ、小野木さん、少しダンスをお習いになって、あたしたちと踊ってくださらない? あたし、お教えしますわ」

と言った。

しかし、小野木は、三つへだてた卓の紳士が、まだ、自分の方をぼんやり見ているのを知った。上等の客らしいのである。カクテル・ドレスの女たちも大勢よんでいるし、支配人のような男が、その客に腰をかがめて、お愛想を言っていた。

## 3

玄関のブザーが二度つづけて鳴った。

ブザーの鳴らし方で、訪問客の種類が、輪香子にもだいたい見当がついた。父に陳情のためにくる人や、役所の部下の人たちは、短く、遠慮そうに鳴らす。かなり長く鳴らす人は、父の友人か、役所関係では、対等の地位の人であった。

二度つづけて無遠慮に鳴らすのは、郵便屋さんぐらいであった。御用聞きは裏口からはいってくる。輪香子が、ブザーの鳴り方で、ぼんやりそういう判断の仕方をしたのは、この春、女子大を出て、家にいつくようになってからだった。

そのブザーは二度つづけて鳴ったから、郵便屋さんが、電報か速達を届けにきたのかと思ったが、今日は日曜日だと思いあたった。

ブザーを二度鳴らすのは、客に一人いた。彼は日曜日にも鳴らすが、普通の日の真夜中にも鳴らす。辺見博《へんみひろし》という、F新聞社の政治部の記者であった。

女中が二人ともいないので、輪香子が玄関に出た。ドアを内側からあけると、輪香子の直感はあたって、辺見博が薄色の上着をつけ、ネクタイも、ちゃんと締めて立っていた。

「こんにちは」

辺見は、輪香子を見て、すこしあわてたように頭をさげた。彼の髪はあぶら気がなく、無精に、ばさばさと乱れていた。

「いらっしゃいませ」

輪香子は微笑んだ。辺見とは、かなり親しくなっていた。

「辺見さんだと思いましたわ」

「ほう、なぜぼくだと分かりましたか？」

輪香子は、ブザーのことは言わなかった。それを言うと、きっと鳴らし方を変えるにきまっている。

輪香子が笑って返事をしないので、辺見は、目のふちを少しあかくして、

「局長、おられますか？」

と、きいた。

「はい。父はおります。どうぞ」

辺見は、この家では、ただ一人のフリー・パスの新聞記者だった。彼は、足を玄関の中に入れながら、片手にさげている包みを、輪香子の目の高さまで上げた。

「これ、お土産です」

輪香子は軽く頭をさげて笑った。これも辺見の定石《じょうせき》で、お土産と言えば、I屋のクッキーだった。

彼はこの家に、もう何回来ているかしれなかったが、手土産はかならずクッキーで、クッキー以外には、何も知識がないみたいだった。

「お母さま、クッキーさんよ」

母は台所にいたが、自然に、

「お父さまに、そう言って」

と答えた。輪香子が、はじめて辺見のことを、クッキーさんと陰で呼んだとき、笑ってたしなめたものだが、もう普通になっていた。

父は奥で、調べものをしていた。若いと言われている父も、書類や新聞を見るときは、眼鏡が必要になっていた。日曜日でも、父は、ときに半日以上、役所から持ち帰った仕事を、ひとりで調べていた。

「あとで、すぐ行く」

父は辺見が来たことを聞いて、輪香子に顔も向けずに言った。机の上には綴込《とじこ》みの書類が一山積まれていた。

輪香子が応接間に行くと、辺見は椅子にかけて小型の本を読んでいた。輪香子を見て、それをポケットに押しこんだ。彼の両方のポケットは何を詰めているのか、袋のようにいつもふくれていた。

「父は、すぐにまいりますわ」

輪香子は卓をへだてて、辺見の前に腰かけた。

「そうですか、すみません」

辺見は、煙草をとりだし、

「暑いですなあ」

と、火をつけた。

「上着、おとりになったら」

「いや、いいです」

辺見は遠慮した。父に会うまでは、と思っているのであろう。が、顔はさも暑そうにあかくなっていた。

「どうぞ。かまいませんわ」

輪香子がすすめるので、辺見は立ちあがった。輪香子がその後ろにまわって、上着をとるのを手伝おうとすると、

「いや、結構ですよ、結構ですよ」

と、うろたえていた。

が、輪香子はそれをとって、洋服掛けにかけると、彼の上着は、びっくりするほど重かった。ものがいっぱいに詰まっているに違いなかった。

「恐縮ですね」

辺見は、てれたように、ばさばさの頭をかいていた。

「輪香子さんは、海にはいらっしゃらないのですか？」

白いワイシャツだけになり、辺見は涼しそうな顔になってきいた。

最初のころは、お嬢さん、と言っていたが、このごろでは、名前を呼ぶようになって

いた。それほど辺見は、田沢家に自由に出入りしていた。

輪香子は毎年、房州《ぼうしゅう》の海岸で母と一夏の半分を過ごす例だったが、今年は行かなかった。

「父が忙しくて、ちっともやってこないので、つまらなくなりましたの」

輪香子は答えた。父は、二日ぐらいしか東京から顔を見せなかった。それに、輪香子は学校を卒業したので、今年は久しぶりに家にいるつもりであった。

「局長は、本当に忙しいですね」

辺見は言った。

「ほかの局長連は、そうでもありませんよ。やはり、R省では、いちばん忙しいポストですからな」

辺見は、わざと重要な地位という言葉を避けた。輪香子の父は、出身地の関係から、保守党の有力者に目をかけられ、父の勤めているR省の大臣が、その有力者の側近であることから、大臣にもひきたてられていた。

田沢局長は、すぐに次官になる、という噂は、省内でも高かったし、輪香子も聞かないではなかったが、父には別な意図《いと》があるらしかった。それは、もっと大きな希望で、適当なときに役人を辞《や》め、有力者のヒキで、郷里から代議士に打ってでるつもりのようだった。

つまり、次官どまりの役人に見切りをつけて、ゆくゆくは大臣を夢みているらしいのだった。

である。そのことは郷里の地方政界の人がよくやってくるし、陳情などでも、父はよく面倒をみていた。また、父自身、その有力者のところへは、よく出かけていっていた。

しかし、輪香子は、それを父に確かめたこともなければ、母から具体的な話を聞いたこともない。そういう話を耳にするのは嫌いだった。もっとも母は、そのことに、かなりの期待をかけているようだった。

辺見博は、F新聞のR省詰めの記者で、父にかわいがられているようだった。辺見が、夜中でもこの家に自動車を乗りつけてくるのは、取材のためだが、父は、彼にだけは家の中に入れて話してやっているようだった。ほかの新聞記者は、いっさい、家からは断わっていた。

「あの男は頭脳も優秀だし、人柄がいい」

父が辺見のことを、輪香子の前でほめたことがある。

「やはりF新聞は、伝統のある大新聞だけに、気風がちがうよ。そのなかでも辺見は優秀だ」

父は、前からF新聞がひいきだった。よく聞くと、それは祖父の代からなのだ。父の辺見好きはF新聞びいきから出ているようだった。

「お父さまが、大臣になられたら」

母は笑いながら、半分は本気にきいた。

「辺見さんを、秘書官になさいますの?」

「ばか。大臣になるかどうか分からんのに、そんなことは言えない」

父は、しかし、まんざらでもない顔色だった。

「だって」

母は、その話から離れなかった。

「いまの経企庁長官のHさんだって、もとはR省詰めの新聞記者だったでしょう。それをAさんにかわいがられて、Aさんの大臣秘書官になり、代議士に当選なすって、現在の地位におなりになったのでしょう？」

「そんな例は、ほかにも、いくつもあるさ、なにもH長官だけではない」

父は、そのとき輪香子がいたので、控え目だった。

「だからといって、おれが辺見をどうしてやろうというわけではないよ。あまり変なことは言わないでくれ」

父は、そのときはそう言っていたが、輪香子の予感では、母の想像が正しいように思えた。たしかに、父は辺見博を、その地位で傍《そば》におきたいように思えた。

そのことをもっと進めると、父の心には、輪香子の結婚の相手として、辺見博を意識しているようなところがあった。母は、それには父よりももっと積極的かもしれなかった。

もっとも、それは一度も、父や母から出た話ではない。輪香子が、なんとなくそう感じるだけである。この予感もあたっていそうだった。

辺見博は、さっぱりしたいい人である。輪香子は辺見が好きだったが、それは愛情の対象としてではなかった。友人としてなら尊敬もできるし、心がおけなかったが、結婚相手として考える気持はなかった。

辺見のほうでは、輪香子に好意をもっているらしかった。それも、彼ははっきりと表わすのではなかったが、どこかそれは見えていた。辺見博は、ほかのことには、陽性で、行動的だったけれど、その意志表示だけは、ひどく臆病であった。

その辺見博が、いまも輪香子とだけ向かいあって話していると、妙に息づまりを感じたように、あたりを見まわした。

どこかに、呼吸のしやすい窓はないか、と探しているようだった。

その窓が目にとまった。ピアノである。

「ピアノの練習、なさっていますか」

辺見博は、椅子から立って、ピアノに歩きながら輪香子にきいた。

「ええ、でも、このごろ、ずっと怠けてますの。一向にじょうずになれませんのよ」

「そうですか」

辺見は、自分の顔を、黒い台の上に映していたが、

「輪香子さん、ちょっと、いたずらしてもいいでしょうか？」

と、ふりかえった。

「どうぞ」

輪香子は微笑した。実際、辺見博のような男が、ピアノの前にすわること自体が、はなはだ不似合であった。どうせ、一つ覚えの童謡か、流行歌の一節だろうと思っていた。

辺見はピアノの前にすわると、両指を交互に折って、ぽきぽきと骨を鳴らした。

「もう忘れたかな」

首を傾げて、ちょっと、目をつむっているふうだったが、やがて鍵盤《キー》の上に両手の指をかけた。

最初の音色が出た。正確な音階だった。輪香子が驚いていると、ショパンの「雨だれ」が始まった。

輪香子はびっくりした。あっと思ったのは、この人が、という意外さだった。辺見博は、キーを叩きつづけた。無恰好だと思っているこの人の指が敏捷《びんしょう》にキーの上をはねて走ってゆくのである。辺見のいかつい肩とは、まったく別なところから、ショパンが鳴っているようだった。

輪香子が凝《じっ》としていると、母が果物皿を持って出てきた。

「あら」

母は低く叫んだ。そこに立ったまま、目をみはって、辺見を見ている。実際、呆《あき》れたような見つめ方であった。

輪香子も母も、その三分間の演奏が終わるまで、毒気をぬかれて聞いていた。最後のキーを弾《はじ》いて、辺見博は、こちらにくるりと向きなおった。色の黒い顔をにこにこさせていた。輪香子は気づいて拍手した。

「いらっしゃい」

母は早口で言って、

「驚きましたわ、辺見さんがショパンをお弾《ひ》きになるなんて！」

と、まだ目をくるくるまわしていた。

「こんにちは」

辺見は、頭をかいて母におじぎをした。

「立派なものですわ。ほんとにどこで、お習いになったのですか？」

母はきいた。

「学校時代ですよ。これでも音楽部員でしたからね。いたずら半分にやったことがありますが、とても、もうだめなんです」

「そんなことはありませんわ。ほんとうにお上手ですわ。これからは、たびたび、聞かせてくださいね」

母が言っているときに、父が薄物の着物に巻きつけ帯ではいってきた。父は肥《こ》えているので着物もよく似合った。

「やあ」

父は辺見に言った。

「おじゃまをしています」

辺見博は立ちあがって、礼儀正しくおじぎをした。

「あなた」

母が、さっそく、父に言った。

「辺見さんが、今、ショパンをお弾きになったんですよ」

「へえ、辺見君がか？」

父も珍しそうに辺見を見ていた。

「それが、とても、おじょうずなんです。わたしはびっくりしました」

「そうか」

父は微笑していた。

「嘘《うそ》ですよ、局長。へたくそなんです。困りますね」

辺見は、額にうすい汗をかいていた。彼はポケットからハンカチを出したが、皺だらけで、黒くなっていた。それを平気で自分の額に当てた。

「おまえたちは、ちょっとあちらへ行ってくれ」

父は、笑いながら、手を振った。辺見の質問に、父が答えてやるためだった。母が廊下に出て、輪香子に低声《こごえ》で言った。

「辺見さんがピアノを弾こうとは思わなかったわね。快活な人だとばかり思っていたけれど」

母は辺見博の嗜《たしな》みに満足しているようだった。

## 4

母は、台所で、新しくコーヒーを沸かしていたが、腕時計を見て、

「もう、そろそろ四時だわね。辺見さんにお食事を出さなくちゃ」

と、言っていた。

夕方に客が来ると、たいてい夕食を出すことにしている。輪香子が、母が言うのは、その習慣かと思っていると、

「あ、そうそう」

と、なにかいいことを思いついたように、輪香子を見て微笑した。

「あなた、この間からお父さまに、お食事に、どこかに連れていっていただきたいとねだっていたわね。ちょうど、いい機会だから、辺見さんをお誘いして行くよう、お父さまに言いましょうか?」

「そうね」

輪香子は、一家で食事をしに外に出るのは好きだったが、辺見博がいっしょに行くのは、すこし気が重かった。辺見が嫌いだというわけではないが、やはり家族だけで食卓を囲みたかった。

が、母は辺見が好きだったし、父も気に入っていた。ここで異をたてるのは、輪香子

に気おくれがした。

「お父さまがよろしかったら、それでもいいわ」

輪香子が賛成したので、

「じゃ、そうしましょう。いい思いつきだわ」

と、母は顔を明るくしていた。

「お父さまのお話、まだすまないかしら？」

と、応接間の方をうかがうように見たりした。

コーヒーが沸いた。母がそれを茶碗に注《つ》いで、

「あなた、これを出して様子をみてらっしゃいよ。そして、よかったら、お父さまにおねだりしてごらん」

と、輪香子にお盆を持たせた。

輪香子が応接間をノックすると、父の声で、はい、と言った。

父は輪香子を見て、

「なんだ、おまえか」

と言った。母が来たと思ったらしい。話はすんだ模様で、辺見博は手帳をポケットにしまうところだった。

「お母さまはどうした？」

父はきいた。

「台所にいらっしゃるわ。お呼びしますか？」

輪香子が言うと、父は、なんとなく輪香子の顔を眺めて、

「そうだな。じゃ、おまえでもいい。今夜、辺見君とみんなで飯を食いに行くからね。お母さまにそう言いなさい」

と言った。

「あら」

輪香子が笑うと、

「なんだい？」

父は咎《とが》めた。

「いま、それをお母さまからことづかったところなんです。お父さまにおねだりしろって」

「なんだ」

父は目もとに笑いを見せ、辺見に顔を向けた。

「君の都合はいいだろう？」

「はあ」

辺見は、ちょっと頭をさげた。

「ご馳走になります」

辺見は、少しもわるびれなかった。

「じゃ、そう決めよう」

父は満足そうに言った。

「輪香子、赤坂に『谷川《たにがわ》』っていう家《うち》があるからね、私の名を言って、これから四人で、飯を食いにいくから、と言ってくれ」

「はい」

父は、その電話番号を言った。

台所に行くと、ちょうど、外から帰ってきた女中に、母は何か言っていた。

「どうだった？」

母は輪香子をふりむいた。

輪香子は笑った。

「いま、お食事する家に電話するところなの。お父さまから、先におっしゃったわ」

「そう」

母は、多少うきうきした様子で、台所を離れて行った。

輪香子が、教えられた番号に電話すると、若い女の声が出た。田沢ですが、と言うと、向こうでは、ちょっと待たせて、野ぶとい女の声に変わった。

輪香子は、父の言うとおりの用件を言った。

「かしこまりました。ありがとうございます」

先方は礼を言ってから、

「あの失礼でございますが、奥さまでいらっしゃいましょうか？」

と、丁寧にきいた。

「いいえ……」

どのような言葉で説明していいのか分からないでいると、向こうのほうで、それを察したらしく、

「あ、お嬢さまでございますか？」

と、ききなおした。

「はい」

「それは、それは。どうも、いつもごひいきに預かっております」

と、さらに丁重な声になった。

その電話を切ると、待っていたようにベルが鳴った。

輪香子が送受器をとると、その声で分かったように、

「ああ、ワカちゃん？」

と、佐々木和子の声が弾むように聞こえた。

「そうよ」

「この間は愉快だったわね」

和子の声は笑いをふくんでいた。

「うん、たのしかったわ」

輪香子の目には、ナイト・クラブの様子と、小野木喬夫の姿とが浮かんだ。

「おそくなったので、叱られなかった？」

和子がきいた。

「ううん、大丈夫よ。だって、あなたが送ってくださったもの」

「信用あるのね。では、安心だわ。大きな声で言えるのね」

「何よ、いったい？」

「今度、また小野木さんをひっぱりださない？」

佐々木和子の声は、勢いづいていた。

輪香子は、すぐに言葉が出なかった。動悸が急に打って、息が詰まった。輪香子がだまっているものだから、佐々木和子が、もしもし、と言った。

「はい」

「どうなの、いいでしょ？　あたし明日あたり、小野木さんに電話して都合きいてみるわ、ね、また、遊ばない？」

「だって」

輪香子は、和子の無神経に、少し不愉快になった。

「小野木さんだってお忙しいわ。そうひっぱりだしてばかりいちゃ悪いわ」

「ううん、大丈夫よ」

和子は即座に言った。

「あのかた、まだ新米さんでしょ。そうおそくまで居残ってするほどのお仕事はないと思うわ。そりゃ、ご勉強だってなさるでしょうけれど、毎晩、誘いだすわけではないし、かまわないと思うわ。それに、困れば、お誘いしてもお断わりになるでしょうし……ねえ、ワカちゃん、小野木さんに電話してもいいでしょ？」

「そりゃ、かまわないけれど……」

輪香子は、どこか強引《ごういん》な調子の和子の声に負けて、ついそう言ってしまった。

「そう？　じゃ、そうするわ。返事が聞けたら、あなたに電話するわね」

和子は電話を切った。

輪香子は、和子の押しつけがましさが、ちょっと厭だったが、結局、自分が反対しないでよかった、と思った。小野木と会うのが、やはりたのしかった。この友だちに持った不愉快さも洗い流された。

「お電話だったの？」

と、母が出てきた。応接間に行って父と話してきたらしい。

「ええ、和子さんからです」

「そう」

母は、それきりにして、

「さあ、早く支度なさい。今から行きますよ」

と、輪香子をせきたてた。

「あら、もう?」

窓には、まだ明るい陽が残っていた。

「向こうに着けば、いいかげんになりますよ。さあ早く、早く」

めったに父と外で食事をすることのない母は、小娘みたいに浮きたっていた。輪香子は、かえって気の重い表情をした。

「ああ、輪香子、ちょっと、あなた、お支度は何にする?」

「お洋服でいいわ」

「着物のほうがいいんじゃない? お料理屋さんだし、お座敷にすわるのだから」

着るとすれば、どうせ派手な訪問着をきせられるにきまっていた。そんな恰好をして、辺見のような青年をまじえて食事をしたら、ひとは、どのような目つきをするであろう。お見合のように見られるのは、厭であった。

「着物なんか、面倒で厭ですわ。やっぱりお洋服にします」

輪香子は、自分の部屋に逃げながら言った。辺見博は、よい青年である。輪香子もけっして彼を毛嫌いするのではなかった。明るいし、行動的なのである。父がほめるだけに頭脳もよさそうである。

無頓着《むとんじやく》かというと、そうではなく適度の礼儀も心得ていた。ショパンをひくような指先も持っている。新聞記者としても有能らしいが、いわゆる社会部記者みたいな粗笨《そほん》さはなく、政治部に籍を置いているだけの行儀のよさがあった。

が、輪香子には、辺見がそれ以上の対象には映らなかった。尊敬する友だちなら、いつでもなれそうなのである。

辺見を見ると、輪香子は、小野木喬夫のことを思わずにはいられない。比較して見るわけではないが、小野木には、辺見のような明るさがなかった。肩のあたりに、いつもうすら寒い風が吹いているみたいだった。明るい光線の射す場所に置いても、小野木喬夫は、どこか暗い一点を見つめるような眼差しをしそうであった。

輪香子は、上諏訪駅のホームを、肩鞄をかけたジャンパー姿で歩いている小野木の横顔が、よく目に浮かぶのである。

人間は他人《ひと》の目のないときに、無意識に見せる横顔に、そのひとの心が現われているようだった。輪香子が汽車の窓から、ふと眺めた小野木がそうなのである。少し、うつむきかげんの、孤独な横顔であった。

どういうのだろう、と輪香子は思った。小野木の寂しさは、どこからきているのか。生い立ちも、現在の環境も聞いたことがない。

輪香子は、ふと深大寺で、小野木の横を静かに歩いていた女性が目に蘇《よみがえ》った。彼の寂《せき》寥《りょう》は、その女性が翳《かげ》をおとしているのではなかろうかと思った。

『谷川』は、しゃれた板で囲った塀の中にあった。

自動車で通ってみたのだが、この界隈《かいわい》は、同じような料理屋さんが塀をならべている。輪香子が、新聞などで知った有名な家の名前が、表の看板にあったりした。

五十ばかりの丸く太った女将《おかみ》が、打ち水をした石だたみの正面の玄関に出てきて、

「いらっしゃいませ。ご機嫌よろしゅう」

と、輪香子の父に笑顔で挨拶した。

大勢の女中も、女将の後ろに膝をついている。これは父よりも、母や輪香子を、それとなく観察しているようだった。座敷は、庭を眺めるところにあった。凝《こ》った造りで、やはり瀟洒《しょうしゃ》なのである。暮れた庭には石灯籠があり、暗い灯がはいっていた。白い庭石の上に、植込みの茂みの葉が、かすかに鳴っていた。

女将は、母に向かって、局長さんに、いつもごひいきになっております、と礼を言った。

「これはお嬢さまでございますか。さきほどお電話でお声を拝聴しましたが」

と、輪香子を見て、

「本当に、おきれいでいらっしゃいますね」

と、少し身を退《ひ》く恰好をして、打ち眺めるようにした。その女将の姿勢は、踊りをしているひとの形になっていた。

「今夜は、家庭サービスだからね」

と、父は笑いながら言った。

「おかみさん、酒はあまりいらないから、おいしいものを出しておくれ」

「はいはい、かしこまりました」

女将は両手の拳《こぶし》を畳につけて頭をさげた。

「局長さん、家庭サービスなんて結構でございますね。お羨しいですわ」

「いやいや、あんまりそうほめてくれるな」

父は苦笑して、真向かいにいる辺見博を、あわてたようにさして、

「これは、家《うち》に出入りする新聞社の人だ。今夜は、いっしょに来てもらったが、家族みたいに親しいから、新聞記者の強面《こわもて》を恐れずに、サービスしてくれ」

と女将に言った。

「おや、さようでございますか。いえ、どういたしまして。よろしくお願いします」

女将は辺見にも丁寧に頭をさげ、

「あたくしは、また、お嬢さまとご婚約のかたかと、ひとりで考えておりましたが」

と、口に手を当てて笑った。

辺見は、あかい顔をして苦笑している。母は微妙な微笑をした。輪香子は、やはり辺見を入れてくるのではなかった、と思った。

料理は、容器といっしょに中身も凝っていた。女将が出て行ったので、母は、女中に料理のつくり方などきいたりして、上機嫌だった。

父と辺見とは、しばらく酒をのんでいた。辺見は、出されてくる料理をよく食っている。

「辺見さん、お帰りになっても下宿ではつまらないでしょう。今夜はご遠慮なさらずに、ゆっくり召しあがってくださいね」

母は卓をへだてた斜め向こうの辺見に言っていた。

「遠慮なんかしません。十分に栄養をつけさせていただいてますよ」

辺見は、たのしそうに言った。

「あ」

と、母は、不意に思いだしたように箸《はし》を途中でやめた。

「お安《やす》さんに言い忘れたことがあるわ」

母は輪香子を見て、家の女中に、それを電話で言ってくれ、と頼んだ。

電話は部屋になく、電話室は廊下の離れたところにあった。女中の一人が立って案内した。

輪香子は、女中のあとから磨きこんだ廊下を歩いた。

廊下に出たときに知ったのだが、ひとりの女性が先を歩いていた。それは別の部屋から出ていったばかりという印象で、むろん背中が見えるだけだった。すんなりとした背恰好なので、輪香子が美しいと聞いているこの辺の芸者ではないかと思ったくらいである。

が、廊下の角を曲がるとき、その女性は、ちらりと白い横顔を見せた。それも一瞬の間だった。たちまち姿は消えてしまった。

輪香子は、もうすこしで、あっと声を出すところだった。横顔が小野木と歩いていた深大寺の女性によく似ていた。瞬間の目の印象だが、そう決めていいくらいだった。いまの女性が出て行ったであろう部屋は、廊下の横にあった。無論、襖《ふすま》は閉まっている。が、その部屋の前には一組のスリッパが、廊下にきちんとそろえられてあった。

輪香子は、その襖の奥に、小野木喬夫がすわっているような幻覚で、顔色が自分でも白くなるのを覚えた。

# 風

## 1

結城頼子が座敷にもどったとき、夫は、黒檀《こくたん》の台に肘をもたせて、女将《おかみ》と小さな声で話していた。

結城庸雄《つねお》は背の高い男で、まるい体の女将と話をするため、細身を前向きにかがめている。額が広く、鼻梁《びりよう》が高い。すこし長顔で、彫りが深く、いつも、眉をややひそめている癖は、苦味走った中年の好男子という印象があたる。玄人《くろうと》筋の女性に好かれる顔だ、と夫の友人が頼子の前で言ったことがあった。

頼子が襖をあけたときに、夫と女将の、声をひそめた話しぶりは目にはいったが、頼子は気づかないふりをして、自分の席にすわった。

「そりゃあいいお話ですけれど」

女将は急に顔を結城庸雄のところから離し、体をそらせた。声も大きくなったのである。

「あの土地は、高うござんすからね。この間、あの近所の宮さまの地所を、女優さんが法外な値段で買って家を建てたそうじゃありませんか。うちなどは、まだまだですよ」

「そうかな」

結城庸雄は、グラスのウィスキーを、うつむいてながめながら言った。

「おかみさんのところは、相当あると思ったが」

「いいえ」

女将は、大仰《おおぎょう》に手を振って、

「借金だらけでございますよ。なかの世帯は火の車で。……申しわけございません」

あとは、料理の皿に静かに箸をつけている頼子にも、賑やかに笑いかけたものだった。

この話題が、頼子が部屋にもどってくる前の密談の内容と違っていることを彼女は知っている。彼女は、おとなしく笑ってみせた。

卓の上には、杯に冷えたままの酒が置いてある。いくつもの皿や鉢が、明るい電灯の下で、はなやかであった。

珍しいことに、夫が誘ったから、頼子は、この『谷川』にきたのだった。日ごろは、黙って出かけたまま、一週間に一度帰るか、十日に一度帰るかして、すぐに外に出かけてゆく夫を、よその人のように眺めて暮らしていた。夫は遠いところに出張するのではなく、都内に別の家をもっていた。

何日かぶりに帰ってきても、頼子は夫にその間の動静をきくのではなく、夫も話そうとはしなかった。夫が家を出かけるときも、頼子は玄関に膝をついているだけで、何を質問するのでもなかった。このようなしきたりは五年来のことで、もとより頼子が夫から慣らされ、あとでは夫も妻から慣らされたものだった。

女中は二人おいていたが、料理は頼子のためだけであった。夫には少しもその必要がない。十日目ぐらいに帰ってきても、夫はその晩に、食事もせずに外へ出るのである。夫婦の間に、口のいさかいはなかった。よそから見ると、静かな夫婦とうつるかもしれなかった。夫は、きわめて短い、必要上のことしか言わなかった。頼子の答え方もそうであった。夫に口をきくときは返事だけにかぎられていた。

夫の身の回りのことは頼子は妻として遺漏《いろう》なくつとめた。もっとも、久しぶりに帰ってくる夫の脱ぎ捨てたものには、頼子の手にかかっていないものがいくつもある。それが夫のもう一つの生活の意匠《いしょう》なのだが、頼子はそれを気にかけたこともなかった。

夫が、何日かぶりに一度、帰ってきて、その日のうちに床にもはいらないで、すぐに出てゆく気持は頼子に分かっていた。そのことがあるので、身の回りのことだけは、妻の義務をはたしているといえる。

夫が『谷川』に飯を食いにいこうと言いだし、それに従ったのも、頼子は義務の一つとしか考えていなかった。夫は傍にいるが、遠くにすわっているのと同じであった。

これも、他人の目にうつることだが、ここにいる頼子はおとなしい夫人に見られたに違いない。夫が話していることを横で静かに聞いているのである。唇のあたりに微笑を時々、浮かべるが、これを薄い嗤《わら》いと知っているのは夫の庸雄だけであろう。女将は、初めて会う頼子に目をみはって、

「おきれいな奥さまですこと」

と、結城庸雄の耳もとで、驚いた声で言った。

結城庸雄は声を出さずに笑っていた。彼が、うつむいて微笑《ほほえ》む時は頬のあたりにかげりができるので、冷たい魅力があると、見た女たちが騒いでいた。女将に妻のことをほめられたときも、結城庸雄は、同じ表情をして黙っていた。これも見方によっては、内側に愛情をふくんだ鷹揚《おうよう》な夫の雰囲気を感じさせたかもしれない。

「おかみさん、そろそろ、誰かを呼ぼうか」

と、結城庸雄は、ひとりで言った。

「あら」

女将は驚いて目をあげた。

「今夜は、奥さまをお連れでいらっしゃるじゃありませんか？」

「かまわないんだよ、これは」

結城庸雄は、黒檀の卓に両手を突いて立ちあがりながら、頼子のほうを見ないで言い捨てた。

頼子が、女将と、庭のことを話しているとき、庸雄が手洗いから帰ってきた。

「言ってくれたかい、いつものを？」

と、きいたのは、彼が始終よんでやっている芸者のことだった。

「ほんとに、よろしいんですか、奥さまも？」

女将は頼子の方を見た。

「どうぞ」

頼子は笑った。

「わたしも、きれいなかたを拝見したいのですから」

「そうですか。では、ただいま」

女将は、傍の女中に、目くばせした。女中は女将の口もとに耳を持っていって、立ちあがった。

「いま、そこで」

結城庸雄は、女将の方を向いて言った。

「きれいなお嬢さんに出会ったよ」

「まあ、そうですか」

「洋服を着た、まだ二十《はたち》ぐらいの若いお嬢さんだったが。お客さんかい、誰かが連れてきた？……まさか、こんなところで、女子学生の同窓会を開くわけはないだろうが……」

「ああ、それは」

女将が、思い当たったように言った。

「ご家族づれでみえているんですよ。そこのお嬢さまでしょう、きっと」

「ほう、誰かな？」

と、首をかしげたのは、その娘の父親のことだった。

「それは……」

女将は曖昧に笑って、

「今夜は、家庭サービスのお組が多いんですのね」

「多いって？」

「ほら、こちらさまも、そうじゃありませんか？」

女将に言われて、結城庸雄は、鼻でわらった。

「ふん。ぼくのほうは……」

と言いかけてうつむき、グラスをとった。

頼子は、知らぬ顔で箸を動かしていた。庸雄は頼子のほうに向かって、ものを言っていない。女将にだけ目を向けていたし、頼子が微笑して言うときも、女将の方に顔を上げていた。

女将もおかしいと思ったらしい。が、そのますぐには座が立てないので、

「一昨日の晩もね」

と、笑い声をまじえて言った。

「うちのお客さまが、十時ごろからナイト・クラブに連れてってやろうとおっしゃるので、ついて行きましたよ。あたくしも、めったにのぞいたことがないので、年寄りのくせに、つい、尻に乗って行きましたが」

「ナイト・クラブは、年寄りの婦人でも、来ている。外人なんか、そうだな」

「そうなんですよ。アメリカ人のお婆さんが踊ってるんです。驚きましたね」

「おかみさんだって踊っている」

「厭ですよ。あたくしのは若いときから、ひとりで踊るんです。殿方なんぞと抱きあって踊りはしません」

「どこのナイト・クラブだね?」

「横浜ですよ」

「横浜?」

結城庸雄は、不意に言葉を切った。

頼子の心に風が起こった。が、蒸焼きの錫紙《すずがみ》をとりのぞく手は、しっかりとしてい

た。

「横浜とは、遠出だね」

庸雄は、ぽつんと言った。

「そうなんですよ。あたくしは厭でしたが、車でドライブしようとおっしゃるんで……」

「おかみさん、横浜、よく知ってるの？」

「昔から出無精ですから、よく知らないんですよ。お客さまに笑われたくらいです」

「山下公園、行ったかい？」

頼子は、瞬間に目をつぶった。

「ああ、海の見える、大きい汽船の浮いたとこなんでしょ？」

「そう」

「ちょっと、お客さまが見せてくださいましたよ。婆さん、どこも知らないから、と言ってね。でも、夜はあんなとこ、木が多くて寂しゅうござんすね？」

「寂しいところがいいんだ」

結城庸雄は声を出して初めて大きく笑った。

頼子は箸をおいた。

芸者が四人で賑やかに、『谷川』の内玄関にはいってきた。

座敷から出てきた女将がそこにいて、女たちの挨拶をうけると、

「ちょっと」

と、そのなかの一人を呼びとめた。

「はい」

丸顔の、目の細い妓《おんな》が、体を振るようにして、女将の横にきた。

「ユーさん、ひとりじゃないよ」

「お客さま？」

「奥さまとごいっしょだよ、あんた」

「あら」

丸顔の妓は、細い目をいっぱいに見開いた。色を変えたような表情をしている。

「気をつけなさいよ」

妓は黙っていたが、

「奥さん、偵察に見えたんじゃないかしら？」

と、不安そうな顔をした。

「まさか」

女将は言って、

「そんな奥さんとも見えなかったがね。おとなしいかたのようだけれど……」

すこし考えるような目になっていた。

「何よ、おかあさん？」

妓は女将の目つきを気にかけた。

「いえ、なんでもないよ。ただ、気をつけてね。いつもと違うんだから」

後ろに立っている三人の妓に目を移して、

「あんたたちも、つまらないことをうっかり口に出すんじゃないよ」

と、注意した。三人とも、首をちぢめて、

「はいはい」

と、廊下をもつれるようにして歩きかけるのに、

「ちょいと」

女将は追うように言った。

「奥さん、とてもきれいなひとだからね」

「まあ！」

これは四人とも、大仰に声をあげた。

女将が、帳場にはいると、女中頭が会計と話をしていたが、女将を見上げて言った。

「ユーさん、初めてですね、奥さんを連れてくるなんて」

「驚いたね、蝶丸《ちょうまる》さんを呼ぶんだから」

女将は、そこにあるせんべいを、口の中に入れた。

「でも、あの奥さんじゃ、蝶丸さん、足もとによれませんよ」

「そりゃ、そうさ。あの妓《こ》、帰りには目を泣きはらすよ」

「奥さんの着てらっしゃる衣装だって十万以下じゃありませんよ。指輪のダイヤだって、二カラットぐらいですね。とてもいい趣味で……でも……」

と、これは声を急に小さくして、

「ユーさんて、何が本当の商売でしょう？　奥さんにあんな贅沢《ぜいたく》がさせられるんですもの」

「あたしにもよく分からないよ」

女将は、眉《まゆ》をすこししかめて、答えた。

「政治家でも実業家でも、誰のことでもよく知ってるようだけれど、自分のことはちっとも言わないからね、いまだに正体がよく分からないよ」

女将はいっそう、声をひそめた。

「ちょっと、薄気味が悪いね」

このとき、座敷から女中を呼ぶブザーが鳴ったので、女中頭は急いで出ていった。

女将は口に入れたせんべいを嚙《か》みくだいた。

頼子は、ひとりで『谷川』を出ると、砂利道を歩いて、広い道路に出た。門の外に待っていた運転手が、あわてて車からおりてドアをあけようとするのを、自分は用事があるからいい、と断わった。

タクシーを拾った。

「どちらへ？」

と、運転手がきく。すぐには行先が出なかったが、前に一度、通ったことがある場所を思いだし、

「三河台町《みかわだいまち》の方へ」

と命じた。夜の寂しい街であった。

芸者がはいって三十分もしてから、夫には、銀座で買物があるから、と断わって、座敷を出た。

「そう」

夫の庸雄は一言《ひとこと》言っただけで、芸者の方へ勢いよく話しかけていた。

夫は、今夜からまた帰らぬであろう。芸者のなかにひとり、妙に頼子に意識をもった女がいた。

頼子にもそれは察しがついた。しかし、そのことで頼子が座敷を中座したのではなかった。これは、その芸者が来る来ないにかかわらず、初めから決めたことだった。

三河台町の電車通りを横にはいったところで、頼子は自動車をおりた。

両側に大きな邸宅がならんでいて、塀がつづいている。外灯が、距離をおいて、光の輪を投げているだけで、歩いている人もあまりなかった。

道は急な下り坂となり、石だたみとなっていた。靴をはいていれば、こつこつと足音

が響くのである。

坂の下は、小さな家の多い谷になり、その向こうからふたたび坂道が起こっていた。両側の塀は、だんだんにずり落ち、せり上がっている。塀の上には蔦《つた》が覆《おお》い、樹木が茂っていた。

風があって、黒い梢も、蔦も動いている。塀の中に見える灯は、ひっそりと底に沈んでいた。

高いところにある灯は、北欧の国の大使館だった。

結城頼子はめったに人の通らないこの道をひとりで歩いていた。夫が、横浜のことを言ったのは、たぶん、偶然であろうが、今、ここを歩いているのは、それを聞いたときの動揺を静めるためではなかった。

暗いところで、小野木喬夫に話したかったのである。

「どこにも出られない道って、あるのよ、小野木さん……」

2

最後の、万引常習犯の男の取調べが終わったとき、小野木喬夫は時計を見た。

十一時四十分だった。これから、机の上をざっと片づけて、石井検事のところに行って挨拶しなければならない。

その時間が十分ぐらいは要するだろう。新宿発十二時二十五分の長野行の準急にまにあうためには、時間がぎりぎりだった。

土曜日だから、いつもは、午後一時ごろに地検の建物を出てゆくのだが、今日は特別だった。それは、あらかじめ石井検事に許可をもらっている。

「今日は、いやにそわそわしているんだね」

隣の机にいる横田《よこた》検事が、調書から目を上げて言った。

「また、古代の遺跡まわりかね」

横田検事は小野木の趣味を知っていた。

「いや、今日はちがう。ちょっと用事があってよそに行くんだ」

「道理で例の肩掛け鞄がない」

横田は笑った。

小野木は、スーツケースを机の上に置いている。

「遠方かね？」

「いや、近くだ。静岡《しずおか》県だ」

小野木は嘘をついた。

「気をつけるがいいな」

と、横田が言ったので、小野木は不意をつかれたような気がした。

「今夜あたり、台風がくるかもしれない」

これは別に比喩《ひゆ》を言ったのではないことは、今朝の新聞にそのことが実際に出ているので分かった。が、小野木は、自分で少し顔色が変わるような気持がした。

「なに、たいしたことはないらしい。進路も南の海上に向かっていると、測候所の話が出ていた」

小野木が言うと、横田検事は、

「まあ、ご無事で」

と、微笑していた。小野木は、スーツケースをとると、お先に、と言って横田のところから離れた。

石井検事は何か書いていたが、小野木の挨拶を聞くと顔を上げて、

「行って来たまえ」

と、うなずき、

「月曜日には出てくるんだろうね？」

と、きいた。窓から射す光線で、耳の上の白髪が光っていた。

「はあ、それは……」

「月曜日には、君にすこし手伝ってもらいたいものがあるから」

「はい、分かりました。それでは勝手させていただきます」

先輩検事のうなずくのを見て、小野木は建物を出た。時計を見ると十二時近くになっていた。

流れてくるタクシーを目で迎えたが、どれにも人が乗っていて、空車は容易にこなか

った。小野木は、まぶしい歩道に立って、いらいらした。まにあわなかったらどうしようか、と思った。

汽車に遅れたときの情景が先に目にうかんだ。首筋から暑さが湧《わ》いてきた。

六台か七台目に、やっと空車の標識を出したルノーが来た。

「新宿駅へ」

と言っておいて、運転手の背中にかがみこみ、

「十二時二十五分の列車だが、まにあうかね？」

と、きいた。運転手は腕を折って自分の時計を眺め、

「いま、十二時三分ですね。なんとかやっつけましょう」

と、乱暴にアクセルを踏んだ。若い男だった。車は走りだしたが、小野木は腰が落ちつかなかった。結城頼子が心配そうに待っているのが目に浮かんでくる。まにあわなかったら、どうしよう。たぶん、頼子は発車間際に、汽車を降りるだろうが、できるなら、昨日の打ちあわせどおりに、いっしょに決めた列車で行きたかった。

若い運転手は赤信号にかかるたびに舌打ちし、青になると猛烈な勢いで、ほかの車の間を縫《ぬ》っていった。小野木は、運転手の好意はうれしかったが、事故の場合を想像すると、目を閉じたくなった。

事故が起きて病院にでも担《かつ》ぎこまれたら、頼子に連絡する方法は絶対にないのだ。伊勢丹《いせたん》の建物が見えたとき、運転手は、

と、背中越しにきいた。

「旦那、ホームは？」

「中央線だ」

運転手は黙って交差点から左へハンドルを切り、甲州街道へ出た。中央線ホームは南口からが近いことを、この運転手は知っている。陸橋の坂を上がるとき、小野木が腕時計をみると、十二時二十一分だった。

「まにあいましたね」

運転手が車をとめ、小野木をふりかえって笑いながら、自分でも汗を手で拭《ぬぐ》った。

小野木が二等車の中にはいってゆくと、結城頼子の姿はすぐに目についた。白いスーツを着て、座席にもたれて本を読んでいた。隣には中年の婦人が子供づれで乗っていたが、頼子の前の席には、彼女の青いスーツケースが置いてあった。

頼子がホームに降りて、心配そうに立っている姿を小野木は想像したのだが、落ちついて本を読んでいるのは、息せき切って駆けつけた恰好だけに、ちょっと当てがはずれた思いがしないでもなかった。が、頼子というのはそういう女性だと感じた。

かえって、眉をよせてホームに佇んでいたのでは頼子らしくない。

どんな場合でも落ちつきを乱さない頼子のほうが、小野木には好ましかった。

小野木が立ったので、頼子が目を上げた。笑って、前の座席のスーツケースを取り、そのあとをハンカチで軽く拭《ふ》いた。

「どうも」

小野木は頼子のケースと、自分のとを網棚に上げて、そこへすわった。

「まに合わないかと思って、ひやひやしながら来ました」

小野木は顔の汗をハンカチで押えた。

「たいへんだったでしょう。お忙しいためだと思ってましたわ」

頼子は微笑して、小野木を見つめていた。

「この汽車にぼくが乗れないか、と思いませんでしたか？」

小野木がきくと、頼子は首を小さく振った。

「いいえ、きっといらっしゃると思ってましたわ」

だから、じっとすわって本を読んで待っていたのだ、と頼子は言葉のあとで言っているふうに見えた。それは、小野木がどのような犠牲を払ってもかならず来てくれる、という確信にあふれている肩であった。

汽車が滑りだしてからも、頼子は小型の本をとりだして、目で活字を追っていた。外国の翻訳小説らしかったが、小野木にあまり話しかけないその態度は、やはり複雑な気持をかくしているように思われた。

小野木は煙草を出してすった。窓の外には、武蔵野台地の森林が赤い屋根の住宅を裾においてて流れていた。

――土曜日から日曜日にかけて、小さな旅に出たい、と小野木がもらしたのは、このあいだ会ったときだった。そのときは、電話をかけてきた頼子の希望で、夜のひっそりした坂道を歩いたのである。

石だたみが敷いてある暗い急な坂で、小野木の靴音が暗い中に響いたものだった。歩いていると、どこかの大使館の門があったりした。頼子は、つい、二三日前、ここを歩いて気に入ったから誘ったのだ、と言っていた。

ひとりでですか、と小野木がきくと、無論、ひとりですわ、と頼子は暗い中で笑ったものだった。それが、小野木が一泊の予定で田舎に出かけたい、と言うと、頼子は急に顔をあげて、わたしもご一緒に行きたいわ、と言いだしたのだ。そりゃあ、と言ったきり、あとの言葉が出なかったくらい小野木の方が驚いたのだった。

いつもは、小野木が躊躇《ちゅうちょ》すると、賢すぎるくらいに自分の申し出を撤回する頼子が、その夜にかぎって、頑固に同行することを主張したのである。小野木にとって、それが迷惑である理由はない。ただ、そんなことは初めてだし、頼子に、何かあったのではないか、と予感したものだった。

小野木は、結城頼子の正体を知っていない。彼女は、小野木に見せている以外の別の世界の姿も、その生活も、まったく彼には知らせなかった。

——小野木さんは、ご自分のまえに立っているわたしだけを対象にしてくださったら、それでよろしいんですわ。わたしの後ろに、どんな線があるのか、ご存じなくともいいんです。

頼子は、小野木がそれに近づく質問をはじめると、かならずそういう言い方をした。住所も正確には教えず、電話も頼子のほうからかかってくる一方的なものだった。

頼子から旅に一緒について行きたい、と頼まれたとき、小野木は今度は頼子の全部を知ることができるかもしれないと思った。頼子も、小野木との奇妙な交渉が苦痛になってきたに違いない。遊戯ではないのだ。頼子が小野木に全部を打ちあけられない桎梏《しっこく》に苦悩していることは、小野木にも想像がついていた。いつも何かを考えている女《ひと》だけに、彼に会っても、その苦痛を表面に見せるようなことはなかったが、何かのときには、瞬間に、それが断層のようにのぞくのである。そのときの頼子の横顔は、苦痛を見つめているような表情だった。

見なれた東京では言えないこと——旅先では告白できる決心が、頼子を中央線の列車に乗せた、と思った。

小野木は、時々、目を窓の外に投げては文庫本を読んでいる頼子を、やはり時おり、真向かいから見まもっていた。

汽車はトンネルをいくつも抜け、出たときはかならず川を、進行方向の左側の低いところに見せていた。

大月《おおつき》駅では、登山姿の青年や、白衣を着て杖を持った行者姿の人たちが、多く降りた。外人もまじっていた。ホームの向かい側に短い列車が着いていて、その人たちはそれに争って乗っていた。

「どこへ行くんですの、あの汽車?」

この線は初めての頼子は、本から顔をあげて、久しぶりに小野木に話しかけた。

「富士登山や河口湖《かわぐちこ》の方へ行くんです」

小野木が言うと、頼子は、あら、そう、とその汽車の方を眺めていた。

「富士山まで、近いんですか?」

頼子は珍しく子供っぽい質問をした。

「河口湖まで一時間です。富士登山はそれから山麓までバスで行くんですが……ぼくは、この汽車の途中がいいと思いますね」

「何がありますの?」

「裾野を覆っている樹林ですよ。迷いこんだら生きて出られないくらいの樹海があるんです。今日のような暑い日だと、炎天に燃えて、むんむんするくらいな瘴気《しょうき》を感じるんです」

小野木は学生時代に友だちと、やはり夏に、そこを歩いたことがある。そのときの記憶を言うと、頼子は、目をみはっていた。

乗っている汽車が出て、急な登りにかかると、頼子は草いきれが窓にも打ってきそうな近い斜面をながめていた。

「いつか——」

と頼子は小野木に言った。

「そこに連れてってくださらない？」

頼子は、まだ樹海のことを目に空想しているらしかった。

「そんなところに行って、どうするんです」

「だって、小野木さんが、今、いいところだとおっしゃったわ」

「それは、そうですが、普通ではおもしろくないところですよ」

「わたし、そういうのを見るの、好きなんです」

小野木が、驚いたのは、その言い方の強さだけではなく、頼子の心にそんな願望があることだった。ふだんは、贅沢なところにすわっているひとと考えていた。

小野木は黙ってうつむき、新しい煙草に火をつけた。小野木が煙を吐いて顔を上げたとき、頼子はまた本に目を伏せていた。自分の言った話に、自分で戸を閉めているような姿勢だった。これは、甲府《こうふ》に着くまで変わらなかった。

甲府で降りて、別の汽車に二人は乗った。この身延《みのぶ》線の終点は富士駅だから、小野木が横田検事に言った静岡県というのは、誤りではなかった。ただ、今夜の目的地がその途中のSというひなびた温泉だった。小野木が頼子のために、最初の山を歩く予定を変えて、ここに決めたのである。

汽車は葡萄《ぶどう》畑のつづいている盆地を抜けると山峡《やまかい》にはいった。小野木と頼子の前には、身延詣《まい》りという老人夫婦が乗っていた。

老夫婦は、わざわざ東北の方から来たとかで、小野木と頼子に、旦那さん、奥さんと呼びかけては話をし、二人を当惑させた。S温泉の町で降りるとき、老人夫婦は自分たちは、秋田《あきた》県の大曲《おおまがり》というところだから、あの辺を通りかかったら寄ってくれと、しきりと東北弁で言った。

「遠いところからいらしたんですもの、きっとご利益《りやく》があると思いますわ」

頼子がスーツケースを持って立ちあがりながら言うと、老夫婦はにこにこしながら何度も頭をさげた。

想像してきたことだが、駅は寂しく、タクシーも三台ぐらいしかなかった。

「どこか、お決まりの宿がありますか？」

運転手が寄ってきた。

このとき気づいたのだが、運転手の顔がひどくかげって暗く見えたのは、夕方になったせいだけではなく、空が曇って、黒い雲が走るように速く流れているのだった。

風も強く吹いていた。

まかせる、と言ったので、運転手は旅館のつづいている坂道からは反対の方へ車を向けていた。

「風がやけに吹くが、台風でも来るずら」

運転手は土地の言葉で言った。

小野木は横田検事の言葉を思いだした。すこし不安になって、外を見ると、木の枝がかなり揺れていた。

「ほんとに台風がこっちに来るんでしょうか。新聞には、太平洋の方へはずれてゆきそうだと書いてありましたが」

頼子も心配したように言った。

「いや、大丈夫でしょう。いま吹いているのが、その余波程度ではないかな」

小野木も新聞記事を信じていた。

旅館は、ここではいちばん大きいとかで、広い庭をとって、たった一軒独立していた。すぐ後ろを川が流れている。

タクシーを迎えに玄関の外まできて、頼子を驚いたように見る女中たちも、その髪が風に乱れて揺れていた。

部屋は離れだった。ここだけは新しく建てたとかで、旧館の母屋《おもや》と渡り廊下でつないであったが、母屋のほうは古いだけに、見すぼらしさが目立った。この温泉場は、もともと自炊の湯治客が主であった。

部屋のすぐ裏が川になっていた。風致をそえるためか、その旅館の区域だけ、柳が植わっていた。その柳の枝が、斜めに流れていた。

「今日は、あいにくと、風が強うございまして」

中年の女中が茶を持ってきて挨拶した。

「なんですか、三時のラジオでは、台風が来るそうでございますが、いやでございますねえ」

小野木は頼子と顔を見あわせた。

「ラジオでは、どう言ってました？」

小野木は不安になってきた。

「はい、なんですか、伊豆半島に上陸して関東の北部を通って日本海に抜けるんだとか言ってましたわ。今夜の十一時ごろが、山梨《やまなし》県ではいちばん、ひどいんだそうでございますよ」

女中はそう伝えたが、

「でも、心配なことはないと思いますわ。この辺は今まで、一度もそんな被害はございませんもの。ラジオは、いつも大げさに言うものですから、あとで、なあんだ、と笑うことが多うございますわ」

と、自分で客を安心させるように笑った。

「あの、お風呂は、廊下を左に曲がったところが、ご家族風呂になっておりますので」

女中は、ごゆっくりおはいりください、その間に、お食事の支度をしておきますから、と言って退《さが》った。

「小野木さん、先におはいりになったら？」

頼子は、自然な調子で言った。

「はあ」

小野木は、そのつもりだったので、洋服を脱いで、宿の浴衣《ゆかた》に着換えた。頼子は、すぐに小野木の洋服やワイシャツをとって、洋服箪笥にしまっていた。小野木が、それを見て感じたのは、頼子の指先が、妻になっていることだった。小野木は、また頼子の断層の一つをはっきりと見た、と思った。

小野木が風呂にはいっている間に、雨が落ちてきた。ガラス窓をたたいている音で、かなり大粒な雨であることが分かった。湯はぬるかった。部屋に帰ると、卓の上に料理をならべながら、女中が頼子と短い話をしていた。

「食事の前に、湯にはいりませんか？」

と小野木は、白いスーツですわっている、頼子に言った。

「ほんとうに」

と、中年の女中は嗄《しゃが》れた声ですすめた。

「奥様、旦那さまとご一緒におはいりになればよろしかったのに。今からざっとお浴《あ》びになって、お楽なようにお召替えになられたらいかがですか？」

頼子は明るく微笑していて、

「あとにいたしますわ」

と女中に断わった。

「さようでございますか」

女中は、小野木の顔をちらと見て、ではどうぞお願いします、と頼子の方に改まったようなおじぎをして退った。

「なぜ、着替えないんです？」

小野木は、御飯をつけてくれている頼子にきいた。けっしてなじるような言い方ではなかったが、頼子の耳にはそう聞こえたかも分からなかった。

「あとで、お話ししたいことがあるんです」

頼子は小さい声で言った。

小野木は、はっとした。いよいよ考えていたようなことが来るな、という予感がした。頼子は何かを告白するつもりかもしれない。それが終わるまで、このままでいたいという意志を見せているようだった。

小野木は恐れのようなものを覚え、胸がかすかにふるえた。

それから、一時間とたたないうちに、外は雨の音と風の音に狂いだしていた。

女中が、途中で顔を出して、電灯が消えるかも分からないと言って、蠟燭《ろうそく》とマッチとを置いていった。

小野木は煙草をすって、外の暴風雨の音を聞いていた。それは頼子の告白を待つのにふさわしかった。

それまで顔を伏せてすわっていた頼子が、小野木の膝に崩れたのは、電灯が消えてからであった。小野木は蠟燭に火をつけなかった。雨と風の狂う闇の中で、頼子の告白を聞くほうが、まだ気持を救えた。——

## 3

電灯が消えて部屋の中は暗黒であった。しかし、暗黒の中にも、わずかな明りはある。どこからくるのか、明りというにたりないものだったが、とにかく、小野木喬夫は、自分の膝が受けている重量の輪郭を、目で知ることができた。ぼんやりと白いものが頼子の服の背中だった。

それが、ふるえていると知っているのは、むろん目ではなく、受けている小野木の膝の感触だった。頼子は全身の重みをあずけて、すすり泣いていた。

外は風と雨の音とが、狂っている。暴風が部屋を吹きぬけそうだといって、女中がさっき蠟燭とマッチを持ってきたとき、ガラス障子の外の雨戸を閉めていった。その戸が震動し、激しい雨音を立てていた。

外では、人の声が叫んでいる。

小野木は身じろぎもしなかった。こまかく動いているのは頼子の体で、それは次第に激しくなっていた。

小野木は、頼子が何を言いだすかを知って、これも心がふるえていた。いつも、落ちついている女が、こんなに取り乱したのは今までなかったことだ。小野木は、頼子のすすり泣きが、ある言葉になるのを待っていた。

蠟燭は火もつけないで、そのまま、卓の上に揃えて置いてある。あかりをつけたら、頼子はすぐに消してくれと頼むに違いなかった。

一群れの風が、すさまじい音を立て、家を揺るがして通りすぎた。その音が通過したときに、頼子は、

「小野木さん」

と、言った。のどの奥から出るような声だったが、はっきりした言葉になっていた。

「聞いてくださるわね？　平気で」

小野木はすぐに返事が出なかったが、唾《つば》をのみこんで、

「聞きます」

と、かすれた声で答えた。畏怖《いふ》を予感しているときと同じように、動悸が激しく打った。平気で、と頼子が断わったのは、いかにも、いつもの頼子の言い方であった。

「わたしには……」

また荒れた風が通った。その音で、頼子の言葉が消えたのかと思ったが、そうではなかった。

「わたしには、夫が、あります」

告白というよりも、小野木には、その声が宣言にきこえた。

頼子は、洋装の支度のままで、きちんと膝を揃えてすわっていた。小野木に投げているのは折っている上体だけだった。宿の着物に着替えることを断わったのは、この告白のためだ、と小野木は予知していたし、頼子の心の準備は、東京を離れる時にできてい

た、と思った。

「それは」

小野木は言った。

「ぼくには、想像がついていました」

小野木は頼子の宣言をうけとめた瞬間、今まで心をふるわせていた恐怖が沈み、そのかわりに、考えになかった慟哭《どうこく》がほとばしりそうだった。

「そう」

頼子は膝から顔をすこし上げた。

「察してくださっていたのね？」

低い、涙の残った声だった。

「分かっていた、というのが正しいかもしれません」

小野木は答えた。

「わたくしも」

頼子は、もっと低い声で言った。

「小野木さんが、それに気づいてらっしゃると思いました」

風が外の木を折って通った。空気が裂《さ》けるような音だった。雨の音が、もっと強くなった。

「わたし」

頼子は、すこし強い声で言った。

「自分が悪い女だということは、改まって申しませんわ。その非難は、自分の心の中で、ひとりでじっと聞いていればいいんです。ただ、これ以上、小野木さんをあざむいて、おつきあいをすることができなくなったんです」

「……………」

「こう申しあげると、もう、お分かりになったでしょう。わたし、小野木さんを知ったことで、今まで、しあわせでしたわ。とても短い間でしたけれど、明日、死んでも、悔いがないくらいです。いえ、ほんとうはこのまま急に死んだほうが、明日からの、無意味な、つらい生き方よりも、ずっと幸福かも分かりません」

小野木は、頼子さん、と呼んだ。

結城頼子の告白を聞くときが、彼女との別離であると小野木には分かっていたが、頼子がまた急につっぷして泣きだしたとき、小野木は、いまにも背中を見せて歩きだしそうな頼子の体を、全身の力で引きもどしたくなった。

不意に遠くの母屋で人の騒ぐ声が聞こえ、廊下を走ってくる足音が聞こえた。

「ごめんください」

女中が、あわただしく襖《ふすま》の外から声をかけた。

頼子は、小野木の膝から離れて、返事した。

襖をあけて、女中は、

「あっ」

と言った。蠟燭もつけず、部屋が真暗なので、あわてたらしい。いったん、あけかけた襖から体をずらせようとした。

「いいんですの、かまいませんわ」

頼子がとめた。

「風があるので、わざと蠟燭をつけなかったんです」

女中があけた襖の奥から、蒼《あお》い薄明りが射したが、女中は提灯を持っていた。橙色《だいだいいろ》の灯が、家の中にいても揺らいでいた。

「あの、台風がひどくなりますので」

年輩の女中だったが、声が気ぜわしかった。

「万一のことがあってはいけませんから、すぐによそへ移っていただきたいのでございますが」

「よそへ？」

避難することが嘘のようだった。

「よそって、どこへ行くんです？」

小野木がきいた。

「はい……」

女中は、蠟燭もともさず、家の闇の中でうずくまっていた二人の様子を観察するように、遠慮がちに見た。小野木は宿の浴衣のまま卓の前にすわっているし、頼子は、白いスーツですこし離れていた。ほの暗い提灯の光は、二人の全身まで届かず、不安な陰影をつくっていた。

「ここから東側に、旅館組合の事務所がございます。土地が高うございますので、ここよりは安全でございます。そこに、とりあえずご案内して、あとは近所の旅館に交渉しまして、お泊まり願うことにしたいと存じます」

小野木は、坂に沿《そ》って建っていた旅館の家なみを思いだした。

「ここが、危険だ、というわけかね？」

小野木はきいた。

「はい、川が、すぐ傍ですから、大水が出るかも分からないそうでございます。なにぶん、この家がいちばん、低い土地に建っておりますから」

雨が強いことは知っていた。しかし、氾濫《はんらん》の危険があるとは分からなかった。小野木の頭には、去年、伊豆半島の温泉町を押し流した台風のことが閃《ひらめ》いた。あるいは、この旅館も、その前例があるので、大事をとっているように思われた。

風の音は相変わらず激しい。風が激しく鳴ると、雨の音も家全体を叩きつぶすように強く聞こえた。

その音に妨げられて、よく聞きとれないが、母屋の旧館の方から、三四人の声が入りまじって叫んでいた。

「あちらのお客さんも、もう、お立ちでございます」

女中はせきたてた。風と雨とが狂って過ぎるたびに女中は、声に不安をつのらせていた。

「頼子さん、支度はいいんですか?」

小野木は言った。こういう危険が迫ったとき、ふしぎだが、小野木は、頼子を無事に夫のもとへ返さなければならぬ気持が、最初に湧いた。

「ええ、わたしは……」

頼子は声が変わっていた。さっと立つと、洋服掛けのはいっている造りつけの扉に急いで歩き、それをあけた。小野木の洋服を手早くはずして手に抱えた。

小野木が立って浴衣を脱《ぬ》ごうとすると、

「そのままで、外においでになったほうがいいわ。お洋服を濡らさないほうが……」

頼子は、手に持った小野木の洋服やワイシャツなどを、自分のスーツケースと小野木の鞄とに分けて入れた。一どきには一つのケースの中にははいらなかった。頼子は、それを手際よく、速い動作で終わった。この時、木か何かが倒れる音がした。

「お荷物は、これだけでございますね」

女中は、おろおろした声できいた。

「さあ、どうぞ」

スーツケースの一つを持って女中は、提灯を突きだしながら先に部屋を出て行った。

が、渡り廊下にかかる前に、その灯は消えた。戸のない渡り廊下は、風と雨とが真横に流れていた。

小野木は、頼子を抱きかかえるようにして、渡り廊下を走った。が、三メートルあまりの距離を通過しただけで、小野木の体の片側は、ずぶぬれになった。

雨合羽《あまがっぱ》をかぶった宿の男が暗い中から近づいてきて、女中の名を呼んだ。

「お離れのお客さまよ！」

女中は、宿の男にスーツケースを渡して、

「お客さまのお靴を早く包んで！」

と、叫んでいた。

頼子は、宿が貸してくれた男の雨合羽を頭からかぶった。小野木がその肩を抱いて歩きだしたが、風と雨で頼子の体が倒れそうになった。

二人とも体が浮いていた。瞬間に速い風が吹いたら、闇のどこかに飛び散りそうだった。足の先に重力がまるでかかっていない。

前を行く宿の男は、暗い中から絶えず声をかけた。

「前かがみに歩いてください。前に倒れるような恰好で歩いてください」

その声が、風で細くなったり大きくなったりした。雨の叩き方が体に痛かった。鼻からも、口からも、水が顎《あご》にかけて流れた。風は、息をふさいだ。

「頼子さん」

小野木は水浸しの頼子の体を抱いて歩いた。

「大丈夫……心配なさらないで」

頼子の声だけが、合羽の頭巾《ずきん》から聞こえた。白い顔は見えなかった。小野木の浴衣は水で体にはりついた。

避難客は、後ろからも歩いてきていた。みんな、木の倒れる音や、川の水音に怯《おび》えていた。誰も、ものを言う者はなかった。地面にも、傾斜に沿って水が川のように流れていた。

暗い中に、木や草が横倒しに動いていたが、どこを歩いているのか分からなかった。風が雨の音の中に唸りをあげていた。

「頼子さん」

小野木は、大きな声で言った。誰に聞かれてもかまわない、と思った。

「心配、なさらないで」

頼子は、また同じことを言った。

小野木が言おうとしたのは、そんなことではない。頼子さん、離れないでください、と言いたかったのだ。ぼくから離れないでください、別れないでください、小野木はそう言いたかった。風と雨の中で、狂暴にそれを叫びたかった。

頼子は、それを暴風雨のことだと受けとったようだった。小野木はあとの言葉を沈黙した。

が、すぐに、頼子が、心配なさらないで、と言ったのは、もしかすると、自分の気持に答えたのではないか、と思った。頼子の敏感がそれを受けとらぬはずはない。心配なさらないで、といった一語は、頼子の返答ではないか。

小野木は、頼子を抱きしめたくなった。

人の声が向こうで聞こえてきた。

「おうい」

と、叫んでいた。

「おうい」

先を歩いている宿の男が答えた。

「何人かあ？」

向こうでは、人数をきいていた。

「七人だあ」

こっちの番頭が答えた。

踏切りを越して、道は坂になっていた。その坂の上から、懐中電灯を振りながら、黒い人影が水を蹴散らすようにしておりてきた。消防団の法被《はっぴ》を着たり、裸のままの男もいた。

「七人だね？」

と、先頭の男が、番頭に確かめていた。その男は、指で数えているようだった。

「ひとまず、組合の二階だな。篠屋《しのや》がやられたので、そっちの客が逃げてきて、部屋割りができなくなった」

その男は、風にとられないように大声を出した。

「篠屋がやられたかあ？」

番頭は、びっくりした声を出した。

「崖くずれがあってなあ」

傾きかけた旅館の黒い建物だけが闇の中に見えた。懐中電灯の小さな光が、軒先をちらちらしていた。旅館の後ろも川があり、凄《すさま》じい流れの音を聞かせていた。その上流が渓谷になっているのを、小野木は知っているが、その方角の遠いところが、ごおう、と地鳴りのように響いていた。

家や屋根や軒が金属性の音を立てていた。

「これから、組合事務所にご案内しますから、気をつけて歩いてください」

消防団の男は、いくぶん威張ったような調子で言った。客は誰もが沈黙していた。

道路の上には、絶えず物が落ちてこわれる音がしていた。

「瓦が飛んできますから、なるべく軒下の深いところを歩いてください」

消防団の男は風の中で、また怒鳴った。

頼子は、小野木に抱かれて歩いていたが、

「小野木さん」

と呼んだ。

うれしいわ、と言ったように聞こえたが、それは風に消されてよく分からなかった。

小野木は、え、と言ってききかえしたが、それも今度は頼子に分からないらしかった。

旅館組合事務所の二階は、二十畳くらいの広さであった。しかし、それが少しも広くはなく、背中と背中を合わせるような窮屈さを感じた。小野木たちが泊まっている旅館の客七人と、ほかの旅館から避難してきた客十一人が、ここに収容された。他の旅館に交渉しても、団体客がはいったり、満員だったりして、断わられた。家の数が少ないのである。それに、どの旅館も増水の危機におびえていて、新しい避難客を受けいれるのを拒絶した。

小野木と頼子とは、ほかの客たちの間にはさまって、この二階で暗い一夜を過ごした。裸蠟燭を立てるのは危険だというので、提灯をつりさげ、人は懐中電灯で足もとをてらして歩いた。戦争の晩と同じであった。

小野木は頼子の頭を膝の上にのせて眠らせた。それも十分に手足を伸ばすことはできず、隣の人の体にさわるので、背中を曲げて横にならねばいけなかった。

小野木は頼子の濡れた髪を指でなでた。髪も頬も、水が残ったように冷たかった。薄い提灯のあかりでは、頼子の顔は暗く、表情がぼんやりかすんでいた。

「小野木さん、あなたもお寝《やす》みにならないといけませんわ」

頼子は小野木の膝に、うとうと眠っては、じきに目をあけた。交替にしようという約束だったが、頼子は、すぐに起きあがった。

「いいんですよ。もう少し、眠ってください」

「いいえ、寝つかれないんですの、起きてたほうが楽ですわ」

傍に眠っている人がいるので、大きな声は出せなかった。お互いが低い声でささやきあった。

「すみません」

小野木も、頼子の膝に頭をつけた。頼子は濡れたスーツをぬぎ、スーツケースに用意してきたワンピースに着替えていた。小野木も鞄から出したワイシャツとズボンだけをつけていた。頼子の膝で、小野木は浅い眠りに落ちたが、すぐに目をあけた。

「すみません、こういうところへ誘って」

小野木は、下から頼子の顔を仰いで言った。

「いいえ、小野木さんのせいじゃありませんわ」

頼子は、微笑をふくんだ声で答えた。

「いや、ぼくがここに来なければ、こんな天災にはあわなかったと思います」

「仕方がありませんわ。わたしが、勝手についてきたんですもの」

傍に他人が転がっていることだし、複雑な話はできなかった。そのほうがかえってよかったのかもしれない。自然に、いまの言葉は頼子の告白した問題の中心から逸《そ》れることになっていた。が、かえって、そのことがお互いの心を接近させる結果になった。外に鳴っている暴風雨も、暗い提灯の灯も、それにうつしだされている雑魚寝《ざこね》の人々のおぼろな姿も、二人の心の密着をすすめた。

その夜のうちに、二度までも、山崩れの音を聞いた。――すぐ、裏を流れる川が、はっきり洪水の音になったのは夜明けごろだった。

この川は急な傾斜になっている川だし、両側の岸壁が高いので、溢れることはないと思われたが、それでも水が道路を浸しはじめたと知らせる者があった。

その道路も流れになっていた。

夜が明けたばかりの薄明りの中で、裏の川を見ると、真赤な濁流が思いがけない幅と量とで奔騰《ほんとう》していた。木や、崖の断片が水をもぐりながら、すさまじい勢いで走っていた。雨は小降りになり、風も落ちていたが、赤い奔流だけは勝手に勢いづいていた。

「今朝の七時三十分が満潮だ」

と、消防団の服をきた男が三人で二階に上がってきて言った。彼らは、この建物が安全かどうかを見にきたらしく、奔流をのぞいていた。

「あと二時間だな」

と、別の男が言った。

「富士川が氾濫するかもしれねえな」

「汽車が不通になるずら」

「そりゃ、決まってる。身延線はずたずたになる。東海道本線なら、すぐに復旧するが、ローカル線はおそい。水がひいても、二三日はかかるずら」

小野木は色を変えた。やはり、先にきたのは、頼子を夫のもとに、今日じゅうには無事にかえさなければならぬという衝動だった。まだ、見たこともなく、名前も聞いていない彼女の夫のところへである。それは小野木の責任だった。

# 雨中行

## 1

夜が明けて風は落ちたが、木はまだ揺れていた。が、それは普通の強い風の動き方であった。雨だけは残っていたが、それもふだんの強い雨の程度になった。

が、赤い川の水はふくれあがっていた。想像もつかない幅になって、速力を増し、暴力を加えていた。木をのせた崖が、たわいなく水に揉《も》まれて過ぎた。

旅館組合事務所の二階に集まった者が、第一に気づかっているのは、汽車が来るかどうかということだったが、甲府発六時二十分の列車も、富士宮《ふじのみや》発七時一分の列車も、姿を見せなかった。

消防団の服を着た男が、駅から駆けもどった。普通の電話線は断たれていたが、鉄道

電話は通じているらしく、

「Kから甲府までの線は、崖くずれで不通になったそうだ。こっちの方は、Hから先の線路が、富士川に洗い流されて不通になったぞ」

と、報告してきた。

居合わせた一同が色を失ったものだ。七時すぎが満潮時だというので、万一の懸念はあったが、現実に直面すると、みなが狼狽《ろうばい》した。

「何時間ぐらいで復旧するのか」

と、きく者がいたが、

「二日はかかるだろう」

との返事だった。それも正確ではないというのである。

頼子は、さすがに蒼い顔をして、組合事務所の窓から奔流を見おろしていた。

「頼子さん」

小野木は言った。

「どうします?」

「どうするって?」

頼子は反問したが、目が虚脱したようになっていた。

「復旧に、二日はかかると言っています。二日間もここにいたら、あなたは……」

さすがに、それから先は言えなかった。

頼子は夫に口実をつくってきているに違いなかった。小野木の予定のとおりに、彼女も一泊の予定で来ているのだ。

ここで二三日も足どめをくったら、彼女の立場はどうなるのだろう。小野木は顔から血の気がひく思いだった。動悸《どうき》が苦しいほどにうった。

「仕方がありませんわ」

頼子は低いがふるえる声で言った。その目は、半分、絶望を待っているような目つきであった。

いけない、と小野木は思った。血が逆流するような感じで、目の前が一瞬に暗くなった。いかなる犠牲を払っても、今夜のうちに、頼子を夫のところに返さなければならぬという本能的な叫びが、体の内からつきあげてきた。

小野木は、知らせを持ってきた消防服の男のところへ大股で歩いた。

「崖くずれで、復旧の見込みがたたないというのは確実ですか?」

自分でも血相が変わっているのが分かった。男は、小野木の顔をびっくりしたように見た。

「確実です。駅員が電話連絡でそう言ったんですから」

「折返し運転をやっているでしょう? それはどこの駅ですか?」

「さあ」

消防の男は、ぼんやりした顔をした。

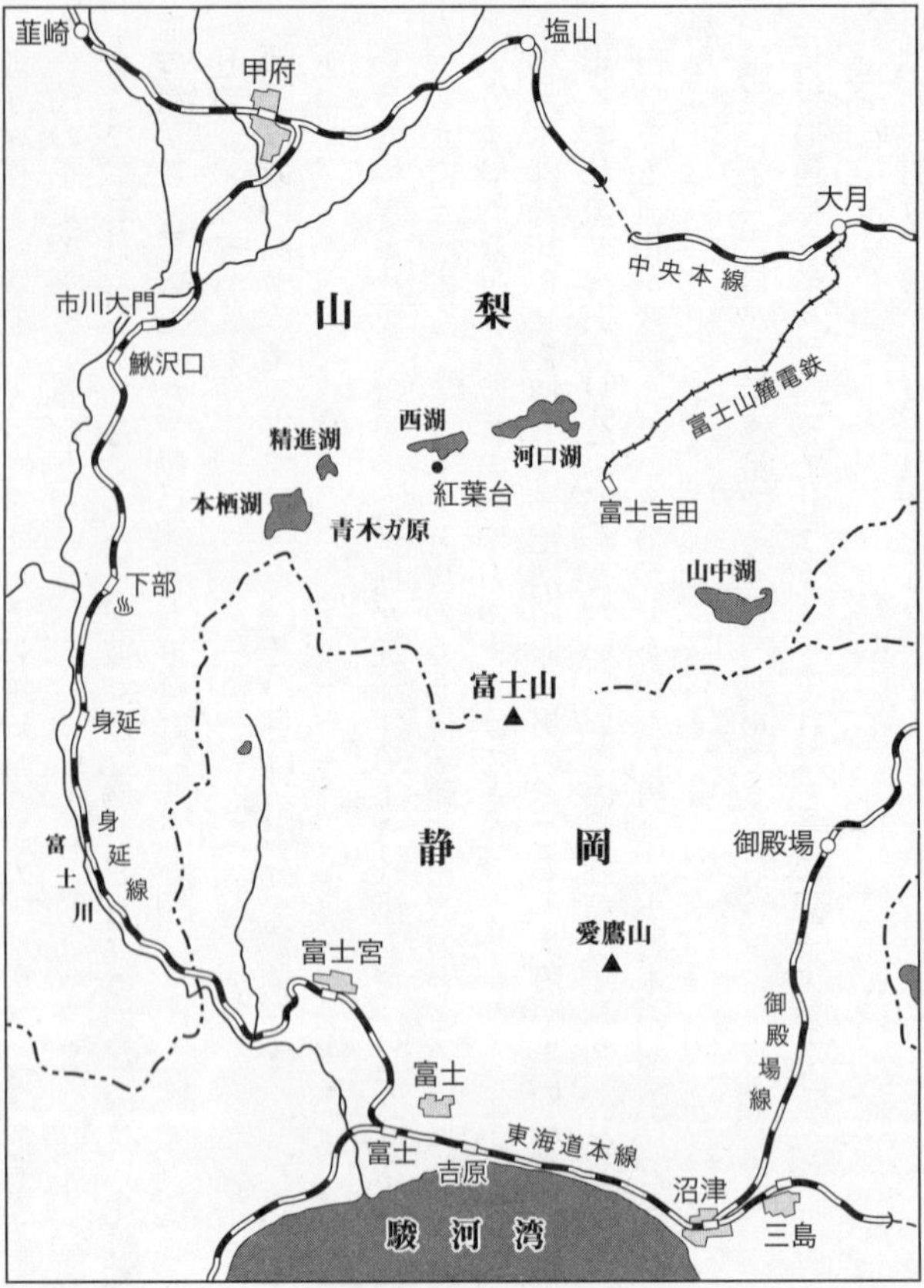
韮崎
甲府
塩山
大月
中央本線
山梨
市川大門
鰍沢口
富士山麓電鉄
西湖
精進湖
河口湖
本栖湖
紅葉台
富士吉田
青木ガ原
下部
山中湖
富士山
身延
身延線
富士川
静岡
御殿場
愛鷹山
富士宮
御殿場線
富士
東海道本線
富士
吉原
沼津
三島
駿河湾

「どこだか、まだ、分かっていません。おそらく、まだ、はっきりしないんじゃないですか」

小野木には、その言い方が他人事《ひとごと》を言っているように聞こえた。

「今から確かめてください。その責任はあると思うんです。ぼくらは、今夜のうちに東京に帰らなきゃならない」

あとで、小野木の言うのが無理だと分かったが、そのときの彼の目は血走っていた。

小野木の抗議に、気がついたように、閉じこめられたほかの客が、消防服の男の周囲に集まった。

「そうだ、おれたちは帰らなきゃならんのだ。旅館がその世話をする責任がある」

若い会社員のような男が口をとがらせた。その後ろには、事務員ふうな女が泣きそうな顔で立っていた。

「こんなところに泊めやがって、なんだ。もう二晩も、ここへ寝ろというのか」

額の禿《は》げあがった男が、目を三角にしていた。裏を流れる川の水嵩《みずかさ》が増していることは、誰の目にもはっきりしていた。

が、台風が過ぎた安心が危険感をはぎ、こんどは、一刻も早く、この土地から脱出したい焦燥が、誰の顔にも真剣に出ていた。

が、ここに集まって抗議しているどの客よりも、小野木はせっぱつまった気持になっていた。彼の心は、口をあけて喘《あえ》いでいた。

「わたしは、旅館の者ではないので」

消防服の男は、気圧《けお》された顔で、尻ごみしながら言った。

「旅館側の責任者を呼んでこい」

みなが怒鳴ったので、その男は逃げるように、階段を駆けおりて行った。

しかし、旅館側も客を放っておいたのではなかった。三四人の番頭が駆けあがってきて、やっと旅館の割当てがすんだから、そこへ移ってくれ、と言った。

「列車の運行見込みは、まったく立たないということです。中央線が寸断されているので、たとえ甲府まで行けても、東京方面には列車が出ていません」

別の男が言った。

「東海道線への連絡は、Hから向こうが三カ所切断されていますから、こっちのほうもだめです。鉄道では、水の状態がよくなり次第、徹夜してでも復旧工事をやると言っています」

客は、孤立を宣告された。

監禁された客たちは、しばらく口々に、不平を言っていたが、やがて諦《あきら》めたようにおとなしくなり、誰からともなく腰をあげて番頭たちの案内のままに散っていった。不可抗力だという意識が客を静かにさせ、おだやかな自暴自棄に導いた。

小野木と頼子も、ひとまず組合事務所の上手《かみて》にある柏屋《かしわや》という宿に案内された。小さな宿だったが、どの部屋も人が溢れている。窓からは不安な目がのぞいていた。

「きたない部屋で相すみません」

案内の女中が詫《わ》びた。まったく、ふだんは使っていないらしい古びた六畳間だった。畳は赤茶けてへりはすりきれ、障子の桟《さん》も汚れていた。こんな部屋に置かれる番頭が引きさがったあと、二人はあらためて顔を見あわせた。

と、何か駆落者《かけおちもの》みたいな錯覚が起きた。

頼子はぬるい茶を飲んでいる。外には、まだ雨の音が聞こえていた。

顔の色は紙のように白く、かたちのいい唇がふるえていた。

小野木は、その顔を見た。彼はある決心を迫られていた。

――帰らなければいけない。このひとを帰さなければ重大なことになる。――

「頼子さん、あなたはここで、休んでいてください。僕は、駅に行ってきいてみます」

小野木は、ろくにすわらないうちに部屋を出た。

常にない超満員の客にとまどって、廊下を右往左往している女中のひとりをつかまえて、駅への近道をきき、小野木は外へ出た。

雨はかなり弱くなっていたが、やむ様子はなかった。黒い斑《ふ》になった雲が、かなりの早さで北へ流れていた。駅には、消防団の若い連中が集まっており、駅員と水の話をかわしていた。

「東京までですか？　全然だめですねえ。まあ二日ぐらいはかかるでしょう。富士宮まで行けばいいらしいですが、あそこまでは六里あります。山道だし、この天気だし、とても行けるもんじゃないですよ」

まだ三十前らしい若い駅員は、事務的に答えた。今朝から何度も同じ返事をしているに違いなかった。

宿に戻ると、頼子は軒下に立って、ぼんやり空を見ていたが、小野木の姿を見ると、問いかけるように眉をあげた。頰にはこわばった微笑がある。寂しい空虚な表情ではあったが、それはまた、小野木を頼っている笑顔でもあった。

小野木は、頼子がこんなに訴える表情を、今まで見たことがない。

その頼子を見たので、小野木の決心はついたといえる。この時まで、彼は迷っていたのだ。

「頼子さん、行きましょう、富士宮まで。あそこまで行けば汽車に乗れるそうです」

小野木の目に現われた強さに、頼子はうなずいた。

「六里あるそうですよ。さあ、そうなると食料もいるし、装備も必要ですね」

小野木は、宿から、乾パン、ありあわせの罐詰、懐中電灯、古リュックと水筒、それにレインコートと帽子など、必要ないっさいの道具をゆずり受けた。

決心したとなると彼の行動は早かった。

「けど、無理じゃないですか、ご婦人づれで六里の山道は。この天気だもんなあ」

宿の主人は、五十年輩の、頭の禿げあがった大男だったが、頼子のほっそりとした姿を眺めて気づかった。

しかし、二人の決心が変わらないと知ると、主人は急に積極的となった。

何かよほどの事情があると見たのであろうか、その靴では危ないと、女物のレインシューズを探してくれたり、これも持っていったがいいと、蠟燭を出してくれたりした。

小野木は礼を言った。

一メートル七五センチぐらいはありそうな、がっちりした体格の男と、すらりとした細身の美しい女とが二人づれで、台風をおかして出かけてゆくという図が、いささか気に入らぬこともない、というような主人の様子であった。

レインコートは、あいにく女物がなかった。頼子に与えられたのも、外縫のいかついトレンチコートだった。

その大きすぎるコートに、しっかりと体を包みこむように着こんだので、顔も手足も急に小さく見えた。

その、ほんの小娘のような頼子を眺めて、小野木は、激情とよんでいいものが胸もとにこみあげた。

今まで小野木の知っていた頼子は、いつも感じの上では年上の女の落着きを持ち、ついぞ取り乱した姿など見せたこともない女性だった。リードされているのは小野木のほうだった。

だが、今の彼女は、ただ小野木喬夫だけを見つめ、彼を信頼し、全身でよりかかっていた。

小野木に勇気がわいた。

「この雨の中を、それは無理ですよ」

とか、

「まだ、崖くずれがありますよ。これからが危ないのに、とても半分も行けやしませんよ」

と、引きとめる番頭や女中たちの声を振りきるように、二人は出発した。

客がみんな顔を出していた。途中で会う人が、ことごとく呆れたように二人をふりかえって見送った。

山裾の径《みち》を歩くのだが、これは想像した以上につらかった。足もとを水が小川のように音を立てて流れ、しばしば膝まで浸《ひた》って歩いた。雨は小やみなく降りつづいた。

頼子は小野木の腕に助けられて歩いたが、蒼白い額には黒髪が乱れ、さすがに息苦しそうだった。

どれだけの時間歩いたろうか。二人とも夢中で歩いた。歩くことだけが、今は目的であった。かなり急な斜面だし、絶えず、上がったりおりたりする歩き方だった。段々にせりあがった田からは水が流れ落ち、畑は泥をかぶっていた。

二人の脚は、水で重くなり、さらに泥で重くなった。

右手の下の方に線路が見えた。絶えず、線路を見失わないで歩いているのだが、これは山峡になっていて、向かい側の山肌にも、白い筋になって水が流れていた。

時々見えてくる農家からは、人が出てこちらを歩いている人間を眺めていた。

山峡が切れると、富士川が目にいっぺんにとびこんできた。

ふだんの富士川は、両岸に白い小石の床を置いて、中央を肩身せまく流れているおとなしい川だった。が、いま見る富士川は両方の堤防にいっぱいに溢れて奔流している別の形相だった。渦がいくつも巻いて、狂暴な勢いでほとばしっていた。

ひろくひろがった平野の田にも、赤い水が海のように満ちていた。

歩いている位置から見おろすと、こちら側の線路が、水の中に消えていた。蓑《みの》や合羽《かっぱ》を着た人間が、十四五人ぐらい集まって、手の下しようがないといった様子で、雨の中に立っていた。

汽車は当分通らない。早くて明日の夕方か、明後日の朝になるだろう、と小野木は思った。思いきってS温泉を出てきたのがよかったような気がしたが、疲労している頼子を連れての、これから先の不安を考えると、心がふるえた。

汽車の通らない線路は、それからも、見えたりかくれたりした。駅が下の方に見えるたびに、かならず人間が集まっていた。いつ来るともしれない汽車を待っている旅客に違いなかった。

その駅をいくつ見たであろう。三つはたしかに数えた。富士宮駅までの残りの数を小野木は考えていた。

雨はまだ降っていたが、かなり小降りになっていた。が、あたりはいっこうに明るくなるどころか、次第に暗くなってきた。雲が厚くなったせいではなく、陽が傾きかけたのである。時計を見ると、四時になっていた。五時間歩いて、三里も歩いていなかった。

もっとも、途中で、山裾のかげに取りつくように二三軒の農家があり、そこで、頼子を一時間休ませて、暇どったせいもあった。

農家では熱い茶をもらった。

「これから歩いて富士宮まで？」

その家の者が呆れていた。

「そりゃ無茶ですよ。途中で倒れるに決まっていますよ」

農家の主婦は、頼子をさした。

「この奥さんを連れてゆくんでは、なおさらです。ずいぶん、疲れてらっしゃるじゃありませんか。悪いことは言わんから、次の駅の宿屋に泊まってゆきなさい」

昼の食事はそこでした。小野木は、リュックから、宿でつくってもらった握り飯と、罐詰をあけた。

頼子に、いくらすすめても、よけいには食べなかった。小野木自身も胸がつまって食欲はなかった。が、無理をしてでも、食べなければならなかった。

「小野木さん」

頼子は小さい声で言った。

「わたし、今晩、帰らなくてもいいんです。わたしのためなら、汽車が通るようになってから帰りましょう」

「何を言うんです」

小野木は低く叱った。

「今晩のうちに帰ってください」


それから一時間は、たっぷりと歩いたのだが、頼子の重心が次第に不安定になった。

小野木は頼子を抱えて足を運んでいたが、彼女は、少しのものにでも、すぐにつまずきそうになった。実際、これは道ではなかった。山の斜面をじぐざぐにはっている畔道《あぜみち》や、小径であった。

それも平らにつづいているのではなく、急な坂を上がったり、断層をはいおりたりした。頼子にとって残酷に違いないのだが、小野木はその感情を捨てなければならなかった。

が、山裾の果樹園らしい場所まで来ると、頼子は、ほとんど、全身の重みを小野木にかけるようになった。荒い息づかいが小野木の耳にはっきりと聞こえるし、頼子の足が一歩も前に進めなくなったのが、抱えていて分かった。

この辺にくると、家は一軒も見当たらなかった。果樹園の木の整然とした列が一画だけ人工的のもので、あとは原生林のように森林が波うって重なっていた。

谿《はざま》を越した向こう側の山も、半分から上は雲にぼやけていたが、その斜面にはいくつかの赤い筋がついていた。新しい山崩れの爪跡なのだ。

木は雨に打たれているし、木の間に見える富士川の奔流は濁って赤く、荒涼とした光景だった。一軒の家もなく、一人の人間もあたりに見当たらなかった。

とにかく、農家のあるところまで、頼子を抱いても歩かなければと思って、小野木が無理に足を運んでいると、目の前に小さな小屋が見えた。

が、それは人家ではなく、果樹園の見張り小屋らしかった。

人はいない。小野木が近づいて、戸を叩いたが、反応はなかった。

小野木は戸をこじあけた。ずぶぬれのコートを着た頼子は、小野木が戸をしばった針金を解く間、崩れそうなのを耐えて立っていた。

内部《なか》は、果物採取の道具が乱雑に置いてあった。木箱や、籠《かご》や、梯子《はしご》などが狭い周囲を埋めていた。

小野木は巻いてある蓆《むしろ》をとって、土間にひろげた。

「頼子さん、ここに休んでください」

小野木は、頼子のコートのボタンをはずしてやり、それを脱《ぬ》がせた。下のスーツも冷たく濡れていた。

頼子の顔には濡れた髪が乱れてかかり、体がこまかくふるえていた。

手が冷たかった。小野木は、木箱を割って火を燃した。狭い小屋の中なので、あまり大きくすると危険なので、小さな焚火《たきび》にした。

小屋の内が明るくなったのは、それだけ外が暗いからだった。

頼子は蓆の上にすわった。火が、頼子の顔を赤く映した。蒼ざめていた頼子の顔が、何か変わったように小野木に見えた。

小野木は頼子の傍にすわった。

「寒いですか？」

ときくと、

「いいえ」

と首を振った。わざと元気そうに小野木に微笑《わら》ったものだった。小野木はいじらしくなった。

「もう少しすると、暖かくなります」

小野木は、焚火の赤い火を見つめて言った。

トタン屋根なので、雨の音が騒がしかった。森の鳴らす風の音は、まだ消えなかった。水の音が聞こえる。小さな山の小屋の中で、二人とも、ここに二人の世界しかないことを感じていた。

「罰かもしれないわ」

頼子が低く言った。

きれいな黒い瞳《め》を火に向けたまま、表情のない顔だった。

小野木は、心臓をうたれた思いだった。

「罰？」

頼子を向くと、彼女のほうから、急に小野木の胸に倒れかかってきた。

## 2

「小野木さん」

頼子は、小野木の胸に顔をおしつけて泣きだした。精いっぱいに突っかかるようによりかかったので、小野木の体が重心を失うほどであった。

「別れる、とおっしゃったら諦めます」

頼子は、急に泣くのをやめて言った。が、声には涙が残っていた。

自分で堰《せき》を切ったすすり泣きを、短く、ふいとおさめたのも、いかにも頼子らしく思えた。

小野木には頼子の言葉が分かった。

昨夕《ゆうべ》、宿について早々、頼子の告白を聞いた。小野木はその解決を言葉でしていない。が、解決は、台風の中の互いの動作でしたつもりであった。小野木は告白は聞いたが、彼女から離れない意志を、それで示したつもりであった。小野木も頼子の様子から、その回答を得た気持だった。

が、言葉ではっきり言わずに、互いの動作でそれを確かめあうのは、いかにも曖昧であった。しかし、その曖昧さは二人とも意識していることで、つまりは、じかに触れるのを回避していたのだ。そのことは愛情の深さを意味したが、正確には、破局の畏怖から、目をそらそうとする、ごまかしであった。

小野木には、頼子が、

「罰だわ」

とつぶやき、

「別れる、とおっしゃったら諦めます」

という言葉も理解できた。

罰というのは、この天災的な不慮の事故のことであろう。事故は、頼子を予定の晩に家に帰すのを拒《こば》んだ。それは夫への愛情のいかんにかかわらず、頼子が妻の意識として自然に口をついて出たつぶやきだった。

が、それだけではない。

頼子が泣いて、小野木さんが別れるとおっしゃったら諦めます、と吐いたのは、このような女から、小野木が去りたいと言えば、それもひきとめることができない、と言ったつもりであろう。小野木に、頼子と別れる意志はなかった。

小野木は頼子の体の重みを胸にしっかりと受けた。暗かったが、彼女の肩のふるえるのが、当てている手で分かった。頼子は、声を殺して泣いていた。

「ぼくは」

小野木は、膝にずりおちてゆく頼子を抱えあげて言った。

「あなたから、離れることはできませんよ」

ふしぎだが、小野木にこのとき罪の意識はなかった。頼子に夫があることは知っている。そのために、頼子を今夜のうちに帰さなければならぬ責任を感じた。雨の中を汽車の連絡があるところまでと思って、無理をしてここまで歩いてきたのは、その理性からだった。

が、小野木のいまの感情の中で、その理性は分裂していた。頼子を愛する気持と、責任とは別々であった。

それは、小野木が頼子の夫をまだ見たことがないからであろうか。どのような顔をしているか、肩の恰好も、背の高さも分からなかった。名前も、職業も、その家さえも分からなかった。

小野木の前には、「頼子の夫」というぼんやりした幻像しかなかった。小野木の感じている幻像への責任は強かったが、濃度は決して厚くはなかった。だから、頼子を愛する心が激しくなると、それはもろかった。

「別れないでくださる？」

頼子は顔を上げて言った。濡れた髪が小野木の頬に触れた。

「別れません」

小野木は、低いふるえ声で言った。

「ほんとうに？　どんなことがあっても？」

頼子は、小野木の唇のすぐ前で言った。頼子の息が、小野木の鼻にかかった。

どんなことがあっても？——

単純な言葉ではなかった。危険で、複雑な内容がその一語にふくまれていた。小野木は、急に頼子の夫が目の前に立ったように感じた。

「どんなことがあっても別れません」

小野木は息を吸いこんで言った。言ってしまって、小野木は暗い断崖をのぞいた、と思った。頭も、胸も熱くなった。

「夫のことは考えないでください」

頼子は言った。

「約束どおりですわ。……わたし、それを告白するつもりで来たんですが、自信を失ったんです。あなたが、どこかへ逃げていきそうで」

小野木は黙った。実際、それを聞くと、頼子の言うとおりになるかも分からなかった。彼にも主張する自信はなかった。

「頼子だけがいると思ってください。ほかには誰もいないんです。あなたと頼子とだけが……」

頼子は、言いかけた唇を自分で小野木の上にふさいだ。濡れたあとの冷たい唇だったが、内側は火がついていた。

「そう思います」

小野木は、頼子の顔をすこし放して言った。土間に燃えていた焚火が消え、残り火が赤い豆ランプのように、闇の中にひそんでいた。外に、川の音が鳴っていた。

「寒くないですか？」

小野木は、頼子の耳朶《みみたぶ》にささやいた。

「ううん」

頼子は、小野木の胸の中に体を動かして、小さく言った。


小屋の窓に蒼白い明りを見たのは、小野木が先だった。頼子はまだ眠っていた。時計を透かして見ると、五時前だった。肩が寒かった。

小野木は、そっと起きて、焚きものを集めた。懐中電灯をつけると、空箱のなかには、木片が散っていた。彼は、それを集めて、もとの黒くなった灰の上で燃した。

火のはねる音がしたが、頼子はまだ眠ったままだった。

やはり川の音がここまで聞こえていたが、雨が降っている気配はなかった。

火が頼子の姿を、髪の方から映しだした。横を向き、手を軽くさしのべたかたちだった。頼子の手の表情が、小野木の脱けたところを空虚におさえている。

小野木が見て、日ごろの頼子とちがっていた。いまはひどく稚《おさな》く眺められるのである。それは自分の心理的な変化か、と小野木は思った。発見だったが、一夜のうちにその変化をとげたのか、と思った。

木が大きくはじけたので、頼子が目をあけた。赤い色が壁に揺れていたので、驚いたらしく、体を不意に起こした。

「あら、もう、起きてらしたの？」

小野木を見て、声をあげた。

「まだ早いですよ。もっと横になっててください」

小野木は焚火の前から言った。

「だって」

頼子は起きたが、小野木を見て、両手で顔をおおった。小窓は、前よりずっと明るくなっていた。

「顔を洗ってくるわ」

頼子は小さく言った。

「そんなところはありませんよ」

小野木は、わざと乱暴に言ったが、快活な言葉になっていた。

「外は畑か山だし、水があっても泥水だけですよ」

「そう」

頼子は、すこし横を向き、乱れた髪を整えていた。小野木が立って傍にきたので、頼子は正面を向いた。昨夜と同じに大胆な目になって小野木を見つめた。

小野木が手を出したので、

「待って」

と、体をすこし退こうとした。

「髪ですよ」

「え？」

小野木の指は、頼子の髪の後ろから蓆《むしろ》の屑《くず》を三つ、つみとっていた。

「いやだわ、そんなことなすって」

頼子はうつむいた。

小野木はその上に自分を押しつけた。頼子の顔が、がくりと揺れたようになって仰向《あおむ》いた。

「好きだと言ってください」

唇を放してから、小野木は言った。

「愛してるわ」

頼子はあえぐように言った。

「ほんとに愛してくれる？」

「愛しているから、こうして来たんじゃありませんの」

小野木の視野に一人の男が暗くよぎって過ぎた。彼は目をつぶった。頼子の唇が彼の頬に触れたことでそれは消えた。小野木が消したのである。

「昨日からたいへん」

頼子の指が小野木の頬をさすった。無精髭《ぶしょうひげ》がざらざらしているのが自分でも分かった。

「お顔が小さくなったみたいだわ」

頼子は小野木の顔を両手ではさんで、すこし寂しそうに微笑した。

「いま、八時ちょっと前だから」

と、小野木は言った。

「ここを早く出て、富士宮まで歩きましょう。うまくゆけば、昼すぎには東京に帰れるかもしれない」

頼子は黙っていた。小野木の言葉には答えないで、

「雨、まだ降っていますか？」

と、窓の白さを見た。

「あがりましたよ」

小野木は、東京に早く帰る、という言葉をもう口に出すまいと思った。そのことに触れると涙が出そうであった。

「握り飯が残っている。あれを焼こう」

飯盒《はんごう》と米は、必要がないと思って、買ってこなかった。

焚火の上に、頼子が握り飯をおいて焼いていた。

「そうだ、湯がないな」

小野木は飯盒を買わなかったことを、また悔いた。頼子にだけは湯を飲ませてやりたかった。

小屋には、がらくたをつっこんだ空箱が積んである。小野木が、その中を探すと、番人が泊まっていたときに使ったらしい古いやかんが出てきた。蓋《ふた》はなかった。

「これに水を汲んできます」

「外は泥水でしょう。遠くに行かないと、きれいな水、ないかもしれないわ。わたしにだったら結構よ」

頼子が見上げて言った。

「ぼくが飲みたいんです」

小野木は言い捨てて出て行った。

朝が明けていた。この辺でも木が倒れたり、枝が折れたりしていた。風でなぎ倒された草の上に、雨がたまっていた。空には黒い雲が切れ、澄明な青い色がひろがっていた。

たまり水は、濁って赤かった。小野木は二三町歩きまわって、溜池を見つけ、澄んだところをよって、やかんを洗い、水を入れて帰った。

「焼けてますわ」

頼子は、薄い白い紙の上に、狐色に焼けた握り飯を一つのせ、小野木にさしだした。

小野木の掌《て》の上に、その熱さが伝わった。

蓋のないやかんが火の上にのった。

「まるで浮浪者ね」

頼子がおかしそうに笑った。

「村の人が来たら追いだされそうだわ」

小野木が水を汲みに出ている間、頼子はスーツケースから出したワンピースに着替えていた。頼子が新しくなったようだった。

小野木は、ふと笑った。

「あら、何か思いだしてらっしゃるの？」

「この春だったか、同じような目にあったことがあるんです」

「そう？」

「諏訪の竪穴の中に寝てたんですがね。不意に人がはいってきたんで、管理人にどなられるかと思ったんです。向こうでは、ぼくが浮浪者かと思って、びっくりしたようだったが」

「その話、うかがったわ。いつか、深大寺でお目にかかったお嬢さんでしょ？」

「あ、言いましたか」

頼子は、虹鱒《にじます》を見て立っている田沢輪香子の顔を、思いだしているような目つきだった。

「あれから、あのお嬢さんにお会いになって?」

頼子が微笑んできいた。

「ええ」

小野木は火を見て答えた。

「時々、友だちといっしょに、電話などかけてくるんです」

「そう」

頼子は、小野木の顔を見ないで、短く言った。湯が沸いた。頼子はハンカチで鉉《つる》を握っておろした。今度は、湯呑みのないことに気づいて、ふたりは笑いだした。それで輪香子のことは切れたが、頼子の胸になにか残っているように、小野木には思えた。

が、それからの頼子の顔は明るかったし、動作も快活であった。

外に出て、

「いい天気」

と、空を見た。陽が上がって、頼子の顔に当たっていた。向こうの山にも陽が射して、昨日はなかった色が鮮かに出ていた。

「歩くわ」

と、たのしそうに言いだしたのも、頼子のほうからだった。小野木は、頼子の不幸な結婚生活を見る思いがした。

富士宮まで歩くことはなかった。汽車はそれから二つ目の駅に着いていた。全線が通じるのは今日いっぱいかかるだろうという話だった。富士宮まで折返し運転だった。富士川の水嵩はかなり減っていたし、前に見たほどの勢いはなかった。色は、まだ赤かった。

汽車が動きだしてから、小野木はさすがにほっとした。東京には、昼の三時ごろに着くと思ったが、頼子には言わなかった。窓の外に茫乎《ぼうこ》として目をむけている頼子も、そのことを考えているに違いなかった。それでよかった。口に出すのは辛《つら》かった。

東海道線に乗りかえ、東京が次第に近づくにつれて、小野木の心は虚脱感に浸されてきた。頼子の顔からも艶が褪《あ》せていた。

東京駅に降りて、小野木がタクシーを拾ってやるまで、ふたりはあまり話を交わさなかった。心に充実したものが張りつめて、どこかで疲労していた。

「ありがとう」

頼子はおさえた低い声で言って、車の中にはいった。窓から小野木を見つめた目が光っていた。

その車が、ほかの車の陰に見えなくなったとき、小野木は、自分の横に穴があいたと思った。

小野木は、地検のうす暗い建物の中にはいった。

「帰ってきたのか？」

小野木を見て、同僚の検事が二三人、机から離れてきた。

「台風にあったのだろう？　心配していた」

小野木のやつれた顔や、よごれた服装を眺めて言った。

「ひどくやられたらしいな。どこに行っていた？」

「信州《しんしゅう》」

小野木は言った。身延線を歩いたことは言えなかった。

「そりゃ、たいへんだ。中央線がずたずただそうじゃないか」

小野木は狼狽した。

「トラックで」

と小野木はとっさに言った。

「トラックの便《びん》があったのでね。汽車のあるところまで、乗りつぎできた」

「一人だからできたんだね」

と、ある検事が言った。

「女づれではとてもできない話だ」

他の検事は笑った。小野木は目をそむけた。

「石井検事のところへ行ってくる」

小野木は大股で、そこを離れた。石井検事の個室のドアを叩くと、内から低い応答があり、あけると、白髪の赤い顔がこちらを向いていた。

小野木は、先輩検事の机の前に立った。

「やあ、ひどい目にあったらしいな。まあそこに腰かけてくれ」

小野木は、まっすぐに立った。

「おそくなりました。汽車が不通だったので、今、やっと帰ってまいりました」

「どこで台風にあったのかね？」

「信州です」

小野木は、この先輩検事にも嘘をつかねばならなかった。

「そりゃたいへんだったろう。あの辺は真正面だったのじゃないかな。なにしろ今度の台風は、風速三十七メートル、雨量が山地で三百三十ミリ以上だそうだからな。もっとも、ぼくにはそれだけ聞いても見当がつかないが」

石井検事は煙草を取りだして、火をつけた。小野木は寡黙《かもく》を守った。石井検事がそれ以上、現地の被害をきくことを恐れた。が、先輩の追及はこなかった。

「小野木検事。疲れているところをさっそくだが、きみに相談したいことがあるんだがね」

石井検事は煙草を指にはさんだまま、頰杖をつき、小野木を見た。

「今度、ぼくが特捜班の主任に任命されてね。それできみにぜひ来てもらいたいのだが」

石井検事の言葉は穏やかだったが、新しい部署についたことで、顔色にも少したかぶりがあった。

小野木はこの先輩検事に、修習生時代から好意を寄せてもらっていると思っている。石井検事の下なら働いてみたいと思ったし、特捜班という仕事が魅力だった。

「若いうちは、いろいろなことを手がけてみるものだ」

石井検事は言った。

「今度の仕事でも、ぼくはきみを大いに鍛えたいと思っている。まあ、きみがいちばん若いだけに、いちばん走りまわってもらわねばならないだろうが、やってみてくれんかね？」

「ぜひ」

小野木は頭をさげて言った。

「私をその中に入れていただきたいのですが」

石井検事は微笑し、頬杖の掌《て》の中で、顎をうなずかせた。いかにも、はじめからその返事を知っていたような表情だった。

「仕事のことは、いずれゆっくり打ちあわせるとして、今日はそのことだけをふくんでおいてくれたまえ」

「分かりました。ありがとうございます」

小野木は、石井検事の前を退った。廊下を歩くとき、心は新しい仕事の希望でふくらんでいた。若いし、それだけの闘志はあった。が歩きながら、ふいと感じたのは、頼子に対する愛情と、仕事に対する意欲との間に、なにか密着しない一条《ひとすじ》の隙間のあることだった。そこから空《むな》しい風が吹きあがって、顔をうつ思いであった。小野木は、目を閉じた。

頼子との愛情を考える時、彼は、やはり自分が暗い何かを見つめている目になっているのに気づくのだった。

3

朝十時ごろだった。まぶしい陽がかっと庭に照っている。暑そうな天気だった。

輪香子は、今日が友だちの、米田雪子《よねだゆきこ》の誕生日であることを、昨日から気にかけていた。雪子は同じ大学の卒業生で、十五六人の同級生が集まって、バースデーを祝うことになっていた。

和服で行くか、洋装で行くか、輪香子は迷った。それで、そのことを母に相談しようと思って捜したけれども、母の姿はなかった。

部屋にいってみると、女中が片づけものをしていた。

「お母さまは？」

ときくと、

「旦那さまのお書斎ではございませんか」

と、女中のキヌは言った。

「そう」

輪香子は、父の書斎の方に向かった。

もう十時だから、役所からの迎えの車は、とうに門の前に着いていた。昨夜も父の帰りはおそかった。輪香子の知らないあいだに帰宅している。たぶん、一時ごろだったのだろう、なにやら騒々しい音は耳にしたが、それも夢うつつのあいだに聞いたのだった。

父の書斎の前にいくと、ドアが半開きになっていた。輪香子はいつもの調子ですぐはいっていこうとしたとき、内から母の声が聞こえた。それは普通の声ではなかった。なにかとげとげしい、さからっているような声だった。

輪香子は、はっとなった。話の内容はわからないけれども、母の声は、いつものやさしい声とはひどく違っていた。父の声がそれにさからっている。それはあきらかに諍《いさか》いだった。

輪香子は足がすくんだ。隙を見せているドアの間から、冷たいものが流れて顔をうった思いであった。

父の書斎は十畳ぐらいの広さの洋間で、机は窓ぎわにある。だから廊下との距離が、かなり遠い。会話の内容まではわからないのだ。それに母も父も、なにか声を押えたような調子だった。

こういうことは、めったになかった。父は母にやさしいし、母も父によく仕えていた。輪香子は、かねてから自分の家庭ほど、なごやかなものはないと思っていた。友だちから家庭のトラブルを、時たま聞くことがあったが、輪香子は、それを、離れた世界のことのように思っていた。

しかし、いまの場合、これはあきらかに、それまでの輪香子のなじんでいる空気とは、ちがったものだった。彼女は息をつめ、足音をしのばせて、自分の部屋に帰った。

父と母がなにを争っていたのか、彼女には分からない。しかし、日ごろめったにないことだけに、胸のなかが微かにふるえた。

なにを争っているのか分からないが、母が父に抗弁することも珍しく、それだけに、なにか普通でないものを感じた。

輪香子は着物を選ぶ気持にもなれず、ぼんやりと外を眺めていた。女中が庭に水をうっている。植木の葉に水玉がのって、陽に小さな虹を封じこめていた。昼から暑くなりそうな天気なのである。

しばらくすると、母が輪香子の部屋の外から覗いた。

「なにか御用だったの?」

母の声はふだんの調子だった。が、ふりむいて見たとき、母の顔色はいつもより蒼《あお》かった。それは庭木の青い色が光にのって反射したせいだけでもなさそうだった。

「ええ」

輪香子は、かたい顔になった。

「お母さまにご相談したいと思って」

「そう。なにかしら？」

「今日ね。米田さんの誕生日なの。この間、言ったでしょ。それで何を着ていったらいいのかしらと、ご相談したいと思って」

「ああ、そのことね」

母はうなずいた。

「じゃ、見てあげましょうか」

「ええ、どうぞ」

母ははいってきた。輪香子は、目の前の母が、ふだんの調子とあまり変わっていないのがうれしかった。

「そうねえ」

母は首をかしげて、

「暑いのに和服もなんだから、お洋服にしたらどう？」

「わたしもそう思いますわ。でも、どれにしようかしら？」

「あなたがたの集まりだから、やはり簡単なほうがいいんじゃないの？」

輪香子は母の落ちつきに、心がはずんで、洋服箱をいくつも出した。

ふたをあけて、それを並べたてた。

「そうねえ」

眺めている母の顔には、選択にまよっているというよりも、なにか思いわずらっている様子があった。つまり、気持がそのことにないのである。

輪香子は、やはり母が父との争いのあとを心に残しているのだと思った。

そう思ってみると、母の顔はやはり蒼かった。このような母をめったに見たことはない。

輪香子はよっぽど母に、どうなさったの、ときこうかと思った。が、ドアの内から洩れたあの声を聞かないうちは、それは平気でできたかもしれない。しかし、いま、母の顔色について質問するのがこわかった。いままで輪香子にあまりない経験だった。

そういえば、いつもの母だったら、もっと饒舌《じょうぜつ》だった。朗らかな性格だし、こういう場合はもっと快活なのだ。それが、時々輪香子の言葉にも返事をしない。なにかぼんやりした顔つきだった。

それでもようやく、着ていく洋服は決まった。母は薄いグリーンの、ドレッシーな感じのワンピースを選んだ。しかし、いつもと違って、どこか今日の母には熱心さがぬけていた。

このとき、玄関の方で、自動車《くるま》の音が逃げていった。父が役所に出勤したのである。

母は、それをじっと聞いているようであった。このことも、いままでめったになかったことである。父が役所に出かけるときは、むろん母はいそいそと見送り、座敷に帰ってからでも、なにか賑やかな顔つきをしているのが、いつものことであった。

輪香子は友だちから、いろいろ家庭の面倒なことを聞いていた。いちばん多いのは、父親が外に女性関係を持っていることだった。

輪香子が息をのんだのはそのことだったが、父には、いままでそのような噂《うわさ》は、ついぞ聞かれなかった。母もその点は安心だと言っていた。父は官庁の局長だし、そんな位置にいると、毎晩のように、会議や宴会がある。が、父の帰宅がどのようにおそくなっても、母は少しも心配しなかった。

母が父と争い、そのことをいつまでも屈託に残しているのは、やはりよその家庭と同じようなことが起こったのかと胸が冷たくなった。そのこと以外には考えようがないと思った。が、事が事だけに、輪香子は母にきくこともできなかった。

これもいつものことだが、母は、さしあたっての用事のないときは、できるだけ輪香子と話していた。が、今輪香子の着るものが決まると、立ちあがり、

「いつごろお出かけ？」

と問い、

「昼からなんです」

という輪香子の答えを聞いて、そのまま部屋を出ていった。母の様子は、やはり、あの冷たい、今朝の書斎のドアの空気と似かよっていた。

このとき、電話のベルが鳴った。キヌがきて取りついだ。

「お嬢さま、佐々木さまからお電話でございます」

輪香子は電話口に出た。佐々木和子の賑やかな声が聞こえた。

「ワカちゃん？　今日、雪ちゃんち、行くんでしょう？」

和子はきいた。

「ええ」

「あのね、あたし、急に用事があって行かれなくなっちゃったの、悪いわね」

佐々木和子の声は甘えていた。

「そう、残念だわ」

「雪ちゃんによろしくね」

佐々木和子はことづけた。

「ええ、いいわ」

輪香子の、声の調子がちがうのに気がついたのか、和子は、

「ワカちゃん、今日、へんね。あなたも、気がすすまないんじゃないの？」

ときいた。

「ううん、そうでもないわ」

「そう、そんならいいけれど……」

和子の声は、もっと話したそうにしていたが、輪香子がいつもとやはり違うと感じたか、そのまま、さようなら、と言って切った。

輪香子が縁に立って庭を見ていると、母が後ろからはいってきた。

「あら、まだ、お支度しないの？」

母は、輪香子が廊下で聞いていたのを気づいていなかった。


米田雪子の家は、渋谷の高台にあった。

庭に立って見おろすと、都心の街が屋根の海を広げていた。

雪子の父は、ある会社の重役をしている。家は新築して三年とは経っていないので、ひどくモダンな建て方であった。

このあたりは大きな邸宅が多い。新聞の上でもよく見かける名前の家が、道を通ってきて、いくつも標札に見かけるのである。

集まった同級生は、みなで十二三人いた。だれもがいちばん残念に思ったのは、佐々木和子の不参加である。和子はそれほどみなに人気があった。和子ひとりがいると、空気の暖かさまでちがうのである。快活で、賑やかだった。どのような憂鬱《ゆううつ》さも、和子の周囲には漂ってはいなかった。

「佐々木さんが来ないのは残念ね。今日は会社を休んで来るって言っていたのに」

友だちがいっせいに輪香子に向けた言葉だった。和子と輪香子は仲のいいことをみんなが知っている。

雪子の誕生日の祝いは、友だちのなかでもかなり派手なほうであった。それだけに集まってきた友だちは、訪問着や、カクテル・ドレスの姿もあった。

個人の家としては広いロビーに、一時に花がゆらぐような若い空気が盛りあがっていた。見た目にも贅沢だった。

女たちのほかに三人の青年がいた。これも二十二三の年齢で、どのような関係かしらないが、ひどく雪子と親しそうだった。

学校を卒業すると、急にみなが大人の世界にはいったように見えた。

青年たちは快活で、集まっている若い女性にすすんで話しかけていた。輪香子も三人の青年に紹介されたけれども、その場で名前を忘れてしまった。青年は、一人一人見ると、ちがいはあったが、いずれも良いところの家庭の者らしく、無遠慮ななかにも、やはり躾《しつけ》のいい礼儀がみえた。

輪香子も、その青年たちと話した。

しかし、何を話したか、どのような内容だったか、印象は、少しも心に残らなかった。彼女は友だちとしゃべったり、食事をしたりする間にも、やはり今朝の母と父とのことが、黒い滓《おり》のように、いつまでも胸に残って晴れなかった。

「ワカちゃん、今日、元気がなさそうね」

友だちは言った。

「そうでもないわ」

輪香子は笑って言ったが、やはり他人の目には分かるとみえた。が、だれも、そのことを、彼女の家庭に結びつけるものはなかった。

「和子がこないから、しょげているのね」

と、皆が言った。近ごろ、和子どうしているとか、恋人できたのとか、いろいろうるさくきいた。和子のことなら、どんなことでも輪香子が知っていると思っている。

輪香子は、なぜ、佐々木和子が今日、来なかったかを、いままで気にもとめなかった。が、ふと、このあいだ和子が電話をかけてきて、

「小野木さんを誘わない？」

と言った言葉を思いだした。

もしかすると、佐々木和子は、今日、小野木に電話をして、会っているような気がした。が、たちまち、それを打ち消した。そのような下品な想像をする自分がいやだった。なぜ、いま小野木と和子と結びつけて考えているのか、自分の気持が分からなかった。

が、一度そのことを思うと、これもいつまでも気持のなかにねばりついて、ひどく不快な気になった。

バースデーを祝う英字のついた大きなケーキがみなのまん中に出された。見事に飾りたててある。雪子がナイフを握り、それを切ろうとしていると、青年の一人が雪子の手にそえてナイフの柄を握った。

みなが拍手した。男の一人は外人をまねて口笛を吹いた。

その青年は少し頰をあからめていた。

「あのかた、雪子のフィアンセかしら？」

そういうささやきが輪香子の周囲から起こった。輪香子もその興味で青年を見つめた。育ちのいいことは、その動作でわかった。やはりどこかの重役の息子かもわからない。たぶん、雪子はこの青年と結婚するのであろう。が、いつもの輪香子だったら、もっとこの友だちと、その青年の組合わせに関心をもったかもわからない。が、いまは、それも離れたところで眺めているだけであった。

その会は二時間ばかりで終わった。青年たちはギターを鳴らし、友だちはピアノを弾《ひ》いた。みなで合唱もした。はなやかだが、輪香子には、なにか内容のない空疎《くうそ》なふくらみに映った。みなは、会がすんで残っている組と、帰る者とにわかれた。

「どうもありがとう」

雪子は帰る友だちの一人一人に礼を言っていた。輪香子のところに来て、

「あら、ワカちゃん、あなたも帰るの」

と、目をみはって言った。

「ええ、ちょっと用事があるの」

「そう、あなたには残っていただきたいわ」

雪子が甘えるように言った。

「だって和子もこないし、あなたが早く帰ったらつまんないもの」

いつもの輪香子だったら、もっと友だちといっしょにいたかったにちがいない。が、いまは、ここに残っていればいるほど、この空気から離れて、ちぐはぐになっていきそうであった。

「どうしても用事があるの。ごめんなさい」

輪香子は詫びた。

「そう、じゃ、仕方がないわ。自動車《くるま》、呼びましょうか？」

「結構だわ」

と、輪香子は言った。ここからすぐ車に乗るよりも、少し歩いていきたかった。

「タクシー、通らないのよ」

雪子は気の毒そうに言った。

「この先の大通りに出ないと、めったにここまではいらないの」

ちょうど輪香子にとって好都合だった。

それから、いっしょの方向に帰るという友だちと雪子の家を出た。

まぶしい陽がかっと道に照っている。あまり人通りもなかった。タクシーも通っていなかった。両側には大きな邸宅の塀が長々と続いている。

塀の外から見ただけでも、植込みが林のように深く、蟬《せみ》が鳴いていた。

こんな場所を、輪香子は一人で歩きたかったが、あいにくと友だちが横にいた。この友だちと別れたら、すぐに車に乗らずに、また、どこかの道を歩いてみようと思った。

「とても閑静な場所ね」

と、友だちも言った。

「きっと金持ばかり住んでいるのだわ」

実際、両側は広々と地所をとり、贅沢な構えの家ばかりであった。それも新しい様式の建築が多いのである。

自然と、目は家を見て歩くようになった。そのとき、輪香子の視線が、不意に釘づけになった。

それは、豪壮な家とは言えなかった。この辺では、こぢんまりとまとまった和洋折衷《せっちゅう》の感じのいい家であった。土手のように築いた斜面には芝生が植わり、その上に円形に刈った小さな植木が横に列をつくっていた。道路から見上げて、屋根と手入れの届いた植込みの梢《こずえ》とが見える家なのである。

が、輪香子の視線が不意にとまったのは、その家のことではなかった。斜面の上、その家からいえば庭の端にあたるところに、ひとりの女性が横を向いて立っている。

輪香子は、そのひとの顔を見たのだ。

まぶしい陽が、その女性の顔に当たっていた。それだけに、白く、顔がはっきりと見えた。すらりとした、恰好のいい姿勢にも記憶があった。深大寺で、小野木喬夫といっしょに歩いていた女性だった。

そのひとは誰かと話していた。相手は植込みのかげになってみえないが、女中か何かのようだった。

輪香子が、下の道を通って見つめていることに、むろん、気がつかないのである。

輪香子は息をのんだ。ここで、その女性を見かけようとは思わなかった。胸が高鳴りしたものだ。

「いいお家《うち》ね」

友だちは知らずに言った。輪香子の視線が熱心に上を向いているので、家を眺めていることとばかり思ったらしかった。輪香子は、いそいで顔を伏せ、足が速くなった。

瀟洒《しょうしゃ》な門の前に出た。門柱には、「結城」とだけ出ていた。

「結城」

輪香子は胸の中に名前を刻んだ。――

家に帰って、輪香子はさっそく、電話で米田雪子を呼んだ。ご馳走になった礼を言い、「結城」という家のことをきいたのだった。

「あ、きれいな奥さまのいらっしゃる家でしょ?」

雪子は知っていた。が、輪香子は、彼女が「奥さま」と言ったので、はっとなった。

「そう」

やっと、そう言った。

「よく分かんないのよ」

雪子は電話で話した。声の後ろに、まだ笑い声や音楽が聞こえていた。

「ご主人は、どこかの会社の重役さんみたいだけれど、なんという会社かはっきり分かんないの。ご近所のかたは、たいてい分かってるんだけど、あの家ばかりは分からないと、父も言っていたわ。……何よ、ワカちゃん、急にそんなことをきいたりして」

# 見た紳士

## 1

雨あがりの、気持のよい朝である。

輪香子は自分の居間で三面鏡に向かっていた。白い頬は、このごろ少し肥えたようだ。豊かな丸みをおびて、白粉気《おしろいけ》は全然ないのに、艶々と輝いている。

少し赤みのかかった柔らかな髪を、広めの額に垂らしてみる。その形は丸顔によく似合い、自分でも、わるくはないな、と思う。額が半分かくれると、黒いうるんだ瞳《め》が生きいきと見えた。それほど大きな目ではないのだが、睫《まつげ》が長くって、一点を凝視すると、夢みるような感じになる。——

「ワカちゃんの瞳《め》、すてきね。見つめられると、あたしでもドキドキしちゃう」

と、佐々木和子が嘆賞する瞳であった。

輪香子も自分の顔の中では瞳が好きだと思う。けれど顔は少し丸すぎるわ、細面《ほそおもて》のほうが陰影があっていいのに、と考えている。——そういえば、あの女《ひと》は、ちょうど理想的な輪郭の細面だった。米田雪子が電話で「奥さま」と言っていたが、あれは本当にそうなのだろうか、それなら、小野木さんとあの女《ひと》との関係はどういうのだろう。

ぼんやりとそこまで考えたとき、鏡を人の影がよぎって、耳もとで声がした。

「ワカちゃん!」

聞きなれた張りのある声で、佐々木和子だった。

いつのまに来たのか、まったく気がつかなかった。うっかり、とりとめもない考えにふけっていたので、この賑やかな友だちが来たのを知らなかった。

「あれ、どうしたのよ? おかしいぞ」

背後《うしろ》にまわって肩に手をかけると、鏡の中の輪香子を見つめた。

今日は、思いきって派手な、オレンジ系の真赤なワンピースに、太い黒のサッシュ・ベルトを締めている。

「いいお天気ね」

和子の元気に誘われて、輪香子も笑顔になった。

「うん、こんな日に、家にくすぶっていることないわ。ワカちゃんを引っぱりだそうと思ってきたのよ」

「そう。ちょっと待って。いま髪をとかしてしまうから。それからゆっくり相談しましょう」

手ばやくブラッシングをすませて、口紅だけつけると、和子を誘って庭へ出た。

まだ陽ざしはきびしいが、風はさわやかで、昨日一日降りつづいた雨の作用で、芝生も庭木も、青い水気をおびていた。

「ああ、いい気持！」

和子は、派手な手振りで空を仰いでみせたが、すぐくるりと振りむいて、輪香子の手を引っぱった。

「ねえ、このあいだの雪ちゃんの会、どうだった？」

自分が不参だっただけに、半分、まが悪そうにきいた。

「ええ、なかなか盛会だったわ。とても賑やかで。でも、あなたが来ないので、みんな残念がっていたわよ」

「うふふ、あの日はね……」

和子は、あの日、従兄《いとこ》と横浜に遊びに行ったことを告白した。その従兄は、大阪の商社に勤めているが、先日出張で東京にやってきて、あの日一日だけ暇ができたので、和子を誘って、横浜までドライブしたのだという。

「その従兄ね、すごいノッポだけど、かわいい顔をしていてね。二十七だったかな。ところがね、だまっているといいんだけれど、しゃべるといけないの、ぜんぜん、大阪弁なのよ。生まれは東京《こっち》だけど、小学生のころ大阪《あっち》へ越したので、やっぱりだめ。幻滅だわ。そこへ持ってきて、はなはだおしゃべりでね。男はやっぱり、東京弁のほうがいいわ。女性の京言葉なんてのは、お色気があって魅力だけど。ねえ、そうでしょ。そうどすえ、なんてやさしく言われたら、男のひと、まいっちゃうんじゃない？」

和子が、口をまるめて関西弁を使ってみせたので、輪香子も笑った。

和子の家は、江戸時代からつづいた老舗《しにせ》だから、もちろん和子も東京っ子で、ピチピチした下町娘であった。

「雪ちゃんの今の家、わたし内部《なか》をよく見たのは初めてなのよ。ずいぶんモダンな造りね」

輪香子の言葉を受けて、

「ええ、あたしもあんな家好きよ。あたしね、うちは全然、日本調でしょ、だからああいうモダンなのにあこがれちゃうの。この前、うちが増築した時なんかも、ずいぶん主張したんだけど、結局だめだったわ。呉服屋が洋風で商売になるかって、おこられちゃった」

和子は、唇をとがらせた。

二人の話は、それから、当日、友だちが着ていた着物のことだの、客の青年たちのことだのにはずんでいったが、輪香子はようやく、あの日見かけた「結城」の標札のかかった家の妻らしい、美しい女性に話の方角を向けた。和子も、いっしょに深大寺で見かけた女のひとのことである。

口に出そうか、出すまいかと、この友だちの顔を見てから、ずっと考えていたのだが、やはり押えておく我慢ができなかった。

和子は、まるい目をもっと大きく見はっては、「まあ」とか、「へええ」とか合の手を入れて聞いていた。

「おもしろいわね。けど、ワカちゃんの錯覚ってことはない？」

和子は、息をはずませていた。

「いいえ、そんなことはないわ、絶対に。深大寺で小野木さんと歩いてたひとよ」

輪香子は友だちに主張した。

「そう、それなら本当ね。じゃあ、これから行ってみましょうよ。あたしも見たいわ。なんだか興味ありだわ」

和子は、先に立ちあがっていた。


渋谷で軽い昼食をとり、そこから車をひろって、先日通った付近についたのは、一時すぎだった。

見覚えの静かな道で、米田雪子の家はこの先だった。人通りのあまりない、静かなこの場所には、けだるい真昼の気配が降りていた。

「ずいぶん、立派な家ばかりじゃないの」

和子が素直な口調で言った。

「どこなの、その問題の家は？」

「そこなの。ほら、そこの芝生のある家」

輪香子が教えた。今日は、庭にも誰も見えなかった。ただ、黒塗りの大型の車が、門のそばに駐車していた。

「いい家ね」

自然と二人の足は、「結城」の標札の出ていた門の近くに向かっていたが、和子が急に足を止め、輪香子の腕をつかんだ。

「ワカちゃん、誰か出てくるわ！」

出てきたのは三人だった。一人は背の高い、うすいグレイの夏服を着た男で、あと二人は、この家の女中らしい。一人は和服でエプロンをかけ、もう一人は白のブラウスと紺のスカートである。

和服のほうの女が、丁寧に男に鞄を渡した。運転手がとびだしてきて、扉をあけた。男は一瞬、やや離れて佇《たたず》んでいる和子と輪香子の方にちらっと目を走らせたが、これは普通の通行人と思ったらしく、まぶしい、暑い光線を脱《のが》れるように、車の中に乗りこんだ。大型の車は、風を起こして二人の前を走り去った。

和服のほうの女が、二人をいぶかしげな目で眺めたので、二人は、あわてて、歩きはじめた。

「ワカちゃん、見た？」

「ええ、見たわ」

「あの人がご主人かしら？」

「らしいわね」

輪香子はまだ、車に乗る前にちょっと佇んだ男の、眩《まぶ》しい、白い光をうけた顔を目に残している。整った顔という印象だった。お客ではない。あれが主人に違いないのだ。それは断言できそうだった。

「いくつぐらいだと思う？　四十越しているかしら？　立派なかたね。中年の男性の一種格別の魅力があるわね。そう思わない？」

和子が言った。

「立派なかただわ。でも、わたしは、ああいう型《タイプ》はあんまり好きじゃないわ。何か、冷たい、というのか、凄味《すごみ》のある感じね」

「そこがいいのよ。ちょっとウィリアム・ホールデンを冷たくしたみたい。けど、そう言えば、たしかに、あの男《ひと》、堅気《かたぎ》でないような雰囲気があったわね。どんな人かしら？　洋服は、生地も仕立てもすばらしかったわ」

さすがに呉服屋の娘だけに、和子の目はすばやかった。

「あの男《ひと》の隣に、深大寺の女《ひと》を並べてみたらどう見えるかしら？　似合いの、きれいなご夫婦とも思えるし、何かそぐわないみたいでもあるし……」

和子が言いだしたとき、輪香子はかすかに胸がふるえた。自分でも、そのことを考えていたのである。

「でも、わたし、ご夫婦とは思えないわ。何か事情があるんじゃないかしら」

輪香子が、もらすと、和子は強い調子で言った。

「でも、それじゃおかしいわ。現に雪ちゃんだって、〝奥さま〟だって言って、いるんでしょう？　そうすると……」

和子は、やはりつづけた。

「あの古代人さんと彼女とは、〝危険な関係〟にあるわけね。彼女は夫のことを隠しているのかどうか分からないけど……」

輪香子が、ちょっと驚いたのは、和子のその調子が、この友だちに日ごろきけないくらい強いことだった。輪香子のほうがなんとなく、はっとするものを感じ、

「雪ちゃんのところへ寄らないの？」

と、話を変えた。

「うん、このあいだ行かなかったから、まずいわ。また今度にするわ」

和子は、乾いた答え方をした。

ちょうど通りかかった小型タクシーに、和子が急に手をあげた。

京橋の『芳見屋《よしみや》』といえば、老舗だし、特殊な呉服を扱うことで知られていた。

新橋、赤坂、葭町《よしちょう》の芸者が品物を選びにくる。昔から、そのむきの呉服を置いていて特徴があった。

店の構えは間口が広かった。奥が深く、番頭たちがすわっている上がり框《かまち》の畳までには、三和土《たたき》の中央にいくつかの陳列台を置き、客は店にはいっても、迂回した道順で、奥の番頭と顔を合わすことになっている。

日が暮れて間もないころだった。空の隅には、まだ蒼い光線が残っていて、夕暮れともつかず、夜ともつかぬ妙に落ちつかぬときだった。店の照明が明るいだけに、向こうの、街灯の背景になっている消え残りの青空が気になった。

もっとも、人通りはこの時間がいちばん激しい。店の中から外を見ていて、人の群が流れるように歩いている。が、買物をするような脚ではなく、会社が退けて、気ぜわしく急いでいる脚だった。

この通行者の脚が、もっと緩《ゆる》やかになり「客」のそれになるのには、さらに時間がたたねばならなかった。

番頭の里見《さとみ》が、ぼんやり外を眺めていると、店のまん中の陳列台と、入口の飾り窓の角との間に、黒光りのする自動車《くるま》の車体が一部、はさまるようにぴたりととまった。

おや、と思っていると、ばたんとドアを閉める音がした。姿は見えないで、足音だけが先に店先に近づいてきた。

番頭は浮き腰になった。

里見が視線を凝《こ》らしていると、例の三和土の陳列台の間を客は回ってくる。女の派手な着物の色彩だけは分かるが、顔はまだ現われない。客だと思って、里見はズボンのすわり皺《じわ》を手で伸ばして立ちあがった。このごろの呉服屋の番頭は、老舗でもデパートの影響のためか、夏だと、開襟シャツに紺のポーラーのズボンをはいている。秋冬は、背広に下駄をつっかける。

里見が框から下駄の上におりると、見えぬところで陳列を眺めていたらしい客が、まぶしい照明の中に、自分のほうから顔を出した。

「あ」

里見が愛想笑いを満面に浮かべて、腰を折り、

「いらっしゃいまし」

と迎えた。

「毎度、どうも、ごひいきに……」

客は、むろん女性で、二十五六ぐらいかと思われるが、派手なつくりだから、実際はもっといっているのかもしれない。髪のことには、里見は不案内だから、名前が分からないが、ゆたかに上にふくれあがり、前の額にはポアンが垂れさがっている。

客は下ぶくれの丸顔だから、この髪かたちがひどく似合い、瀟洒《しょうしゃ》に見せている。

しかし、その粋好みの着物の着つけや、柄からみて、この頭にかつらがのっていたであろうことは誰でも気づくのである。

「ようこそお越しを。さあ、どうぞ」

番頭の里見は椅子をすすめ、自分は上がり框の上にとびあがった。勢いで、下駄が片方裏返しになった。

里見はズボンの膝を折って両手を突き、

「毎度、ありがとうございます」

と、あらためて挨拶した。

客の女性は白っぽい着物に、黒のかった帯をしている。里見は、すばやく、それに視線をやって、

「へえ、これはよくおうつりでございます」

とほめた。これも里見がすすめて買わせた品物である。

「そう？」

女は、うつむいて帯と膝の着物を見ていたが、

「あんがい、よかったのね」

と顔を上げた。化粧のうまさは、さすがに素人《しろうと》放れがしていて、里見の目がまぶしいくらいであった。

「へえ、そりゃもう、奥さまにはなんでも、よくおうつりになりますが、ことに、この白いものは、どなたにも向くというわけにはゆきませんので」

里見は、じっと目を定めながら、

「奥さまには、その白い着物も、よくお似合いですが、やはりその黒い帯が結構でございましたな。なんとも言えぬいいアクセントになっております」

と、感に耐えぬように言った。

「お世辞でもうれしいわ」

女は軽く微笑み、若い番頭の出した茶碗に目を落とした。まぶたの上に、淡いアイシャドーがついている。

「いえ、とんでもない、奥さま、手前は実感を申しあげているので」

「番頭さん、すみません、お茶をもう一つくださいな」

「へ？」

里見が、店頭をうかがうと、背の高い男が、影のように陳列を見て立っていた。

「あ」

里見が声をあげて、

「こりゃ、気づきませんで。おい、お茶を早く、もう一つ」

と、若い店員を叱って、自分では、裏返しになった下駄を直して、大急ぎで三和土《たたき》におりた。番頭の里見は中央の陳列台を回って、背の高い男に近づいて、頭をさげた。

「へえ、いらっしゃいまし。毎度どうも」

と、手を揉んで、

「どうぞ、内部《なか》へ。へえ、どうぞ、こちらへ」

と掌《て》で奥をさした。

背の高い男は、端正な横顔を見せて、陳列台の前に立っていたが、里見の方へ少し顔を向けて、微笑《わら》いをもらした。

「いいんだよ、ぼくは」

この言い方が、なんとなく冷たかったが、里見は頰を皺だらけにし、歯茎《はぐき》まで出して笑い、また頭をさげた。

「まあ、そうおっしゃらずに。奥さまもあちらにいらっしゃいますことで」

「いいんだよ。勝手に見せてやってくれ」

「でも、まあ、お茶でもさしあげとうございますから……」

里見の勧誘には応じないで、その男は足を動かさずに横顔に戻った。

里見は手持無沙汰になって、黙っておじぎをし、もとのところに帰った。

「どうも」

と、ほかの店員が出した反物を眺めている女客に笑い、

「旦那さまはお誘いしても、こちらにはおいでになりません」

と言いながら、上にあがって、その女性の正面にすわった。

「そう」

女は目だけ微笑し、

「これ、どうかしら？」

と、見ている柄のことに移った。秋ものの塩沢だった。

「へえ、これは渋派手でございますな。いいお見立てでございます」

里見はほめて、ほかの反物を片寄せるときに、茶碗が一つ、茶をたたえたまま置かれてあるのが邪魔になり、そっと持ちあげて別なところに置いた。そのとき、ちらりと店頭を見たのだが、男客は退屈そうに陳列に向いたまま、頑固に動かないでいる。

「奥さま」

里見は、塩沢を長く伸ばしながら、女客にそっと、

「今夜は、旦那さまとお揃いで、どちらでございますか？」

と、低声《こごえ》で笑いながらきいた。

「演舞場なの」

女客は、柄を、と見こう見しながら、なんでもないような答え方をした。

「そりゃ、結構でございますな。今月の演舞場は、また、評判がよろしいようで。おたのしみでございます」

女客はそれに答えないで、塩沢をだらりと肩に垂れさげて、巻いたところを手に持ち、

「これ、どうかしらね？」

と、里見の顔を見た。うすいアイシャドーの加減か、目に張りがある。里見は、上体をすこし後ろにのけぞったようにして眺め、

「とても、よくおうつりのように思いますが」

と言って首を感心したように傾げると、

「あんた、なんでもほめるのね？」

「いえ、本当でございますよ。また、実際、奥さまなら、何を召してもおうつりになりますので」

「調子がいいわ」

女は、反物を肩にかけたまま椅子から立ちあがり、店先に影のように立っている背の高い男に、

「あなた」

と呼びかけて、ゆっくりと歩み寄った。

その客が帰ったあと、和子が奥の出入口から顔を出した。

「里見さん」

ほかの店員といっしょに、反物を膝の上で巻いていた里見がふりむき、

「はあ」

と、顎を持ちあげた。

「ちょっと、こっちへ来てよ」

「はあ、これをしまってから行きます。それとも御用なら、ここできましょうか？」

「ばかね。みんなの前できくんだったら呼びはしないわ。早く早く。いまのお客さまのことをききたいんだからさ」

「今の？　ああ、西岡《にしおか》さんのことで？」

「西岡さんというの？」

和子は考えるような目つきをしていたが、

「なんでもいいわ。いまの旦那さまの素性《すじよう》をききたいからさ。早くこっちへ来てよ。そんなもの、ほかのひとに任せたらいいじゃないの！」

と、里見をせきたてた。

## 2

「いったい、なんです？」

里見が店との仕切りの暖簾《のれん》の間から、頬骨のとがった顔をつっこんできいた。

「ちょっとききたいことがあるのよ。まあこっちへいらっしゃい」

和子は、誘うように座敷の中に里見を呼んだ。

「へい」

彼は、まだ、わけがわからないような顔をしてついてくる。日ごろ、和子などからめったに呼ばれたことのない里見は、面妖《めんよう》な顔をしていた。

「いま見えたお客さんね、西岡さんていうの？」

和子はききなおした。

「へい、西岡さんです」

「そう」

和子は火鉢にかかっている鉄瓶を見て、

「まあ、そこにおすわんなさいよ、お茶でもいれますわ」

と、里見を見上げた。

「なんだか気持がわるいですな」

里見は、半分冗談に笑いながら、それでもそこにすわった。

「ちょっとききたいことがあるのよ」

「なんです？」

「あの西岡さんね、あれ、うちのお得意なの？」

「そうですよ」

里見は和子の顔をうかがうように見る。

「そう、ちょっと見ると、素人のかたじゃないわね？」

「そうなんですよ。前はやはり出ていたという話ですが」

「今は、だれかの二号さんでしょう？」

「そうだと思いますね」

里見は和子のついだ茶を、のど仏を動かしてのんだ。

「あなた、あのかたの家を知っているの？」

「ええ、知ってます。ときどき、電話で呼びつけられたりして、呉服物を持っていってますからな」

「そう、あの店先に一緒にいた男の人ね、あれ、旦那さんなの？」

「へえ、そうです」

「西岡というのは、二号さんのほうの名前なのね？」

「そうだと思います」

「買いっぷりはどうなの？」

「ええ、なかなか気前がいいですよ。まあうちでは、上得意のほうでしょうな」

「じゃあ、旦那さまというのは、相当お金持なのね。いったい、どういう職業の人なのかしら？」

「さあ、それは私にもよくわかりません」

里見は、うす笑いをした。

「でも、だいたい、見ればわかるでしょう。商売人か、会社の重役かっていうくらいのことは？」

「それがね、お嬢さん、私にもよくのみこめないんですよ。あの旦那というのは、時たま、ああして二号さんと一緒に見えますがね、あんまり私らと口をきいたことはありません。いつもむっつりして、とっつきにくい人ですよ」

「そう、それで、二号さんも、旦那さんのことを、なんにも言わないの？」

「ええ、そのことですがね、私はやっぱり興味があるんで、それとなくもちかけてみるんですが、二号さんのほうも、どういうものか、旦那のことはあまり話したがらないようですな」

和子はそこで考えるような目をした。しばらく黙っていたが、つと顔を上げて、

「ねえ、里見さん、今のかた、買物なすったの？」

「いいえ、四五点、お見せしたんですがね、どうも気に入らないので、お帰りになりましたよ。ちょうど明日の昼すぎ、荷がはいる予定なので、それをもって、お宅のほうへおうかがいする約束をしたんです」

「そう、それはちょうどチャンスだわ」

和子は目を輝かした。

「何がです？」

「ねえ、里見さん、お願いですから、明日、あたしを一緒に連れていって」

里見は目をまるくした。今まで、和子は、勤めをもっているせいもあるが、商売のことにそれほど熱心な言い方をしたことはなかった。どちらかというと、うちの商売には無関心で、一人で勝手に遊びまわっている習慣だった。

「いったい、どうしたんです？」

「なんだかあの二号さんに興味をもったの。それで、どういう生活をしているか、ちょ

っと覗いてみたくなったの。ねえ、お願いだから、なんとか理由をつけて、あたしを一緒に連れてってよ。ね、いいでしょう……」

里見は、困った顔をしていたが、和子を一緒につれて商売に行くのもわるい気分ではないと思ったらしく、それほど強く拒絶もしなかった。

「いったい、どういう名目であなたを連れていったらいいでしょうな。先方さんは、妙なお嬢さんが、一緒にくっついてきたと思いますよ」

「そうね」

和子は考えていたが、

「かまわないわ。あたしがここの娘だということをちゃんと言ってよ。いずれ跡取りになるんだから、今のうちに商売の見習いをしている、とでも言ってくださいよ」

「しようがありませんな」

里見は、うわべは仕方がなく承知したような顔をしたが、まんざらでもなさそうな表情だった。

小型自動車を里見が運転し、和子がそれに一緒に乗って、杉並《すぎなみ》の奥の方に行ったのは、その翌日のひるからだった。

商店街をはずれると、邸《やしき》まちがしばらく続き、道は、杉だの檜葉《ひば》だのの塀が囲っている一画にはいる。

まだ武蔵野の名残りの、雑木林がところどころにあった。秋めいた陽ざしが人通りのないこの辺を明るく照らしている。

里見が車をとめたのは、近所に大きな屋敷があり、そこに深い木立が一群れ茂って、その横に沿って小さな道が奥についているところだった。里見はその道を、反物を入れた塗籠《ぬりかご》をかついではいっていった。

やはり、杉の垣根が続き、それが切れたところに純和風な構えの家があった。門から玄関の間には、小さいながらしゃれた庭がある。標札には、ただ、「西岡」とあった。

里見が玄関のベルを押している間、和子はその家の外観などをゆっくりと観察した。建ててから三四年というところであろうか、三十坪ばかりの家で、あちこちに、この家の女あるじの好みらしい粋《いき》な工夫が見えた。じろじろ見ているうちに、女中が戻ってきた。

今日の里見は、呉服屋の番頭らしく縞《しま》の着物に角帯のいでたちだった。和子は、商売の見習いという恰好で、ワンピースを着ていた。

通されたのは庭に向いた八畳ぐらいの部屋で、床の間に三味線が二丁、立てかけてあるのは、さすがに女あるじの前身を語っていた。お茶が出されて、しばらく待たされたあと、昨夜和子がのぞいて見た女客が、化粧をなおした顔で座敷に現われた。

里見が低頭して、畳の上にはいつくばった。

「昨夜は、わざわざありがとうございました。今朝、荷が着きましたので、さっそく持参いたしました。なかなか結構な柄がございますので、さっそくお目にかけたいと存じまして」

「そう」

女あるじは、きれいな目を里見の後ろに控えている和子に向けた。和子はおじぎをしてちぢこまった。里見が気づいて、

「あ、これは、手前どもの主人の娘でございましてな」

「あら、そう」

女は、ちょっと目をみはって、

「それは」

といって少し微笑したが、なぜ、店の娘が一緒にくっついてきたのか、けげんな様子だった。里見はそれを察して、

「いえね、このお嬢さんも、そろそろ家業を継ぐときの準備に、こういう商売を見習いたいということで、それで一緒にうかがったような次第です」

「ああ、そう。じゃあ、ご養子さんなんですのね？」

「はい」

和子は小さく答えたが、これはむろん嘘で、彼女には弟がいる。しかし、嘘も方便だと、自分で弁解していた。

その間に里見は、塗籠《ぬりかご》の中から反物をつぎつぎと取りだして、女の前にうやうやしくひろげてゆく。

里見は、反物を指でおさえながら、

「これなど、いかがでございます。奥さまによくおうつりになると存じますが」

と、口まめに商売をはじめた。和子がじっと見ていると、その女客は、格別里見の調子にのせられるふうでもなく、反物の柄を自分の目で見きわめるように眺めている。いかにも買物に慣れたような恰好だった。

里見がひろげた柄というのが、これが粋好みで、値段はいずれも相当なものだった。普通の客なら、柄を一瞥《いちべつ》し、そこの定価の札を指先でちらりとひっくり返して見るものだが、その女あるじは、薄いアイシャドーを刷《は》いたまぶたを柄模様の上に伏せたまま、定価などにはまったく無関心だった。

里見がほとんど部屋いっぱいにひろげたのを、女あるじは、その何点かを指でおさえて選りだし、他のものは後ろに少し片づけさせ、立ったり、すわったりして眺め入っている。和子が見ても、その女の選択は相当なもので、やはり、そういう買物には、ぜいたくに慣れている女性だった。

このとき、電話のベルが離れた部屋から聞こえた。

襖があいて、女中が顔を出した。

「奥さま、旦那さまにお電話でございます」

反物を見ていた女は、目はそのままで、

「そう」

と言って、すぐには立たない。気に入った柄が一つあって、それをかなり長い時間をかけて眺めているのだ。電話のことを忘れているのかと思うと、

「ちょっと、失礼」

と、すらりと立って部屋を出ていった。

和子は、電話が主人にだと聞いて、すぐにこの間の、店先に立っていた男の顔を目に浮かべた。同じ顔は、輪香子に連れられて、渋谷の閑静な町の一角で、自動車に乗るところでも見ている。

里見が和子に目で笑いかけ、何か言いかけるのを、彼女が制したのは、そのとき、あんがい近い所で女あるじの声が聞こえたからである。

「はあ、さようでございますか」

という声は、ひどく丁寧だが、前身がそれだと知っている現在では、やはり、特殊な職業的抑揚を感じる。

「はい、ただいま、出かけて、留守でございますが……はい、かしこまりました」

先方に応じる、女の声ははきはきしている。それも、乾いたものではなくて、どこかコケティッシュなものを感じさせるのである。

「明日、六時からでございますね。はいはい、赤坂の『津ノ川』さんですね、わかりま

した。さように連絡いたします。はい、どうも恐れ入りました、ごめんくださいませ」

電話はそこで切れた。ふたたび、女あるじの畳を踏む足音が戻ってくる。

和子は、赤坂の『津ノ川』というのを頭の中に書きこんだ。

「どうも、失礼」

女はすわると、目をふたたび、ひろげた反物に当て、

「そうね、採《と》るなら、これくらいだわ」

と、さっき選んだ一つを手にとって、バラリと肩にかけて見せた。里見は体を後ろにのけぞったようにして、遠い目つきをし、

「いやあ、さすがにお目が高いですな。結構でございますよ。いえ、こういう柄は奥さまでないと、どなたにもお似合いになるというものじゃございません」

と、お愛想を言いはじめた。しかし、和子が見ても、それが愛嬌だけとは思われない。実際に、よく似合うのだ。女あるじは里見のおしゃべりを、上の空で聞き流し、

「じゃあ、これにしとくわ」

と、自分の判断で決めたように、それを畳の上にばらりと戻した。そこではじめて、彼女は正札を裏返して見て、目をとめた。

「里見さん、これ、すこし、なんとかなるんでしょうね？」

里見は手を揉んで笑い、

「へえ、そりゃ、もう、いつものとおりにさせていただきます」

「そう、じゃあ、仕立てもいっしょにお願いするわ」

「へえ、ありがとうございます。毎度どうも」

　里見が四角ばっておじぎをしたので、和子もそれにつれて頭をさげた。しかし、女あるじのほうは、和子の存在など、まるで眼中にないみたいだった。

　和子が改めて部屋の中を見ると、木口といい、建て方といい、ひどく凝《こ》ったものである。そういえば、調度も、そこから見える庭も、金をかけている。これだけの生活をさせている旦那というのは、相当な収入に違いないと思った。

　里見が、ひろげた反物をクルクルと器用に巻きもどしながら、

「いつもおうかがいして思うのですが、奥さまなど、結構でございますな。ほんとにお羨しい話でございますよ」

「あら、どうして？」

　女はちょっと目をあげただけである。それほど感動もない声だった。

「いえ手前のほうも、商売でいろいろとよそさまを回らせていただいておりますが、そう言っちゃなんですけれども、こういうお高いものをすぐにお決めくださるのは、そうございません。ほんとに旦那さまが結構でいらっしゃいますから……」

　せっかくだが、女あるじは、黙ったまま何も答えずに、口もとを笑わせただけである。

　和子は心の中で、里見がもうすこしこの女客の旦那のことを突っこんでくれるかと期

待していたが、里見は客の顔色を見たか、それっきりに話をかえてしまった。

日曜日の朝だった。父はゴルフがあるとかで、昨日の午後、役所からまっすぐに川奈《かわな》に行った。母も、知った家から相談事で招かれて留守だった。

輪香子は、朝から久しぶりに一人だった。このような時は、めったにない。始終だったら寂しくて閉口だが、一日ぐらいなら楽しかった。

女中二人は、それぞれの仕事をやっている。輪香子は、小さな女あるじになったつもりで、部屋に落ちついていた。

電話が鳴った。日曜の朝の電話というと、父の用事ではない。はたして、女中が取りついだのは、佐々木和子からだった。

「ワカちゃん、おはよう」

和子のはずんだ声が耳に響いた。日曜の朝の電話というと、ひどく感度がいい。

「ばかに早いのね。何かまた思いついたの？」

輪香子は、和子がまたもや何かの誘いごとに電話をよこしたのだと思った。

「ううん、そうじゃないの。ちょいとすてきな発見があったのよ。それで、さっそくあなたに報告しようと思ったの」

発見と聞くと、それは小野木のことか、このあいだの、結城という家の関係以外にはない。

「ほら、この前、雪ちゃんの近所で見た例の中年の紳士ね、あのひとが、うちに現われたわ」

「えっ」

輪香子は驚いた。あの人物が、なぜ、和子の家なんか訪問したのか、まったくとっさの見当がつかなかった。

「ね、ふしぎでしょう？　世間は広いようで狭いもんだわ。ちゃんと、あの人、うちのお店に買物にきたの」

その言葉で、前後の事情は納得できたが、こんどは和子がもっと何か教えてくれそうなので、輪香子も思わず、受話器をかたく耳につけた。

「あの紳士が、あなたの店に、着物を買いに行ったわけね？」

「そうなの、でも、男物じゃないのよ。婦人物だったわ」

「あら、それじゃ、あのきれいな奥さんとご一緒だったの？」

このとき、和子は、受話器の奥で、ふくみ笑いをした。

「ところが、そうじゃないの」

和子の声は、急に秘密めいたものになった。ふくみ笑いはそのままに残っている。

「別な奥さんなのよ」

「え？　別な奥さん！」

輪香子はびっくりしたが、すぐにその意味を悟った。

「ねえ、意外でしょ。あたしたちが、すこしばかり魅力を感じていたあの中年氏は、ちゃんと二号さんがいたのよ」

「まあ」

輪香子は、その紳士に愛人がいたという驚きよりも、やはり深大寺で小野木のそばにいたきれいな夫人に、意識が走った。

「それで、そのかた、どういう人？」

輪香子は、呼吸《いき》をはずませてきいたのだが、これは和子には、彼女がひどく興味を持ったものと、受けとられたらしい。

和子のほうでも、声が一段とはしゃいできたものである。

「その二号さんというのは、うちの番頭にきいてみたら、お店のお得意さんだったわ。それで、あたし、偵察に、番頭と一緒にのこのこと、彼女の家《うち》についていったの」

「まあ」

輪香子は、和子のいつもながらのやり方に感嘆した。

「その二号さんというのは、前身は芸者さんなんですって。お家もやっぱりそんなふうだったわ。でも、あの旦那さんの正体は、番頭もよく分からないというし、二号さんも、どこか、あたしに隠してるみたいだったわ。だけど、ちょうど、そのとき電話がかかってきてね、その電話の話の様子では、赤坂の『津ノ川』に行くらしいのよ。あすこいらに行くようだったら、やっぱり相当な人物ね」

輪香子は和子の電話がすんでからも、そのことが、頭にかぶさった。

輪香子が、そこから離れて、庭に出ると、ちょうど、辺見博が玄関から、のこのこはいってくるところだった。

辺見は、父の留守を知らず、在宅しているものだと思ったらしい。彼の広い肩に秋の陽ざしがあたり、歩くにつれて、庭の梢の影が縞《しま》を動かしていた。

輪香子は、辺見が、政治部の記者なのに気づき、赤坂の『津ノ川』のことを彼にきいてみようと思った。

「やあ」

辺見は大股で歩いてきながら、しろい歯を見せて笑い、片手の包みを高々と輪香子に振ってみせた。

3

辺見は、にこにこして輪香子の前に立った。

「こんにちは」

手に持ったクッキーを、彼は輪香子にさしだした。

「どうもありがとう」

「局長は？」

辺見はきいた。

「あいにくと今日、留守なんですの」

「へえ、お留守ですか」

辺見は、ちょっとがっかりしたような様子をした。

「どちらへ？」

「ゴルフなんです。昨夕《ゆうべ》から川奈に行ってるんです」

輪香子が言うと、

「へえ、それは知らなかったな」

辺見がポケットからハンカチを出して、薄くにじんだ汗をふいた。

「なにか父とお約束があったんですか？」

「いや、約束はしていませんが、日曜だと、いつも局長がいらっしゃるので、やってきたんです。連絡しなかったのはぼくが悪かったんですが……」

「どうぞ、おあがりください」

輪香子は辺見を上に請《しよう》じた。辺見はちょっと躊躇《ちゆうちよ》したようだったが、結局、輪香子のあとからはいって、玄関で靴をぬいだ。

「こちらのほうがいいようですわ」

輪香子は辺見を、初秋の陽の射している縁側に案内し、そこの籐椅子をさした。

「だいぶ、秋らしくなりましたな」

辺見は、庭先の色づいた葉鶏頭《はげいとう》を眺めている。

「せっかくお見えになったのに、申しわけありませんわ」

輪香子は父にかわって詫びたが、辺見は首をふった。ネクタイがよじれている。服装には、あまりかまわない男だった。

「いや、いや、ぼくが勝手にうかがったのが悪かったんです。局長は、今夜お帰りなんですか？」

「ええ、今夜帰るという予定なんですけれど、何しろゆうべから行ってますので、夕方には帰るんじゃないでしょうか、なんでしたら、お待ちになったら？」

「いや、そうもしておられません。またこの次の日曜でも、ご都合を伺って、お邪魔することにします」

「でも、今日はごゆっくりなすっていいんでしょう？」

輪香子は、『津ノ川』のことが頭にあるので、いつになく、辺見を引きとめようとした。辺見も、口では忙しそうに言っているが、そこにいることがまんざら心地悪そうでもなかった。

輪香子が女中のところへ行って、果物など用意させて戻ってくると、

「今日はお母さまは？」

と、辺見はきく。

「母もちょっと出かけて、いないんです」

「おや、おや」

辺見はなんとなく家の中を見まわして、

「じゃあ、輪香子さんが今日はお留守番ですか。珍しいな」

と言っていた。女中が茶や果物などを持ってきた。果物はアレキサンドリアで、その透明な青さが、秋をいっそう感じさせた。

「辺見さんは、社のほうは、日曜日はいつもお休みなんですか？」

輪香子が目をあげてきくと、

「そうなんです。ぼくの仕事は、新聞社といっても、大体官庁回りなのですから、官庁が休みの日は、われわれも休日ということなんですよ」

辺見は、葡萄《ぶどう》の粒を口にほおばって話したが、輪香子と話していることが、控え目ながら愉快そうだった。

「辺見さんのお仕事だと、いろんなところをお回りになるんでしょうね？」

「ええ、そりゃ、こういう商売ですから、ずいぶん方々、駆けずりまわりますよ」

「そうでしょうね」

輪香子は目を伏せたが、ここだと思って、

「辺見さんにうかがいたいんですけど、『津ノ川』というお料理屋さんが赤坂にあるんですが、ごぞんじですか？」

と、なるべく、さりげない口調できいた。

「『津ノ川』ですか?」

辺見はうなずいた。

「知ってますよ。あそこは有名な高級料理屋でしてね、偉いお役人だとか会社筋の宴会があるので名が知れています。あの界隈《かいわい》では、一流中の一流でしょう」

辺見はそこまで言って、

「何か『津ノ川』に、輪香子さんが興味を持つことがあるんですか?」

と、ちょっと目をみはってききかえした。輪香子はその返事をすぐにしないで、

「その『津ノ川』に、辺見さんは、ちょいちょいいらっしゃいますの?」

「ええ、仕事では二三回行ったことがあります。自腹で行くということは、とてもできませんよ。すごく高い家ですから」

秋めいた陽は、庭に明るい光をためている。塀の外を歩く人の声も、澄んだ空気のなかに聞こえていた。

「辺見さんに、お願いしたいことがあるんですけれど……」

輪香子は思いきって言った。

「どういうことですか?」

辺見は急いで葡萄の粒をのみこんだ。

「その『津ノ川』に、出入りするお客さんで、結城さんという人があるんです。そのかたの身分を知りたいんですけど」

「結城？」

辺見は首をかしげていたが、

「それは政治家ですか、それとも、実業家ですか？」

と反問した。

「政治家ではないと思います。実業家だと思いますけど、よくそのかたのことを、わたし、知らないんです。ですから、どうということは申しあげられないけれど、『津ノ川』に出入りしてらっしゃることは確かだと思います」

辺見は目をまるくして、

「なんです、そんな人のことを調べて？」

と、輪香子の顔をみつめた。輪香子は、そのときの返事の用意は前からもっていたが、辺見にみつめられると、やはりどぎまぎした。

「それはね、あの」

と、思わずどもって、

「わたしのお友だちのご縁談のことで頼まれているんです。その結城というかたがご当人ではありませんが、関係があるらしいんですの。そのお友だちは、興信所なんかに頼むのは、なんだか厭なので、どなたか適当なかたないかしらと、わたしに相談があったので、わたし、辺見さんのことを思い出したんです」

「ああ、そうですか」

辺見は、うれしそうに笑いだして、

「そりゃ、光栄ですな」

と、軽く頭を下げた。彼の人のよい目が細まった。

「結城さんですね、名前は分かりませんか？」

辺見はわざわざ手帳を出して、鉛筆を構えた。

「結城という苗字《みょうじ》しか分からないんです。それだけでは見当がつきませんかしら？」

「まあ、大丈夫でしょう。結城というのは、あまりない苗字ですからね。それで、それ以外に分かっていることは？」

「その方の住所が、渋谷の××町にあるということは分かっています。でも、それ以外のことは全然不明なんだそうです。それだけの手がかりでしらべていただけます？」

「なんとかなるでしょう」

辺見は手帳をしまって、

「すると、ぼくの役目は、さしずめ、そのご縁談の調査役というところですな」

と微笑した。

「そういうことになりそうですわ」

輪香子は心の中で辺見にはすまないと思ったが、こういう場合、そのような言い方よりほかになかった。

「輪香子さんのお友だちも、だんだん結婚する人がふえてくるでしょうね」

　辺見は、煙草を出して、うつむきながら火をつけた。輪香子は、辺見がそういう表現で、なんとなく自分のことに探りを入れているように思えた。

　辺見が輪香子にどのような感情をもっているか、ぼんやりと彼女は知っているだけに、すこし目のやり場に困った。

「この前も、わたしの友だちの結婚式がありましたわ」

　輪香子は、努《つと》めて世間話のように言った。

「あ、それは、お父さまのお役所の方でしょう？」

　辺見の方で知っていた。

「あらご存じでしたの？」

「知っています。優秀な人だそうですね」

　辺見は、父の官庁に出入りしている記者だけに、その辺の事情もよく知っているようだった。

「辺見さんなんかも、もうそういうお話があるんじゃございません？」

　わざと輪香子がきくと、辺見は急に目を動かして、

「いや、ぼくなんか、まだ早いですよ。これでいま結婚したら、食っていけそうにもありません」

　と、月並みなことを言ったが、その強い否定の仕方で、輪香子は、また、辺見の気持をのぞいたようだった。

辺見は、それから二十分ばかりは話をしていたが、彼は輪香子と二人だけで話しているることに、何か気詰まりを感じたように、椅子を引いて立ちあがった。

「じゃあ、ぼく、これで失礼します」

辺見の顔には、先ほどから薄い汗が出ていた。

「あら、もうお帰りなの？　まだ、よろしいじゃありませんか」

輪香子は引きとめたが、辺見は落ちつかないでいた。

「急にこれから行く用事を思いだしたんです」

辺見は腕時計を出して見たが、いかにもそれがわざとらしかった。

「先方に会う約束が迫っているので、これで失礼させていただきます」

「そうですか、それは残念ですわ」

輪香子は辺見のあとから玄関に歩いて、

「父に何か御用がおありだったら、申しておきましょうか」

「いや、いいんです、いいんです」

辺見は、玄関に立って、輪香子の言葉を押えるようにした。

「いずれ、また、あがりますから」

「そうですか」

辺見が帰りかけると、輪香子はもう一度『津ノ川』のことを頼んだ。

「承知しました。すぐ、そっちの方にかかってみます」

辺見は真剣な顔で答え、輪香子におじぎをしたが、首筋に薄い汗が光っていた。

輪香子の父が帰ったのは夕方だった。

車の音が聞こえたので、輪香子が玄関に出てみると、父は、ゴルフ道具などを運転手に持たせて、家の中にはいってくるところだった。父はひどく機嫌がよかった。

昨日から川奈でゴルフをしたせいか、顔色も焼けていた。

「お父さま、今日、辺見さんが見えましたわ」

父が広い肩幅を見せて部屋にはいっていくのを、あとからついてゆきながら、輪香子は言った。

「そうか」

父は居間の方に歩いて、

「何か言ってたかい？」

ときいた。

「別に……ただ、お父さまが家にいらっしゃるかと思っていらしたんだそうです」

「そうか」

父は居間にはいった。それから、輪香子をふり返って、

「お母さまは？」

ときいた。母が出てこないので気づいたのであろう。

「お母さまは、八代《やしろ》さんのお宅にお出かけなんです。まだお帰りになってませんわ」

父は黙っていた。いつもなら母が父の着替えの支度を手伝うのだが、今日は輪香子が
そのかわりをした。洋服簞笥《だんす》の前で父は上着をぬぎ、ネクタイをはずした。

輪香子は父のふだん着を取って渡し、父のぬいだものを始末した。

「疲れた」

父は、暮れかけた窓に向かって背伸びをした。

「川奈はどうでした?」

輪香子がきくと、

「久しぶりにああいうところへ行ったんだが、やっぱり、体の調子が違う」

と、相変わらず機嫌がいいのだ。

「大勢とご一緒でしたの?」

「うん、役所の奴ばかりだ。久しぶりで泊まったので、誰ものびのびとしていたよ」

着物を着て、父は書斎の椅子にすわった。机の上のケースから煙草を取って、袂《たもと》をさ
ぐったが、

「おい、マッチが無い」

と、輪香子に言った。

「ポケットにあるはずだ、とっておくれ」

「はい」

輪香子は、しまった洋服箪笥の中の父の上衣のポケットから取りだしたのだが、見るともなくそのマッチのレッテルに目が落ちた。

ひどく日本調の意匠の中に『津ノ川』という文字があった。

輪香子は、はっとして胸が騒いだ。『津ノ川』のことを今日辺見に頼んだだけに、思いがけなく父のポケットから出てきた同じ家のマッチに息をのむ思いだった。

しかし、父には黙ってそれを渡した。

父は何も気づかないでマッチを擦《す》り、うつむいて煙草に火をつけると、それを、机の上にぽいと投げだした。箱のレッテルは表を見せ、『津ノ川』のしゃれた字体の文字が輪香子の目をまた奪った。

父は『津ノ川』に出入りしているのか？　父ぐらいの役人の地位になると、毎晩のように決まって宴会がある。それもたいてい、一流の料亭であった。

輪香子は今まで一度も、それがどこで開かれるか、きいたことはなかった。が、今、『津ノ川』のマッチを見て、はじめて、父もここを使っているのだと分かった。

「おい、どうしたのだ？」

そこにじっと立っている輪香子を、父は呼んだ。輪香子は気づいて、

「なんでもないんです」

と、急いで言った。

「お父さま、お疲れになってらっしゃるのなら、コーヒーでもいれましょうか？」

「ああ、そうしてくれ」

何も知らずに父は頼んだ。輪香子はキッチンに行き、女中の手を借りずにコーヒーを沸かしはじめたが、コーヒー沸かしの中で茶褐色の湯が沸いてくるのを待ちながら、『津ノ川』のマッチのことが目から離れなかった。普通なら、そのようなものが出ても、何も気にかけることはない。

しかし、佐々木和子から電話で聞いたことが、気持に執拗《しつよう》にこだわってくる。

別に、あの結城という紳士が『津ノ川』に出入りしようがすまいが、どっちでもいいはずだった。が、今の輪香子には、それが無関心ではすまされなかった。どうにも落ちつかないのである。

輪香子は、よほど父に『津ノ川』のことをきこうかと思った。が、何かそれをきくのが少々、怖《こわ》い気がした。

『津ノ川』という料亭が、一流の家だというのは分かっている。が、いまの彼女の頭にある『津ノ川』は、何か普通でない空気をもっている料亭のように思えた。そこに父が出入りすることが、父自体に不安な雰囲気を感じるのだ。

輪香子が父のところにコーヒーを持っていくと、『津ノ川』のマッチは、相変わらず以前と同じ位置にのっている。彼女は、思いきって、『津ノ川』のことを父に質問しようかと思った。が、彼女のその意思を押えるような何かが勇気を出させなかった。その何かを表現するならば、いわば「よくない予感」といったようなものだった。

「輪香子」

父はコーヒーを一口すすって言った。

「今日、辺見君が来て、すぐに帰ったかい？」

「いいえ、ちょっと、おあげしたんです」

輪香子は、父の目が何か自分の気持を見抜いているように感じて、どきりとした。

「そうか」

しかし、父は微笑していた。

「どのくらい話をして帰った？」

「三十分ぐらいでしたわ」

「おもしろい話が出たかい？」

父は目を細めていた。父は辺見に好意をもっている。そのような質問を輪香子にする父の気持は、彼女にもおよそ察しがついている。

「いいえ、べつにこれというお話はしませんでした。だって、わたしにはそれほどの話はないんですもの」

輪香子は、辺見に頼んだことを最後まで隠した。

そのとき、表で車のとまる音がした。

「お母さまがお帰りになったんですわ」

輪香子は父の書斎を急いで出た。玄関に出ると母の乗った自動車《くるま》のヘッドライトが消えたところだった。

その晩も、輪香子は、父と母とのいさかいを耳にした。

そのときも、輪香子は不仕合わせにも、廊下を通りかかるときだった。

話し声は父の書斎から洩れている。父と母との会話の口調は尋常ではなく、この前の朝に、輪香子が聞いたと同じものだった。

やはり、話の内容はよく分からない。ただ、母のほうがいくらか声が高く、父がそれを押えるような調子だった。輪香子が余計にそこを逃げだす気になったのは、ふとその声の中に、彼女の名前があったからだった。

「おまえが着たくなければ……」

と、父の声で聞こえた。

「輪香子に譲ってやればいいじゃないか」

「輪香子にだって着られませんよ」

母の声は、そこだけが高かった。そのあとのことは分からない。輪香子は部屋に戻って耳をふさいだ。暗い風が家の中に鳴っているようだった。

父と母のいさかいが何に原因しているのか、輪香子には想像がつかなかった。

両親には両親で、子供に知らせたくない秘密があるのであろう。

輪香子は、それをきくわけにはゆかない。それは、この前の朝も、母は蒼い顔をして輪香子に黙っていたことである。

が、いま、輪香子は、思いもよらず自分の名前が出たことで、両親の争いの中に、自分がはいっているのを知った。その紛争の中に、自分がどのような位置ですわっているのか見当もつかなかった。

が、輪香子が思わず顔色を変えることが、その翌日に起こった。

そのときも母は留守だった。輪香子は何かを探しに母の部屋にはいったとき、箪笥の上に洋服箱の新しいのがのっているのを見た。今まで、気がつかなかったものなので、何気なく踏み台を出して上がり、その箱のふたを持ちあげて、中をのぞいた。

それは薄茶色のミンクのオーバーだった。これまで母になかった品だし、輪香子も母から、一言も聞いたことのない新しい品だった。

## 佐渡へ

### 1

東京地検の、特別捜査部の窓から見える銀杏《いちよう》の葉が黄色くなった。銀杏の木は、地検の狭い庭に並木のように並んでいる。

高い木で、三階からでも、まだ頂上の梢が見えない。

一日の光線の加減で、銀杏は、朝は一方の側が輝き、夕方になると陰の方が光ってくる。まだ青い部分が多いのに、すでに葉がかなり散っていた。散る前の葉の縁は、茶色になっている。

特捜部に移ってからの小野木は、この銀杏の木を眺めて、信州の山を考えていた。古代の遺跡を訪ねて、小野木は信州の各地をかなり歩いている。銀杏の黄色い葉を見るにつけ、彼は記憶の山々の秋の色を考えている。それが諏訪の山だったり、伊那《いな》の山だったりする。

下諏訪の山は諏訪湖を中心にして、斜面が緩《ゆる》く囲むようになっている。小野木は、カリンの花の咲いたあのあたりの畑も、黄色くなっていることだろうと思っていた。古代の掘立小屋に寝たときは、麦の時であった。真向かいの塩尻峠《しおじりとうげ》も、左手の諏訪神社の下社《しもしゃ》の杜《もり》も、いまは杉の茶褐色が目立つころである。

小野木は、塩尻峠を越えて松本平《まつもとだいら》に出たことがあるが、峠を下って、一望に開けるリンゴ畑の向こうに光るアルプスの山の雪も考えている。また、下諏訪の裏山は霧ケ峰《きりがみね》の下を通って蓼科《たでしな》高原に抜けるのだが、小野木は、茅野《ちの》の尖石《とがりいし》の遺跡から、蓼科にはいったことがある。白樺と落葉松《からまつ》の多い高原で、小野木が行ったのは新緑のころだったが、今は紅葉が盛りであろう。

窓から見えている、一本の銀杏の木を眺めて、小野木は毎日、そんなことを考えていた。

旅のことを考えるのは、小野木の心に平静でないものがあるからだ。以前は犯罪の調書をとるために被疑者たちを調べたりして、人間関係の複雑さ、煩《わずら》わしさを毎日のように心に押しつけられて、それを逃れるために田舎に出たものだが、近ごろは、自分の気持を救うために旅に出たくなった。

陽の加減で、銀杏の葉は、眩《まぶ》しい黄色になったり、くろずんだ色になったりする。

長い間、ひとり旅に出なかった小野木は、次の連休には、思いきって一人で出かけようと思った。小野木は、信州から飛騨《ひだ》、北陸にかけてはかなり歩いたが、まだ、佐渡《さど》には行ったことがなかった。連休の二日を利用すれば、一晩泊まりで行けないことはない。小野木は、日本海に向かうこの島の断崖に立って、暗鬱な海の色を眺めたくなった。佐渡を思いついたのは、かつて、氷見《ひみ》の洞窟を見に行ったおりに、日本海の色を見たのだが、そのときに、もっと北の島の端で見たいと思ったのだ。

特捜部の仕事は、それほど忙しくはなかった。しかし、小野木の目から見て、近ごろ、何か微妙な動きが感じとられるのである。それは石井検事が、たびたび副部長に呼ばれていることでも推察できた。石井検事は副部長の部屋から帰ると、そのあかい顔をかなり緊張させていた。

地検には、部長の下に副部長が二人いる。一人は経済、財政などを担当し、ここでは脱税とか、外国為替違反などの事件が対象になっている。石井検事が呼ばれている副部長の黒田《くろだ》副部長は、警視庁二課から送られてくる事件、または、地検が直接独自な捜査をする事件を担当していた。

それで石井検事が、黒田副部長にたびたび呼びつけられて、何か相談を受けているのは、後の場合の事件である。

石井検事は、副部長室に行くだけではなく、部長室にも出かけて行った。それから、検事正室でも次席検事、部長、副部長をまじえて、長い間、会議が持たれることがあった。それが三日も四日も続くのである。

そのたびに、石井検事の顔は緊張度がいよいよ増してくるのであった。かなり重大な事件が起こったであろうことは、その経過が進むにつれて周囲にも分かってきた。

しかしこれは、小野木が先輩検事にきくべきことではない。

「ちょっと大きそうな事件が起こっているようですな」

小野木喬夫に付いている検察事務官の木本《きもと》が、役所の帰りに話したことである。

検事には、一人か二人ずつ、検察事務官が付いている。検察事務官は、警視庁にたとえれば、捜査員で、いずれも練達のベテランであった。だから、こうした首脳部の動きを判断する彼らの知識は正確であった。

「いったい、なんだろうな？」

小野木も考えている。

「汚職かも分かりませんよ」

木本事務官は言った。

「どうも、そんな気がしますね。それも、検事正が慎重に幹部を集めて話をしているくらいですから、かなり、規模が大きいようです」

小野木は、今までたびたび起こった大きな疑獄事件のことを考えて、相変わらず、同じことはいつまでも跡を絶たないものだと思った。

「もしかすると、これは小野木検事の担当になるかも分かりませんよ」

木本事務官は自分の観測を言った。

「さあね。ぼくなんかまだ若いし、そんな大物を手がけるところまでいっていないよ」

小野木はそう言ったが、先輩の石井検事が、もし一つの事件を担当することになれば、自分がその下につくかも分からないという予想はあった。


小野木が石井検事に呼ばれたのは、それから四五日後だった。

石井検事の個室に行ってみると、彼は、白い頭を机の上にかがませて、書類を見ていたが、小野木のはいって来た気配を知って顔をあげた。石井検事の眼鏡の奥の目は、少し疲れているようだった。

「かけたまえ」

石井検事は前の椅子をさした。

石井検事は、厚い綴込みを閉じて、その上に自分の肘《ひじ》をのせた。それから、眼鏡をはずして、ゆっくりとふいた。

「小野木君」

検事は、銀杏の葉の見える窓の方に眼鏡を透かし、曇りを拭《ぬぐ》うと、目に戻して、小野木の方を見た。

「ちょっと、新しい事件が起こってね、あるいは、きみに手伝ってもらうことになるかもしれない」

小野木は緊張した。このごろの動きから見て、大きな事件という予感はあったが、いま、石井検事から直接に言われてみると、その口吻《くちぶり》からも予想した大きさが、曖昧《あいまい》ながらも、にわかに自分の前に現実的となった。

「どういうことでしょう？」

小野木はきいた。

「いや、まだ、それははっきりと言えない段階だがね」

石井検事は穏《おだ》やかに内容の説明を断わった。

「ただね、このことには、検事正も次席検事もひどく慎重なんだ。正式な命令がないかぎり分からぬが、しかし、ぼくに、その担当が回ってくることは、だいたい、決定的のようだ。それできみにも、その気持の用意をしてもらいたいのだが」

「はあ」

小野木は軽く頭を下げた。

研修所時代から、小野木はこの石井検事に目をかけられている。検察庁にはいってからも、この先輩は、小野木をひきたててくれる様子が見えた。大きな事件が起こって、石井自身がその主任になったとき、小野木をその下につけようというのは、変わらない好意の現われだった。

「要点は、ある官庁にかかわる汚職なんだ。今の段階では、ただ、それしか言えない」

石井検事は、ぼそりと話した。

「実は、検事正あての手紙の密告があったんだ。で、検事正が次席検事と相談し、これを取りあげるかどうかを、この間から検討していた。ようやく、内偵の線に持っていきかけているんだが、事件がものになるかどうかは、もう少したたないと分からない」

石井検事はおとなしい声でつづけた。

「ただ、これが、単純な汚職だけでなく、別な事件もからんでいそうなので、ちょっと複雑なんだ。まあ、なんとなく奥歯に物のはさまったような言い方だが、何度も言うとおり、これ以上のことは言えないんだがね」

事件の捜査がはじまると、多忙になるのは分かりきったことで、石井検事の、その予告めいた言い方は、小野木に、その時の心構えを準備させるつもりだったのだろう。

「分かりました」

小野木は石井検事の視線に答えた。

「命令があれば、一生懸命やります。よろしく、ご指導願います」

小野木が礼を言うと、石井検事は、

「まあ、どうなるか分からないが、なにぶん頼むよ」

先輩は、その顔に柔和な微笑を見せた。

小野木は部屋に帰って、一仕事をすました。木本事務官があとからはいってきた。

「小野木検事。いよいよ、あなたが担当なさるんですか？」

木本の質問は、小野木にも分かった。彼は小野木が石井検事に呼ばれたのを知って、早くも判断をしたのであろう。

「いや、まだ分かりませんよ」

小野木は正直に言った。

「石井検事に呼ばれたのは、もし担当になれば、一生懸命やってくれということだけだった。事件の内容については、まだ、なんにも教えてくれない」

「そうですか」

事務官は、小野木の横顔を見ていたが、

「石井検事ならやるでしょう。黒田副部長が石井さんを見こんでいますからね。それは、小野木検事、きっと、あなたに担当が回ってきますよ」

「そうかな」

小野木もそういう予感があって、胸がかすかに鳴らないでもなかった。しかし、この事務官の前では懐疑《かいぎ》的な目をした。

窓の黄ばんだ銀杏の木の背景には、蒼い空が屋根の上にひろがっていた。

「なんだか、大物のような気がしますな」

事務官は声をはずませていた。

「ぼくの予想は、だいたい当たります。ほら、例の××事件ね、それから、戦後空前と言われた××事件も、みんな、事前の空気がこれに似たものでした。ここんところ、事件らしい事件はないので、ぼくもいささか退屈していました。もし、小野木さんが担当となれば、ぼくもしっかりやりますよ。ぜひ、やりたいなあ」

木本事務官は、最後の言葉を太い息のように吐いて、腕を組んだ。

「R省なら、相手にとって不足はない」

小野木が聞き咎《とが》めたのは、木本事務官のこの言葉だった。

「R省だって?」

「そうなんです。これは、R省の汚職ですよ」

事務官は自信に満ちた声で言った。

「それは、どうして分かった?」

「勘ですよ」

と、事務官は低く笑った。

「だって、現在、見回したところ、そういう事件の起こりそうなのはR省しかないんです。こういう仕事を長年していると、ふしぎに勘が当たるものです」

小野木は、土曜の晩、上野からおそい汽車に乗った。

日曜、月曜と連休なので、車内は若い人で混んでいた。重い荷を持った登山姿の若者が多い。どれも厚ぼったい支度をしていた。なるほど、もう冬山なのである。

荷物棚には登山の用具が並び、通路にはリュックが両側からはみだしていた。小野木のすわっている座席の近くでも、山の話をする声がつづいていた。

発車後、しばらく小野木が眠っていると、騒ぎの声で目を覚まされた。リュックを背負いあげたり、登山用具を抱えおろしたりして、若人たちが汽車を忙しそうに降りていく。汽車が山の地帯を過ぎるまで、それが何度となく繰りかえされた。沼田《ぬまた》でも、水上《みなかみ》でも、湯檜曾《ゆびそ》でも、湯沢《ゆざわ》でも、小野木が目をあけるたびに、灯の寂しいホームを、若い群れが、リュックを背負って歩いていた。

小野木は、湯沢を過ぎたあたりから目が冴えてきた。駅の後ろは山がすぐせまっていた。窓の外は、暗い山峡が走っている。

小野木はポケットから手紙を出した。

それは今朝、速達で、頼子から届いたものだった。小野木がこれを読むのは何度目であろうか。

「あなたにおともしていきたかったのですが、今度は我慢します。何もかも破壊して突き進みたい心と、それを押える心とが、わたしの体の中で、戦いをしています。このまえお会いしたとき、あなたは、わたしのおともをしたいという申し出に、怯《おび》えたような目つきをなさいましたね。台風の夜のことを思いだします。あなたが、わたしを夫のところに突きもどそうとなさったとき、やはり、同じ目をなさいましたわ。佐渡の予定のお宿をうかがいましたので、ぼんやりと待ちきれなくなったら、電報をさしあげるかも分かりません。　　頼子」

小野木は、目をあげて窓を見た。暗い中に山の黒い影が走っている。窓は、縁が凍《こお》りついたように白くなっていた。

小野木は、眠れなくなるのを承知で煙草をすった。

　さまざまな考えが、小野木の胸の中で起こった。小野木は、それから二本ぐらいは煙草をすったであろうか。窓は、山岳地帯を抜けて、広い野を、暗い中に見せはじめた。遠いところに、農家のわびしい灯が見えるので、そのことが分かるのである。

少し夜明けが近くなったのか、空の方に雲の黒い形が見えていた。小野木は、それからまた眠りはじめた。

新潟《にいがた》に着いたのは七時過ぎだった。ジャンパーの上にレインコートという軽い服装だったので、駅前の宿の客引きも声をかけなかった。小野木は飲食店のような家にはいって、蕎麦《そば》をとった。

佐渡行の連絡船が出るまでには、二時間ばかり間があった。彼はタクシーに乗って信《し》濃川《なのがわ》を見にいった。市中のまん中に長い橋がある。小野木はそこで降りて、しばらく歩きまわった。河口の方に海の部分が見えた。鉛色のうす黒い空と海であった。

佐渡行の連絡船の波止場に行ったのは十時だった。そこでは、乗船者名簿を係員が配っていた。小野木はそれに、自分の名前を鉛筆で書き入れたが、事故の場合を予想するこの名簿に、自分の名前を書くことが、何か、人生の将来の暗示のようにも思われた。

汽船に乗って、船の出るまで下を見ていると、果物を詰めた荷が船腹に担《かつ》ぎこまれてきた。遠洋航海のように、ここでも遊覧客のために、テープが張られていた。佐渡おけさの音楽が鳴って、船は動きだした。

空は曇っていた。どんよりと重い雲が海の上に立ちこめて、寒そうな色をしていた。小野木は、船室にこもって、窓から海と空ばかり見ていた。スーツケースの中には考古学関係の本を二三冊持ってきたのだが、それを出して見る気持も起こらなかった。かけている斜向《はすむ》かいには、新婚の夫婦らしい男女が、旅行案内などをひろげて話しあっている。その横には、島の者らしい娘がよその土地に働きに出ての帰りらしく、不似合いなくらいに着飾って、雑誌を読んでいた。寒い風が窓の隙間からもれている。エンジンの音が床をふるわしていた。

小野木は小さな旅に出るたびに、東京の仕事との距離を感じる。同僚の中には、旅先であることが、よけいに東京の仕事に密着感を起こさせるというが小野木にはそれがなかった。空間の距離が彼の心を離しているみたいだった。

小野木は低い雲の下に動いている海を見ながら、この小さな旅に出る前に起こりかけた事件のことを、ふと思った。石井検事は何も説明しないが、木本事務官は、それはR

省の汚職事件だと想像を言った。R省と聞いて耳が咎めたものである。この間、結婚したばかりの友だちが、その官庁の者だったし、その結婚披露宴で会った媒酌人が、その上役の局長であった。それも、それだけの関係の人ではなく、諏訪の竪穴遺跡で出会った少女の父親であった。——

が、いまの小野木には、その人間関係は空に見える雲の模様の一つのように茫漠《ぼうばく》としたものでしかなかった。たとえば、船窓を一瞬の速さで過ぎる海鳥の翼のかげのように、脳裏をかすめたにすぎぬ。のみならず、頼子のことさえも、こうしていると現実感が遠のいてくるのである。

海に退屈して、小野木はポケットから頼子の手紙を出して見た。何度も出しているので、古い手紙のように封筒がよれていた。

——このまえお会いしたとき、あなたは、わたしのおともをしたいという申し出に、怯えたような目つきをなさいましたね。

そのような目つきになったかもしれぬ、と小野木は思った。小野木も、その頼子の目を思いだしている。それこそ、「何もかも破壊して突き進みたい心と、それを押える心とが戦っている」目であった。小野木が怯えたのは、頼子のその瞳を見たためかも分からなかった。

台風の旅から帰って、最初に会ったとき、頼子は、いつまでも小野木のきくことに黙っていた。

「夫は」

頼子は、そのとき、やっと言った。

「わたしが帰ってから三日して、家に戻ってきましたわ」

その言葉が小野木の胸を刺した。彼女が破局から救われたという利己的な安堵感はたしかに小野木にきたが、そのあとで頼子の不幸への共感が海のように起こり、それを浸して消した。

小野木は、それから頼子に三度会ったが、そのたびに、彼女の破壊して突き進む動作に敗北しそうになった。が、一方では、すぐ頼子は、小野木に理性を与えていた。それが、彼女の瞳の火の中に闘争している別な青い色であった。——

小野木が手紙をポケットにしまったときに、佐渡のゆるやかな山のかたちが、濃く大きくなっていた。

船を降りてバスに乗った。左に湖水が見えた。小さな町が、山道の間にいくつかある。坂がなくなると、平野が開けた。地図では想像できないような、意外に広い平野であった。山が遠くにあった。

相川《あいかわ》の町が小野木の行先であったが、そこに行くまで、バスは何度も小さな町にとまって客を降ろし、客を拾った。郵便局の前ではバスガールが行嚢《こうのう》をおろした。

山がまたせまって、道は海沿いに近くなった。屋根に石を置いた古い町並の中でバスはとまった。それが相川の町であった。

町は山に半分せりあがっていた。古いことは、小野木が通りを歩いて、大きな家の多いことでも分かった。通りの家は、例外なく、軒の庇《ひさし》が深く、雪除けの工夫がしてあった。

なまこ壁の家もあるし、格子戸《こうしど》ばかりの家が多い。が、のぞいてみても家の中は暗く、町は昼でも眠ったように寂しかった。

すぐ後ろが、荒い海だった。

2

宿は古かった。

小野木が通された部屋は、八畳と四畳半の二間続きだった。古いだけに、うらぶれた感じで、この町の印象と同じように、そこはかとない頽廃《たいはい》が漂っていた。

係りの女中は、頰の赤い、丸い顔の若い女だった。今夜の客は、小野木一人だと言っていた。夏の観光シーズンが過ぎると、この佐渡の町も、バッタリと旅客がなくなるというのである。

外を見ると、まだ陽が残っていた。小野木は、海を見にいきたくなった。女中から道を聞いて、表へ出た。

すぐ前がバスの停留所で、最終の客を乗せて出発を待っている。知らない土地でバスを見るというのは、いつものことだが、小野木に、なんとなしに旅愁を感じさせるのである。乗客もほとんど土地の人ばかりらしく、五六人ぐらいが寂しく乗っていた。

小野木は、聞いたとおりの道順を歩いた。土産物屋《みやげ》が二三軒あったが、申しあわせたように、赤い陶器の茶碗を店先に並べていた。

まもなく、川に出た。川は真赤な色をしている。これは、鉱山の土が水に押し流されているのである。小野木が見かけた店先の赤い茶碗も、同じ土質なのである。

川の縁に沿って、小野木は海辺の方角へ歩いた。しかし、海まではかなりな距離がある。古い小さな家が、狭い路地の奥に入り組んでいた。ひっそりと静まりかえって、人もあまり出ていない。

ふと、一軒の軒先を見ると、暗い奥でろくろを回す音がしていた。小野木がのぞくと、老人が一人、赤い土をこねながら、茶碗をつくっていた。その娘らしい若い女が、できあがった茶碗を、長い板に並べている。茶碗の色は、むろん、赤い。

小野木が立っているのを、茶碗づくりのおやじもチラリと見たが、別に声をかけるでもなく、黙ったままろくろを回していた。

この町が相川金山の名で賑わったのは、明治のころまでである。近年は、金《きん》が採《と》れなくなり、次第にすたれていく話を、小野木はかねてから聞いていた。

そういう目で見ると、この町全体が、いかにも、うらぶれた感じなのである。白い土蔵も、なまこ壁もあったが、旧家の古い道具を見るように、くろずんで、もの悲しく見えるのである。

家はまもなく途切れた。普通の民家のかわりに、漁師の家がそれにかわった。そこからふりかえると、家の並んだ丘が見え、その背後に尖《とが》った山がそびえていた。相川の町は、古いだけに、丘にせりあがった民家をここから眺めても、建物はしっかりしたものである。陽が沈み、雲がおおっているので、壁の白さが、沈んだ色で眺められた。山の色も、黄昏《たそがれ》に蒼ざめている。

山も人家も、すべてが、古めかしい頽廃の中に塗りこめられているのである。

まもなく、小野木は、海の傍まで来た。海は、左の方に岬を抱いている。右手には船着場が見えた。船着場には、船の影もない。昔、金の採掘が盛んなころは、この船着場から鉱石が積みだされたものであろうが、今は、まったく、そのことがないのである。

海は荒れていた。強い風もないのだが、沖には白波が立っていた。海の上には黒い雲が広がり、層々と重なりあって垂れこめている。厚い雲の上の陽は沈みかけているので、よけいに海の色は暗かった。沖を見ても、一艘《そう》の船の影もないのである。

小野木の立っている場所にも、人の姿はなかった。この海を眺めて浜辺に立っていると、北の島の涯に来たという感じが、胸に迫った。

小野木は、小さな蟹《かに》のはっている石の上にたたずんで、頼子のことを考えた。船の影も、島の影もない、荒涼とした波の色を見ていると、何か、自分の人生をのぞいたような気がするのである。

ポケットには頼子の手紙があった。小野木は、また読んだ。手紙の端が風にめくれた。

——佐渡の予定のお宿をうかがいましたので、ぼんやりと待ちきれなくなったら、電報をさしあげるかも分かりません。

小野木は、頼子に、泊まっている宿の名前を告げている。それは、旅行案内から勝手に選んで、頼子に知らせた名だったが、そのことは、ここにいま立っていても、彼女との間に、見えない線が一直線に引かれているような気がする。が、その線は、目の前の風景の色合いのように、蒼ざめたものであった。

小野木が宿に帰ると、女中が食事を運んできた。やはり、土地だけに魚が多く、それに新鮮だった。給仕は、頬の赤い丸顔の、係りの女中がしてくれた。

「お客さまは、東京のかたですか？」

女中はきいた。

そうだ、と言うと、夏には東京からの観光客が多いと、彼女は話した。

「その観光客は、どこを見物するのかね？」

小野木はきいた。

「たいてい、鉱山のほうにいらっしゃいます。佐渡の金山だというので、皆さん、一応の話の種になさるんでしょうが、どなたも失望してお帰りになります。だって、今は、全然金が出ないので、機械も動いていないくらいです」

「どれだけの人が、働いているの？」

「せいぜい、五十人か百人でしょう。ひところは相川の町も、鉱山の山師で埋まったといわれたくらいですが、今はそんな景気ですから、この町もさっぱりです」

女中は、そんなことから、いろいろ土地の話をしてくれた。鉱山には、まだ、古い時代の手掘りの坑道が残っていること、佐渡金山奉行所の跡があること、郷土博物館が建っていることなどを話した。

小野木は、明日あたり、その郷土博物館に行ってみようと思った。そこには、この付近の遺跡から発掘された土器などが陳列されてあるはずである。

佐渡には、古代の遺跡がかなり多い。この相川の近くと、小木《おぎ》の付近に、発掘報告がなされている。相川の博物館に陳列してあるのは、付近の、低地遺跡の発掘品のはずであった。

もう外は、夜になっていた。

「夏場ですと」

と、女中は言った。

「観光客のために、いろいろと催しがあるのですが、もう時季はずれなので、何にもありません。ご見物なさるところがないので、お気の毒ですわ」

小野木は、しかし、そのような催しものを見る気はなかった。夜にはいってから、この古い夜の町を歩いてみたいくらいが、せいぜいだった。

風呂から上がって、小野木は、スーツケースの中から持ってきた考古学関係の本を出して、拾い読みをした。

その一冊は、『新潟県文化財報告書』の「千種《ちぐさ》低地遺跡」であった。報告書を読んでいると、その遺跡からはイネ、マクワウリ、ヒョウタン、モモ、シイなどの種が発掘されている。それから、タイ、イカなどの魚の骨、現在は生息していないアシカの骨、貝類などの出土品が報告されている。これらは、登呂《とろ》遺跡の発掘品と似ているのだ。

小野木が、二三ページ読みかけたころ、例の女中が上がってきた。

「お客さん、今から、この土地の有志で、おけさ踊りが始まります。お退屈でしたら、見にいらっしゃいませんか？」

女中はすすめた。聞いてみると、それは「おけさ節」を伝統的に保存する土地の会があって、観光客の求めに応じて踊るということであった。シーズン・オフになりかけた秋の今は、開かないはずだが、たまたま、よその旅館の団体客の望みがあって、久しぶりにすることになったから、ついでに見にいかないかというのである。

女中は、ひどく熱心にそれをすすめた。小野木は、女中の言葉に動かされて、行く気になった。

宿を出て、その会場までは二町ばかりあった。坂道を少し上《のぼ》ったところに、道場のような建物がある。中にはいると、下足番までいた。

桟敷《さじき》のような見物席にすわると、宿のどてらを着た客が、二十人ぐらい暗い影になって詰めていた。土地の者も、後ろにすわっている。何か、田舎の小さな芝居小屋のような感じだった。

正面の小さな舞台には、浜辺の景色を描いた書割りがある。唄い手は四人で、かわるがわる「おけさ」を唄っていた。踊りは、これも男ばかりで、編笠をかぶって、白い揃いの浴衣である。

本場の土地で、その民謡を聞くのは、やはり、別な趣があった。薄暗い桟敷でそれを聞いていると、旅のもの悲しさが迫ってくるようだった。ふだん聞きなれている「おけさ」節と違って、ここで聞くそれはもっと哀調があった。節まわしに妙な艶《つや》がないだけに、素朴な哀れさというものがある。それは、現在の相川の町の頽廃にどこか似合っていた。

小野木は、そこを途中で出た。帰りは、もっと暗い道になっていた。歩いていて、肩に寒さを覚えた。秋の初めだが、もう、このあたりの夜の空気は冷えていた。

宿に帰る道の両側の家は、ほとんど、戸を閉めている。たまに入口をあけている家は、奥にとぼしい明りをつけていた。その道の途中でも、二軒の茶碗屋があった。うす暗い灯の下で、人影が動いている。陳列の茶碗が目にわびしかった。

小野木の横を、宿の着物をきた一組の男女がすれ違った。やはり、この土地にはちぐはぐな姿だった。ここは観光地といっても、土地のものだけで固まっているといった感じの町なのである。

小野木は、まっすぐに宿に帰る気がしないで、浜辺への道をまた歩いた。

川の音と、遠くで鳴る潮騒《しおさい》が聞こえるだけだった。家のある所からは、話し声もないのである。暗い道を歩いていると、空が奇妙にはっきりと見えた。星一つない空だが、眺めていて、黒い雲の模様が分かりそうなくらいである。

小野木の目に、頼子の顔が浮かんだ。

あくる日の昼前、小野木は、相川の町から千種の遺跡に行った。バスで二十分ぐらいの所だが、そこは、広い平野の中にあった。

佐渡は、南と北に山岳地帯がある。その間が低地になっていた。地図の上では狭い島だが、こうして来てみると、かなり広い平野である。

バスを降りた所に「河原田《かわらだ》村役場」の看板があった。そこできくと、遺跡は、南に向かって二キロばかり歩かなければならないということであった。ほとんど、この辺には町らしい町はない。見渡すかぎり、波打った初秋の稲田であった。

その日も、空は曇っていて、薄ら陽が射していた。小野木は、川に沿って歩いた。国《こく》府川《ふがわ》といって川幅はかなり広い。三十分ほど田舎道を歩いていくと、「千種遺跡」の標柱が立っていた。

そこは、遺跡とは、もちろん、分からないくらい、一面の田圃《たんぼ》であった。小野木は、片手に、『新潟県文化財報告書』を開いて、図面と見くらべ、あたりを眺めていた。

すると、田圃の畦道《あぜみち》の間に、二つの人影が動いている。はじめ、農夫かと思ったのだが、そうではなく、一人は、ワイシャツと裾《すそ》をまくったズボン姿の、都会的な青年であった。一人は、スラックスをはいた若い女だった。

青年のほうは、短い鍬《くわ》を持ち、女性のほうは、布の袋を持っていた。小野木が見て、その男女が、この辺の発掘をしていると知った。

小野木は、溝《みぞ》をまたいで畦道に渡った。その稲の陰に、かがんだ青年の姿は隠れていた。小野木が近づいた気配で、青年のほうで顔を上げた。

「やあ」

先方から声をかけた。小野木が土地の者でなく、やはり、同じ趣味の人間だと向こうで思ったらしい。若い、明るい顔つきで笑った。小野木は会釈《えしゃく》した。すると、青年の後ろにいる若い女性も、微笑して小野木に頭をさげた。

「何か、収穫はありましたか？」

小野木も声をかけた。

「いや」

青年は笑って、

「土器のかけらばかりですよ」

小野木は、青年に促《うなが》されて、若い女性のさしだす袋の中をのぞいた。わざわざ、拾いあげてくれた女性の掌《て》には、弥生《やよい》式の土器の破片が、土のついたままのっていた。

それは、壺のかけらのように思われた。

「まだ完全なものが掘りだせないんです」

青年は言った。

「こういうかけらは、ずいぶん、出てくるんですがね、何しろ、このとおり稲があるので、思うように掘れません。これでも、お百姓に叱られはしないかと思って、おっかなびっくりで掘っているんですよ」

報告書によると、低地遺跡の広さは、横三百メートル、縦六十メートルぐらいで、こうして掘っていても、すぐ土器や木製品の破片が出てくるのである。

「失礼ですが」

と、青年は小野木に言った。

「土地のかたではないようですね」

「東京からです」

小野木は答えた。

「やはり、こういう方面に関係のあるかたですか？」

「いや、そうではありません」

小野木は否定して、青年に反問した。

「あなたも、そういうご趣味のほうですか？」

「いや、ぼくは、いわば、これが商売です」

青年は自分で、ある大学の助手をしている、と言った。なるほど、その顔は、まだ学生から脱けきれないような稚《わか》さが残っていた。そう思うと、傍についている若い女性も、少女らしい面影があった。

「ぼくたち、小木の方から、こちらに回ってきたのですがね」

と、青年は言った。

「向こうでは、長者ヶ原《ちょうじゃがはら》という所から、縄文《じょうもん》式土器がおもに出ています。北海道地方特有の諸磯《もろいそ》式が多いです。宿に置いてあるので残念ですが、お見せしたかったですな」

青年は、実際に、学問に情熱的な表情を見せて言った。

小野木には、この二人が、夫婦か、恋人か、判断がしかねた。

この問答の間、若い女性は、静かに話を聞いていた。明るい微笑が、たえず、彼女の顔から消えなかった。傍《はた》から見ていて実に幸福そうなのである。

小野木が帰りかけると、その二人は、畦に立って手を振った。知らない土地で会った小野木に、彼らも特別な好意を持ったらしいのである。

小野木が広い道に出ても、彼らは、まだ見送っていた。

小野木が宿に帰ったのは、午後二時ごろだった。

「お客さん、電報が来てます」

女中が、彼の顔を見ると、すぐ言った。電報と聞いて小野木は、頼子からだと直感した。開いてみると、やはり、そのとおりだった。

「オカエリヲウエノエキニテマツ　ヨリコ」

小野木は驚いた。

小野木の予定では、新潟を夜行で発《た》つと、上野には朝五時三十分に着くはずであった。

頼子が上野駅に到着列車を迎えにくるには、彼女は、早朝に起きて、駅に駆けつけなければならないのである。そんな早い時間に、彼女は、どのような理由を夫に告げて家を出るのであろう？　小野木は、少し胸がふるえた。

このごろ、だんだん頼子に押されていく自分を、小野木は意識している。台風の夜から、頼子のほうで気持が積極的になってきている。

小野木が、電報を見たまま、考えていたので、

「何か、悪い電報ですか？」

と、女中が心配そうに、彼の顔を見た。

小野木は次のバスに乗り、両津《りょうつ》に出た。途中で、頼子のことばかり考えていた。電報をうけとって、急に、頼子がそこに来ている感じであった。

好きな古代の遺跡歩きも、今度は、心に密着しなかった。今までになかったことである。次第に、頼子が占める心の部分がひろがり、重たくなってきていた。

小野木は新潟行の連絡船に乗った。

船に移って、まだ出航しない前だったが、甲板に立って、彼は妙なものを見た。

桟橋には見送り人が、船を見上げて笑って立っている。ここにも、色テープが張られていたが、小野木の目は、その見送りの人の後ろに、ふと止まった。

桟橋に出る前に、改札の事務所があるが、ひとりの若い女が、改札口を出たばかりの隅に佇んでいた。気づいたのは、その女が、けっして船の方を見ないことだった。顔を横に向けて、別な海の方を眺めている。

そこに立っているのだから、船客の見送り人に違いないのだが、一度も船の方を見ないのは妙だった。

やがて、船が出る合図の汽笛が鳴った。下の見送り人たちは、あらためてテープを振りなおして挨拶した。

女は、そのとき、初めてちらりと目を船に向けた。遠くから見ている小野木にも分かるくらい鋭い顔であった。彼女は船に乗っている誰かを見つめているのである。

が、それも五六秒ぐらいの時間だった。女は、くるりと背中をかえすと、改札口を通りぬけ、駆けだしていった。

その姿は、やがて海岸通りの道の上に見えた。彼女は袖を顔に当てて、駆けているのだった。船はゆるやかに動きだしている。しかし、女は一度も船を見ないで、泣きながら一散に走っていた。

小野木は、息をのんだ。女の、実際の別離の悲しみをそこで見た思いだった。

その女は苦痛のあまり、別れる相手が乗った船の出港を、凝視《ぎょうし》して待つことができなかったのである。

小野木は、今日のひる、低地遺跡で土器を拾う青年の後ろに微笑していた若い女性の、幸福そうな顔を思いださずにはいられなかった。泣きながら走っている見送りの女の姿は、小野木の視界から消えていた。

甲板に立って、海の風に吹かれながら、小野木は、頼子のことを、また考えた。

3

小野木喬夫は、支度をして窓の方を眺めていた。

鉛色の中に、広い平野が動いていた。民家にはまだ橙色《だいだい》の灯が洩れているのである。五時半というのだから、ふつうの人間にはまだ早い時刻に決まっていた。靄《もや》の中を、早く起きて仕事に出かける人が、わずかに見えるだけだった。

次第に上野に近づいてきたが、線路の横のたいていの家はまだ眠っていた。台所で火を起こしている家もある。

ホームに汽車が滑りこんでから、小野木は窓に目を凝《こ》らした。このような早い時間でも、出迎え人はかなりあった。その人間の列が後ろに流れてゆく。

小野木の目は、一瞬に、その中にいる和服姿の頼子をとらえたが、それもたちまち流れ去った。小野木は安心した。

汽車がとまってから、小野木はホームに降りた。頼子の姿を窓から確かめた位置に彼のほうから歩いた。頼子はそのままの場所に、控え目に立っていた。

小野木の胸はやはり鳴った。

「おはよう」

横から小野木が言った。別な方を向いて彼を探していた頼子は、目をあげて驚いたように小野木を見た。

「あら」

小さい声をあげて、

「お帰んなさい」

と笑った。

電報をうけとった時から、小野木は頼子の姿を期待していたが、朝の五時半という時間に不安があった。頼子が来てくれたほうがいいと思う一方、彼女が来ないほうが無事なような気がしていた。しかし、頼子の姿を見ると、さすがに胸がいっぱいになった。

「早いのに、よく出られましたね？」

小野木は言った。

「だって、ちゃんと電報、さしあげておいたでしょう」

頼子は、目を微笑《わら》わせて答えた。

あたりは、汽車から降りた客が、出口の方に歩いているので、二人もそのまま流れにはいった。頼子は、今朝は、小野木の腕に触れるように寄りそっていた。

「たいへんだったでしょう？」

頼子は小野木の疲れた横顔を見上げた。

「いや、わりにたのしかったですよ」

彼は快活に答えた。

「相川の宿であなたからの電報をもらった前の晩は、土地の、佐渡おけさの踊りを見にゆきました」

「そうお？」

頼子は低く笑って、

「本場はやっぱり情緒があるでしょうね。見たかったわ」

彼女の声には、そこまでいっしょに行きたい気持が溢れていた。

二人は改札口を出た。さすがに上野駅で、このような早朝でも昼間みたいな人混みであった。別の線の汽車が同時に着いたらしく、そのほかの客も改札口に流れていた。

「どこに行きます？」

改札口を出て、頼子が歩きながら小野木にきいた。

「さあ」

小野木は、スーツケースを持ちなおして考えた。

「温かいものでもいただきません？」

「そうですね」

小野木は今朝、早くから目を覚ましていた。なぜか気持がたかぶって、目が開いた感じである。山岳地帯を抜けて、汽車が広い平野を走っている時、小野木はほの暗い靄の流れている野面《のづら》を見つめながら、もうあと何十分かしたら、頼子に会えるのだと考えつづけていたのだった。

上野駅付近は、旅客を相手に早朝から店をあけている。駅前の商店街に、いくつも喫茶店があった。二人はならんで電車道を横ぎった。朝はさすがに季節の寒さを覚えるのである。

——この時、駅の正面から出てゆく頼子の横顔に目を走らせた中年の男がいた。

彼は驚いたように口の中で何か呟いていたが、それから人々の肩の間から覗《のぞ》くようにして、二人の後ろ姿を見つめていた。

電車通りからはいったせまい路に、小料理屋や喫茶店の並んでいる一角がある。

「この辺にでも寄りますか？」

小野木は、その方を眺めて言った。

「ええ」

小野木は先に立った。頼子は後ろからついていく。小野木が見て、あまりきれいな家はなさそうだった。彼は頼子の贅沢な暮らしを考えて、ちょっと迷った。が、小野木の気持を察したように、頼子のほうから、

「その店はどうかしら？」

と、レストランまがいの店をさした。

小野木は入口のドアを押した。

店内は、やはり、汽車の客で、ほとんどいっぱいであった。

「こちらへどうぞ」

店の女の子が片隅に案内した。卓を前にむかいあってすわると、小野木はさすがに疲れたが、頼子を見て、

「あなたも食事はまだでしょう」

ときいた。

「ええ、まだよ。ごいっしょにいただくわ」

頼子は答えて、自分で卓の上のメニューを取った。

「あなたの口にあうかな」

小野木はメニューの上に目を落としている頼子に言った。実際、頼子の環境としては、このような店にはめったにこないのである。

「あら」

目を大きくあけて、

「そんなこと、ないわ。これを見ただけでもおいしそうなお料理が並んでいるじゃありませんの」

それから、小野木にメニューを回して、

「わたしコーヒーをいただくわ」

と言った。小野木も同じものをとることにした。やはり、頼子は料理を頼まなかっ

た。

この時、入口のドアがあいた。小野木の位置から見て、店のドアは正面にあった。はいって来た客は、中年の男で、やはりスーツケースを持っている。彼は小野木の組には一瞥もくれないで、ちょうど、空いたばかりの卓に着いた。むろん、小野木の知らない男である。

その男は、買ったばかりらしい朝刊を出して、目の前にひろげて読みはじめた。が、彼は、熱心に新聞を読んでいるようで、実はそうではなかった。彼の目は、新聞の端から頼子の後ろ姿と、小野木の顔とを観察しているのだった。その位置から、頼子の顔が少し斜めに見られた。

注文のコーヒーが運ばれた。少し疲れている小野木には、そのコーヒーがおいしい。彼が地方を歩いていつも感じるのは、おいしいコーヒーが飲めないことである。この店のコーヒーもけっしておいしくはないのだが、それでも地方へ出て砂糖湯みたいなものを飲ませられるよりはずっとましだった。朝早く汽車から降りたばかりだし、温かいコーヒーを一口飲んだだけで、何か元気づくような気がした。

「佐渡のお話をしてちょうだい」

頼子が小野木に言った。

「どんなコースでお回りになったの？」

「相川に泊まって、国仲《くになか》というところにいったのです」

と、小野木は言った。

「佐渡といっても、地図の上で小さな島かと思うと、なかなかどうして雄大なものですよ。北と南に山岳地帯があり、その間が平野になっているので、ここを国仲と昔の人は名づけたのでしょうね」

「詩的な名前ね」

頼子は、今朝は、いつになく気持をはずませているようだった。

「そう。古代の人はだいたい、詩人ですよ。出土する遺物を見ても、稚拙《ちせつ》ななかに詩のある作品が多いんです」

と、小野木は話してから笑いだした。

「ぼくはその国仲の千種という低地遺跡へ行ったのですが、やはり考古学をやっているという若い学者夫婦が来ていましたよ」

「そう」

「あんな若い夫婦がいっしょに何か発掘しているのを見てると、やはり、いいなあと、思ったな。実に二人とも明るいんです」

頼子が不意に黙ったのは、それを聞いてからだった。今まで明るかった顔色も、急に沈んで見えた。小野木の目は、敏感に頼子のその変化を見た。

「頼子さん」

小野木は、ちょっと息をのんだかたちだった。

「何か考えていますね？」

小野木は頼子の顔をみつめた。が、頼子の伏せた長い睫《まつげ》は、重たくそろって、すぐにあがらなかった。

「何も考えないという約束ではありませんか？」

頼子は、そのままの目つきでいたが、

「そうだったわ」

と、急に低く言ったものである。目まで、わざと元気に開いた感じであった。

「ねえ、これからどこへ行きます？」

言葉も表情と同じように、何かふりきって思いなおしたという感じだった。

小野木も、これから、どこへ行くのか、すぐには見当がつかなかった。時計を見ると、まだ六時ちょっと前なのである。どこへも行きようがなかった。

「お宅に帰らないと、まずいんじゃないですか？」

小野木が頼子にきいた。

「ううん、いいの」

頼子は、首をふってから、

「わたし、どこへも行くところがなかったら、小野木さんのアパートに行きたいわ」

と言った。小野木は、はじめて頼子から、その言葉を聞いたのだった。今まで一度も、小野木のアパートへ行こうなどと、彼女は言いだしたことはなかった。

「困るな」

小野木は呟いた。

「あら、どうして？」

「きたないんです、とても。あなたのような人の来るところじゃありません」

「平気よ」

頼子は言った。

「わたしがお願いしているんですもの。連れてってくださいな」

頼子が急にそんなことを言いだしたのは、小野木には分かる気がした。自分が話した佐渡の若夫婦の話と無関係ではなく思われた。彼は頼子の表情を眺めた。

卓を離れて頼子が姿勢を変えたので、新聞の端から眺めていた中年の男は、あわてて、その新聞を自分の顔の前にひろげた。

タクシーを拾って、小野木は自分のアパートに向かった。中央線の繁華な街に近いところで、そのあたりは賑やかな場所からはずれた住宅街だった。

アパートは住宅街の中にあった。すぐ裏に岸の深い小さな川が流れている。小野木がアパートの前でおりると、出勤の早い会社員がおりから出かけるところだった。

「おはよう」

と言って、小野木の横に頼子が立っているので、びっくりしたような目をした。

その同じ目つきは、小野木が自分の部屋にはいるまで、玄関でも廊下でも会わねばならなかった。頼子は彼の後ろで小さくなった。廊下では主婦たちが、これも驚いたように頼子を見た。なかにはすれ違って無遠慮に眺める者もあった。

「恥ずかしいわ」

頼子が顔に掌を当てたのは、部屋にはいってからである。小野木も頬をあからめていた。

「なに、平気ですよ」

と言ったが、彼自身、胸に動悸《どうき》がうっていた。

が、頼子は部屋のなかを見回すと、

「まあ、きれいなお部屋だわ」

と声をあげた。

小野木の部屋は、六畳に四畳半の二間つづきだった。男としてはわりに整理してあるほうだった。彼の工夫で、寝台も、本箱も簞笥《たんす》も、椅子も、机も、新しい感覚でならべたつもりである。頼子は珍しそうにそれを眺めていた。

「かけませんか」

と、小野木は言った。頼子はそこに突っ立ったままなのである。

「ええ、ありがとう」

頼子はアパートの人にじろじろ見られた恥ずかしさを忘れたように、まだ部屋の中を見回していた。その目の表情からは、もう物珍しさが消えて、親しそうなものに変わっていた。

「お疲れになったでしょう?」

頼子は小野木に視線を戻して言った。

「今日も、お役所へはお出かけになるの?」

「行きます」

小野木がジャンパーを着替えようとすると、頼子が後ろに回って、それをとってくれた。

「ありがとう」

と、小野木が礼を言った。

「ワイシャツは?」

頼子がきいた。

「あ。その洋服簞笥の、下の引出しにあります」

頼子が簞笥の前にしゃがんで、引出しを開けた。クリーニング屋から届いたワイシャツが重ねてあった。

小野木が、台所で何かしていた。

頼子が立って行き、小野木の後ろに立った。

「何をしていらっしゃるの?」

「ホットケーキをご馳走しようと思うんです」

小野木は、紙袋から粉を、鉢に移していた。

「あら、わたしがするわ」

頼子が微笑んで小野木にかわろうとした。

「いや、いいんです。ぼくの腕もまんざらではない」

「いけないわ」

頼子が言った。

「あなたは疲れてらっしゃるから、あっちの椅子にすわって、お休みなさい」

「しかし……」

「わたしが、ここのお台所をやってみたいのよ。ちゃんと、してごらんに入れるわ。三十分もしたら、コーヒーもいっしょにお運びするわ」

頼子は、電熱器《ヒーター》やコーヒー沸かしの置き場などを見ながら言った。

「さあさあ、早くあっちへ行ってらして」

頼子が小野木の体を押した。

小野木は椅子によった。陽が上がって、ガラス戸から射しこんだ。彼がすわっているところから、頼子が働いている姿の一部分が見えた。皿や器具の触れあう音がしている。その音が、朝の空気の中に澄んでいた。

小野木は、この朝の幸福を感じた。

頼子の体が、ちらちらと動いていた。白い煙があたたかそうに上がった。頼子の動作が、いつも見なれている彼の目にはずんでいた。

小野木は急に椅子から立った。

「あら」

頼子が、不意に後ろにきた小野木を見上げたが、微笑んでいる幸《しあわ》せそうな目だった。

「何か、御用ですの？」

急に、小野木は、手を伸ばして、その頼子の肩を力いっぱいに抱きよせた。

頼子が軽い吐息をつき、自然に小野木の顔の下に、自分の顔を反《そ》らせた。


九時になっていた。結城庸雄は、朝の陽の当たっている自分の家の石段を上がった。乗ってきた自動車《くるま》は、運転手に言いつけて、そのまま待たせておいた。

玄関をあけた。女中二人が出てきて、主人を見て驚いた顔をしている。

「お帰りなさいまし」

結城庸雄は黙って靴の紐を解いている。背の高い男だった。すこし薄いが、手入れの届いた髪が匂っている。女中は、まだ驚いた目をして主人を見ていた。こんなに朝早く帰ってくることはめったにない。

結城は、玄関から奥へ通った。にこりともしていない顔だった。端正な容貌だけに冷たいのである。

合コートを着たままだった。脱ぐものと思って女中が居間までついてきたが、手持無沙汰な恰好になった。

陽の射している窓際に椅子を寄せ、コートのままですわった。手をポケットに入れたままだった。

「あの、お食事は？」

女中は、主人が黙って首を振ったので、茶を入れるつもりで退《さが》ろうとした。

「奥さまは？」

初めて、黙っている主人が口をきいた。

「あの、今朝、お出かけでございます。なんですか、上野駅にお知りあいのかたをお見送りなさるそうでございます」

結城は、ちょっと考えていたが、別にそのことは何も言わなかった。

「郵便物だけ持っておいで」

と言っただけで、目を窓の方に向けた。眩しいので目を細めている。

女中は郵便物の束を持ってきた。五日分ぐらいたまっていた。

結城は、それを卓の上にのせて、片手で裏を返し、差出人の名前を見ては、次をめくっている。片手は、横着にコートのポケットに入れたままだった。封を切って読むぶんを選びだしている。

郵便物は帯封の新聞が多かった。株式関係の業界紙ばかりである。めくっている結城の指先は、細いし、横顔も整った輪郭だった。

女中が、主人が何も用事を言いつけないので退ろうとすると、

「奥さまは」

と結城は、ぼそりと呟くようにきいた。

「何時に、家を出かけたのだね？」

やはり、郵便物に目を落としたままだった。

「はい、五時前にハイヤーをお呼びになって、お出かけになりました」

「五時前？」

結城は、ちょっと目をとめた。何か考えているような瞳《め》だったが、そのまま黙って選びだした手紙の封を切る動作に移った。

女中が去ったあと、彼はせっかく、封を切った手紙の中身をひきだすでもなく、陽の眩しい窓の方を向いた。

日陰になっている部分の芝生は、まだ露に濡れている。結城は、それを見つめていた。

ビルの事務所

1

結城庸雄は、懶惰《らんだ》に椅子にすわったままの姿勢で、郵便物の束に目を落とした。格別、興味のある目つきではなかった。

ひととおり見た封書を、弄《もてあそ》ぶように繰っている。相変わらず、片手は大きな格子縞《チエック》の合コートのポケットの中にあった。

何かを考えているような横顔である。端正な輪郭だけに、まじめになっているときの顔つきは、怖いくらい冷たいのである。

株式の業界紙を指先ではじき、デパートの案内状を取りあげた。封を切り、中を開いてみた。色のついた、きれいな印刷物だった。それをぼんやりと眺めている。

別に、読むという気持のない瞳である。

ただ、きれいな紙を眺めて考えているといった表情であった。

女中がはいってきたが、窓から射す陽を肩の半分に受けている主人に、恐れるように近づいた。黙っておじぎをして、

「ここに、置いておきましょうか？」

と言った。運んできたコーヒーのことだった。結城は、ちょっと見て、うなずいた。

それから、コートから手を出してコーヒーをのみかけたが、長い袖口が少し邪魔になった。

「あの、お食事のお支度は？」

女中がきいた。これは、朝、九時に帰ってきた、主人の時間のことを考えての質問である。結城はむっつりと黙っていたが、

「小山《こやま》にやれ、おれはいい」

と、渇いた声で言った。小山は運転手である。

「はい」

女中が退ろうとすると、

「おい」

と呼びとめた。

「奥さんは、誰を送りにいくと言っていた？」

女中の顔は見ないで、郵便物の方に目を落としたままだったし、身じろぎもしないのである。

「さあ、存じませんが。何もおっしゃらなかったのでございます」

それには、返事のかわりに顎《あご》をひいた。顎の下には、趣味のいいマフラーがまつわっている。

結城は、そのまま、何分かじっとしていたが、やがて前のガラス戸をあけた。椅子を立ち、庭に向かった。芝生の上の陽は、軒下に近くひろがって来ている。

結城は口笛を吹いた。芝生の陽だまりに、犬が一四、うずくまっていたのである。犬

は、結城の口笛に尻尾《しっぽ》を動かして起きあがりかけたが、そのまま、からだを戻した。彼もべつだん、犬に興味を持っている様子はない。

朝の冷えた空気が家の中に沈んでいた。結城は、コートの襟を少し立てて、自分の書斎を出た。廊下を歩いて、斜め向かいにある妻の部屋をのぞいた。

ここにも、窓には明るい陽が当たっている。部屋は二つに別れていた。一つは畳のない桜材の床で、椅子と机とがあった。

本箱に、書籍が整然と並べられてある。頼子の趣味で、それぞれの種類にしたがって分類されてあった。

壁掛けも、油絵の額も、彼女の好みで、落ちついた色彩のものが多い。机の上はきれいに片づき、窓の陽の光を映していた。

結城は、机の上を、なんとなく指で触っていたが、日本間の方に移った。ゆっくりと、遊んでいるような動作である。

ここでは、床の間の生花や、黒檀《こくたん》の机の飾りを、立ったまま見ていた。菊の白さが寒いくらいだった。

この座敷も清潔に片づいている。隅にある洋服箪笥の前に歩いた。扉をあけて中をのぞく。すぐにそれを閉めて和箪笥の前に来たが、ふと、環《かん》に指先をかけようとして、その動作をポケットに戻した。

やはり、考えている顔で座敷を二三度、往復したものである。腕時計を見た。

部屋を出ていき、肩をすくめて、そのまま玄関の方に歩いた。

「お出かけでございますか？」

女中が主人を見つけて、走り出て膝《ひざ》をついた。結城は、黙って腰をおろし、うつむいてヘラを使い、靴をはいている。

むっつりした動作だったし、女中に、格別、声をかけるでもなかった。

「行ってらっしゃいまし」

女中が言ったのは、主人の高い背が玄関の外に出るときであった。

玄関から道路までは急な石段になっている。一段一段を、のろのろと彼はおりていった。自動車がすぐ下に待っている。

運転手の小山が、運転台を急いで降りて、ドアを開いた。

「ご馳走になりました」

道路に立ってドアを支えた小山は、頭をさげて朝食の礼を言った。

「会社でございますか？」

ハンドルを握ってから運転手は、座席の主人に丁寧にきいた。

「うん」

結城は、ポケットから外国煙草を出して口にくわえる。道の片側だけに陽の当たっている朝の住宅街を、車が走った。

結城は、目を閉じて青い煙を吐いた。煙は車の天井で横にはった。

住宅街の狭い道が、商店街をはさむ広い道路になったとき、結城が何か言ったようだった。

「は？」

運転手がふりかえった。これは、行先が変更になると思いちがいをしたからである。実際、結城はそれを言うつもりだったらしいが、時計を見て、

「いや、いい」

と言った。いいというのは、予定どおり会社に行く、ということなので、運転手は、主人がS町に行くのを思い直したのだと思った。S町には結城の愛人の家がある。

都心に近づくにつれ、車の数が多くなった。結城の車は、信号のところでとまり、輻《ふく》輳《そう》した場所でまたとまった。

その退屈な間、結城は外を眺めて、ぼんやりと考えているような目をしていた。

車は、ある大きなビルの前にとまった。すぐ近くには同じようなビルが並び、乗用車が何台も列をつくって駐車していた。結城庸雄が磨きこんだ靴を地におろすと、

「ここでお待ちいたしますか？」

帽子をとった小山運転手がきいた。

「そうだな」

結城は、すこし思案していたが、

「今日は買物に出ると言っていたな。あちらに行ってくれ」

と言い捨てて、ビルの玄関にはいった。くわえていた煙草を落とし、靴でつぶした。小山運転手は、あちらの意味をのみこんでいる。

ビルの一階は商店街になっていて、きれいな店ばかりが並んでいる。服地を売る店、外人向きの土産品のようなものを売る店、洋品店、雑貨店、レストランなどが並んでいた。

どの店も、見ただけで豪華そうで、しゃれた店つきなのである。昼でも、夜間のように電灯の照明が輝いている。

ビルの中央部にエレベーターがあった。結城は、大理石の床を踏んで、その前に立った。十二三人の会社員らしい男たちが待っている。結城は、一番後ろに立った。

金具の光っているエレベーターが開いて、結城は中にはいった。

「おはようございます」

籠《ケージ》の中の知った顔が結城に挨拶した。

「おはよう」

よその会社の社員だったせいもあるが、そのときの結城の顔は、ひどく愛嬌があった。笑った目も愛くるしかった。人々の隅に女事務員が二人いたが、互いに目を見合わせて、結城の方を眺めている。

四階で彼は降りた。そこは廊下を中心にして、左右にさまざまな事務所がずっとつづいていた。区切られたどの事務所もガラス戸に会社の名前が書いてある。結城は、大理石の廊下を靴音をたてて歩いた。通りがかりの事務所には、絶えずドアが開いたり閉まったりして、人が出入りしていた。これは事務所の隣組の知った顔ばかりなので、結城は、何度も「おはよう」をくりかえしていた。鷹揚《おうよう》な態度だしやさしい目つきだった。後ろで、見送った女事務員たちが、彼の噂をしている。このビルの女の子たちは、かねてから、結城さんはすてきだ、という共通の印象を持っていた。

結城は、『朝陽《ちようよう》商事株式会社』と書かれた磨《す》りガラスのドアを押した。この事務所は、他の事務所よりは半分ぐらい狭かった。

「おはようございます」

結城庸雄を見て、内部《なか》の女の子が立ちあがり、おじぎをした。つづいて、若い事務員が二人、椅子から腰をあげて挨拶した。

結城は、窓側の大きな机の前に行き、コートを女の子にとらせた。事務所は一応の体裁が揃っている。しかし、商事会社という看板の割合には、並んでいる帳簿は少なかった。設備も、他の事務所にくらべて、ひどく寂しいのである。が、電話だけは、贅沢に、ちがった番号で、結城の前に一つと、事務員のほうに一つあった。

結城は、その電話機のある机に頰杖をついて、煙草をすった。青い煙の中で、彼は眉をしかめていた。煙が目にしみたような具合だった。ぼんやりと、とりとめのないことを考えている顔つきだった。

社長が来たので、二人の事務員たちはいくらか窮屈そうになって、仕事をしていた。

女の子が、社長の結城の前に郵便物を運んできた。頬杖をといて、一通一通眺めていく。家でもしたように、ものぐさそうな動作だったが、事務所の郵便物は、今日一日ぶんだけなので少ない。

彼は、いちいち裏を見て、不用なものは指ではじいた。手もとに残っている五六通を抜きとって、きみ、と女の子を呼び、余分なものを返した。

結城は、丹念に鋏《はさみ》で封を切った。中をひろげて読むのに実に手間をかけている。文面によっては、手帳を出し、メモをとった。五六通の手紙を処理するのに、二十分はたっぷりとかかった。

彼は、ポケットから鍵を出し、机の引出しをあけた。事務には几帳面《きちょうめん》な性格らしく、きちんと引出しの中は整理されている。いま、それにしまったのは三通であった。引出しを閉めて鍵をかける。残っているぶんを、彼は指で裂いた。

その処理が終わると、また煙草をすった。この事務所の中を支配しているのは、四人の沈黙だった。結城が不機嫌そうにしているので、他の三人の使用人は、咳《せき》ばらい一つにも遠慮しているように見えた。

結城の前の電話が鳴った。彼はすばやく受話器を取った。二つの電話は切替えではない。結城の机の上の電話は、鳴ると、かならず彼が取ることにしている。彼がいるかぎり、他の事務員や女の子が取りつぐことを絶対に禁止していた。

電話で、相手が名前を言ったらしい。結城は、ただ、はあ、はあ、と言っている。椅子を少し回転させて、膝を組み、横着な姿勢になった。が、言葉はわりと丁寧なのである。

「この間はどうも」

結城は話していた。

「いえ、こちらこそ。行きとどきませんで。お帰りがおそくなって、かえってご迷惑でしたでしょう。はあ、はあ」

しばらくは、先方の話を聞いているようだったが、

「承知しました」

と、返事の上だけでは、頭をさげていた。

「彼とはいつも連絡がありますので、さっそくその旨を伝えておきます。時間と場所は、いずれ、あとでおうかがい申しあげます。どうも、ご丁寧に、はい」

電話を切って、結城は、椅子をずらせて、体の向きを変えた。ライターを鳴らして、消えた煙草に火をつける。それから、手帳を出して、何かメモをつけていたが、すぐにそれをポケットにしまった。

しばらくは、また、じっとしている。今の電話の内容とはかかわりのない、何か茫乎《ぼうこ》とした表情だった。結城のこのような表情は、人と話をしている時とは、まるで違ったもので、愛想のよい笑いの漂う目もとは、きびしい孤独なものに変わった。

今が、その目つきだった。結城の姿勢からは、一種の孤独的な荒廃が流れている。

彼は、体を動かした。くわえ煙草のまま、だるそうに受話器をとって、ダイヤルを面倒くさそうに回した。先方が出たらしく、

「お柳《りゅう》さん、いるかい？」

ときいた。当の相手が出たのであろう。彼は受話器を耳に当てたまま、椅子を回して、窓の方に向いた。事務員たちには、背中を見せた。

「今夜、七時から、客が二人行くから、よろしく頼むよ。いや、おれは行かない」

結城は言っていた。先方では、結城に来てくれと頼んでいるのか、

「だめだよ、おれは」

と断わっていた。

「いろいろと用事があるんでね、そのうち、いずれ行くよ」

いつ来るか、ときかれたらしい。

「近いうちだ。おれのことだからね、いつとは言えない。え？」

結城の声はちょっと薄ら笑いになった。

「ああ、そんな約束をしたのか。酔っていたんだろうな。忙しいおれが、そんなことができるはずはないよ。とにかく、近いうちに行くから。今夜のお客さんは、おれだと思って大事にしてくれ」

結城は勝手に受話器をおいた。切れるまで、女の声がまだ話の続きをしゃべっていた。彼は、机の上にふたたび肘を突き、拝むように両手を組みあわせて、指を額《ひたい》に当て

た。

何か思案している様子に変わりはなかった。結城は、顔をあげて、女の子に声をかけた。

「きみ、吉岡《よしおか》を呼んでくれ」

はい、と返事して女の子は、自分の机の上にある電話の番号に指を動かした。

二人の男の事務員は、相変わらず、黙ったまま帳簿をいじっている。廊下には、絶えず靴音が往来していた。

「もし、もし、吉岡産業さんですか？　こちらは朝陽商事でございますが、社長さんはいらっしゃいますか？」

向こうの返事を聞きとって、

「ああ、さようでございますか？」

と、受話器を掌《て》で押さえて結城に向かった。

「吉岡産業の社長さんは、今朝から、ご出張だそうでございます」

と知らせた。

「そうか」

結城は、机の上でコツコツと指をたたいていたが、じゃあ、いい、と言うような口もとをしたが、思いかえしたように、

「どこに行ったのか、きいてくれ」

と言った。女の子はそのとおり電話に言った。返事を聞いて、結城に、

「仙台《せんだい》だそうでございますが」

と伝えた。結城は、ちょっと目を上げて考えていたが、

「今朝の何時の汽車だったのか、きいてくれ」

と命じた。

女の子はまたそれを電話に尋ねた。

「あの六時一分の上野発だそうです」

また、こちらに顔を向けて報告した。

「よろしい」

結城は低い声で短く言った。椅子から立ちあがると、窓の方に歩いて、外を見おろした。

この部屋はビルの四階にあるから、下の谷間の車の列が上からよく見える。明るい陽が道路に、ほんの一部分しか当たっていなかった。ビルの底は、暗い陽かげが多いのである。群衆は、忙しそうに歩いている者が多かった。

結城は、背中に手を組んで、しばらくそれを見おろしていたが、その辺を二三歩ずつ往復した。むずかしい顔である。

こういう時の彼の顔には、翳《かげ》のある冷たさといったものが出ていた。

「出てくるよ」

と言ったのは、それからだった。事務員二人が揃って頭をさげた。結城は、コートを女の子にとらせ、机の上をざっと片づけた。机はガラス板が置いてあるので、窓からの陽が、机を白く光らせていた。

「今日、何時にお帰りになる予定でございますか？」

事務員の一人がきいた。

「いや、よそに回るから、都合で今日は帰れぬかもしれない」

結城は、ぼそりと答えた。

「ご連絡は？」

「うん」

首をちょっと傾けていたが、

「いや、別にないだろう。今日は、誰もたいした用事で来ないはずだ。もし、電話でもかかってきたら、メモしておいてくれ」

「かしこまりました」

事務員と女の子は、立ちあがって結城におじぎをした。

「行ってらっしゃいまし」

結城は、ドアを押して廊下に出た。やはり、コートに両手を突っこんだまま、エレベーターの前に立った。

「お出かけですか？」

と、笑いながら話しかけたのは、隣の事務所の支配人だった。背が低いので、結城を見上げるようにして笑っている。

「お忙しいんですな」

「いや」

結城は例の愛想のいい目つきをした。

「閑《ひま》ですよ。閑だから、こうしてブラブラ外へ出かけるんです。お宅と違って、うちは会社の規模が小さいですからな」

「どういたしまして」

支配人は言った。

「なかなか、余裕綽々《しやくしやく》として、羨しいですよ。うちなんざあ、忙しいばかりで、始終、金繰りで追われていますからな」

エレベーターが上がってきた。結城のあとから、他の若い社員たちが五六人駆けこむようにはいってきて、たちまち混みあった。

それからの結城の行動は、このビルの事務所とは全然関係のない、線の切れたところで行なわれた。

結城は、一《いち》ん日《ち》じゅう、何をしていたか、さっぱり分からない。

とにかく、午後七時ごろには、自分の女のところへ現われていた。

「あら、お帰んなさい。ずいぶん、お早いのね?」

女は、目をまるくして、それでもうれしそうに、結城を見上げていた。この女の顔なら、輪香子の友だちの佐々木和子が自分の店で買物の客として見かけたはずであった。芸者でもしていたような粋《いき》なところがあった。

「めし、あるかい？」

結城は、あぐらをかいてきいた。

「ええ、そのつもりで、何か取っておいたんですけれど。お洋酒になさる？　それとも、お酒でしたら、すぐ燗《かん》をさせますが」

女は立って、結城の上着《うわぎ》をとろうとした。

「いや、これはいいんだ」

結城は断わった。

「あら、お召しかえなさらないの？」

女は驚いた目をした。

「うむ、酒も今夜はいらない」

「あら、どうして？」

「めしだけでいい。用事がある」

「へんね」

女は、結城を睨《にら》むように見たが、男が、むっつりしているので、そのまま女中といっしょに卓の上に料理の皿をならべはじめた。

「本当に、御飯にしてよろしいんですの？」

女は、まだ疑うように男の顔をうかがった。

「うん」

結城は汁椀の蓋をとった。

「いやだわ。お忙しいの？」

「まあな」

「お仕事……じゃないでしょ。これから、まっすぐお家へお帰りになるんでしょ？」

女は結城の顔を見つめて呼吸《いき》を凝らしている。

「そうだ。ちょっと女房に用事がある」

結城は、表情も変えずに答えて、料理に箸をつけた。

2

結城庸雄は、料理をつっついていた。素人《しろうと》料理だったが、材料が贅沢《ぜいたく》であった。

いつもは酒をのむのだが、今夜に限って、すぐに飯だった。何か考えているような顔つきで、すぐ前にいる女にも、ものを言わない。女は、結城の顔をじっと見つめていた。男の表情から、何かを読みとろうとしている。

いつもだったら、女のほうで、男の気持をはぐらかす、軽口が言えるのだ。そういうことに慣れた世界にいた女だった。が、今夜の結城の表情には、どのような言葉も受けつけないような不機嫌さがあった。

女房に用事がある、と男が言ったときから、女は顔色が変わっていた。酒がないので、食事はすぐにすんだ。

「少し、お休みになったら？」

女は、媚《こび》を見せて言った。

「うん」

結城は、生返事をしている。休むとも、休まないとも言わなかった。すぐ帰る、と言わないのが、女にすこし元気を与えたのである。

「奥さんに御用って、どんなこと？」

わざと冗談《じょうだん》めかして言ったものである。結城は、黙っていた。この女の前で、妻の話をしないのが癖だった。ときに女が聞きたがっても、今までの例がそうだったので、女は、それきりに話を変えた。

「ねえ」

せがむような目つきをした。

「今度、箱根《はこね》にでも、連れていってくださらない？」

結城は茶を飲んでいた。茶がぬるかったので、うがいのように口をすすいだ。女が手早く動き、別の茶碗を持ってきて、男の口に当てた。結城は、茶といっしょに言葉を吐いた。

「つまらないよ、箱根なんか」

「あら」

女は、男の口をハンカチで拭《ふ》いてやって、目をみはった。

「じゃあどこか、ほかのところでも連れてってくださる？ きれいな紅葉、とても見たいわ」

「忙しいからな」

結城は、ぼそりと言った。それから、腕時計を眺めた。この動作は、せっかく軽くなりかけた女の気持をまた沈めた。

女は、じっとすわって、男の動作を見つめている。結城は、それにかまわず立ちあがって、勝手に上着のボタンを掛けなおした。自分でコートを取った。さすがに、これは、女がみかねて立って、背中にまわって着せかけてやった。

「あなた」

女は気持を変えて、コートに掛けた手をそのまま彼の体にまわして、自分を押しつけた。

「つまらないわ。今晩、泊まってくださるとばかり思ってたのに」

「都合がある」

結城は言った。

「このごろ、さっぱりね」

結城は、後ろから抱きついた女の手をうるさそうに放した。

「人に会う用事が、ばかにふえたんだ」

「あら、その人って、お仕事の関係のかた？」

「まあ、そうだ」

「聞いたわ」

女は、そう言って、結城を睨みつけるような強い目をした。結城は、ふん、といったような顔をしていた。こういう時の彼の冷たい顔つきは、女にとって、どこか魅力がある。

「返事、できないのね？」

女は、なおも言いつづけた。

「ナイト・クラブの若い子に、このごろ、ご執心だそうじゃありませんか」

結城は、ボタンを止めて、ポケットから櫛を出し、髪を撫でつけていた。

「誰から聞いた？」

ときいたのは、少し間をおいてからだった。

「誰からともなく、噂はいるわ。どういう子、それ？」

顔では笑っているが、その笑い方はゆがんでいた。

「そんなのは方々にいるさ。別に、なんでもないつきあいだからね」

「言いわけなさらなくたって、いいわ。わたし、べつに、あなたの奥さんじゃないんですもの」

結城は面倒くさそうな顔をした。眉に皺をよせて、玄関に歩きだしたものである。

「ちょっと、待ってちょうだい」

女は、手早くコンパクトを出して、顔を直した。結城は、聞かぬふりをして靴をはいている。外に出たとき、女は後ろから追いついた。

冷える秋の夜のことで、道に舞っている風も、女の足に寒かった。

「ショールにしてくれれば、よかったわ」

男に並んで女は言った。結城は、女をじろりと見た。

「どこまで、ついて来るつもりか？」

「車があるところまで行くわ。今日は、自家用じゃないでしょう？」

「勝手に拾うよ」

結城の声は風に逆らっていた。

「もう、帰れよ」

「帰ります」

女は、わざと強く返事した。

「どうせ、いまから、奥さんのところじゃないでしょう。ナイト・クラブの誰かのところじゃない？」

結城は返事をしなかった。女がそこで立ち止まると、結城の高い姿だけは、商店からもれる灯の中に歩いていた。歩く時、大股になるのが、結城の癖だった。

結城は、タクシーで家に帰った。

玄関の戸をあけて、黙って靴を脱《ぬ》いでいると、女中が出てきたが、主人の姿を見て、目をみはった。

主人が、こんなに早く帰ることはなかった。今朝も、突然に早く帰ってきて、また今夜も十時前に帰ってくる。日ごろにないことなので、女中は、何が起こったのか、といったような顔をしていた。靴を脱いで、結城は、むっつりと上にあがった。

女中の知らせで、頼子が奥から出てきた。茶っぽい着物で立っていたが、白い顔が浮きたっていた。

「お帰んなさい」

頼子は、言った。少しも笑っていない顔だった。

結城は、むっつりとして、奥の部屋にはいった。

女のところから家に帰るまで、四十分とはかかっていない。自動車の中で、結城はすこし寒いが窓をあけ、風を迎えて、移り香を消していた。ほかの女に接したあと、和服の場合だと、家にはいる時、裸になって着物をはたきかねない男である。図太そうな見かけの割合に、神経質なところがあった。

彼は部屋にはいった。妻は、そこまで来て、和服の着替えを手伝ってやった。

「お食事は？」

きくまでもないことだった。夫の返事は、はたして、

「すんだ」

という言葉であった。

結城は、洋服でも和服でもよく似合った。背が高いので恰好がいい。整った顔立ちなので、着流しになると、芸者たちにほめられた。

結城は、そのまま火鉢の傍にすわった。頼子に別に話しかけるでもない。

今朝早く戻った時に、口笛を吹いて眺めた芝生は、闇の中に沈んでいる。

頼子は、黙って部屋を出ていった。結城は、別にそれを咎《とが》めるでもなかった。煙草を出し、ひとりでぼんやりと、すわっている。

この部屋に紫檀《したん》の机はあったが、本が一冊、置いてあるではなかった。そういえば、本箱がないのである。結城は、あまり本を読まない男だった。ただ、床の間の隅に雑誌だけは積んである。それも、株式の業界誌みたいなものだった。彼は普通の本を読むのが面倒な男だった。

結城は、煙草をすって、ぼんやりした目つきをしていた。妻は、彼が早く帰ってきても、別に喜ぶわけではなく、四五日、黙って外泊して帰ってきても、咎めるでもなかった。淡い、水のような態度だった。

結城は、それに慣れていた。いや、それを妻に慣れさせたのは、彼のほうかもしれな

い。しかし、今は、彼のほうが妻の習慣にならされているといってもよかった。そこまでには、長い時間がはさまっていた。

頼子がはいってきたとき、結城は、コートのポケットから丸めた雑誌を出して見ていた。赤い鉛筆を握っている。雑誌でも手にするのは、珍しいことのようだが、これは、株式の予想表に赤い線を引いているのだ。頼子がすわっても、顔も上げない。目で株式の銘柄と値段を拾ってみては、損得を計算していた。

が、結城は、いつものようにそれに没頭できない何かを感じていた。何かが、彼のいつもの太平楽な気持をさまたげている。

それは、いわば、妻の雰囲気からくる予感のようなものだった。その予感がかすかに結城を動揺させていた。

「あなた」

頼子が、火鉢の向こうで言った。すわっている二人の間の距離は遠かった。結城が雑誌から目を上げたとき、頼子はきちんとすわっていた。

頼子の目に、いつになく表情があった。ふだんは、結城を見ていても、石のように何も表情がなかった。

が、いまは、ある表情が出ていた。それも強いものだったし、結城に向ける見つめ方も、異常だった。

結城は、雑誌の上に目を戻して、相変わらず株の上がり下がりを見ている。自分で注意の個所には、赤鉛筆で線を引いていた。

「なんだ？」

と言ったのは、しばらくしてからだった。頼子を見ていなかった。

「こちらを向いてください。まじめに聞いていただきたい話なんです」

頼子が言った。

「そこで言ったらいいだろう。なんの話だ？」

頼子は、そういう夫を見た。

結城は、やはり雑誌を見ていた。その横顔を頼子は見つめた。瞳をいっぱいに開いていた。

「お別れしたいわ」

——普通の声であった。

が、頼子の膝の上に組みあわされた指がふるえていた。そのつもりではないのに、涙が溢れそうになった。夫へ向けている激しい感情ではなかった。頼子は小野木のことを考えていた。

小野木には、この夫への申し出を言っていなかった。小野木さん、いま、わたし、こう言ってるのよ、と心が呼びかけている。涙が出そうになったのは、その感情がかよったからだった。

が、頼子は、夫との話が決まるまで、小野木には話さない決心だった。これは、小野木の負担する問題ではなかった。

頼子自身が、夫の前から身を退かなければならない闘いだった。

「ほう」

と、結城は言った。電機のA社株が二十円上がっている。その驚きの声のようでもあった。

「あなたが」

と頼子は、赤鉛筆をかまえて、雑誌を見ている夫に言った。

「外で何をなさろうとかまいませんわ。わたくし、それでお別れしたいと言っているんじゃありませんわ」

「じゃ、なんだ?」

夫は、横を向いてすわったまま、雑誌のページを繰った。

「お互いの性格が、どうしても合わないようですわ」

結城は、はじめて薄ら笑いをした。

「前に何回か聞いたな、そういうことを」

「そのつど、あなたにとめられましたわ。前にあったこと、言うのは厭ですが」

結城は、黙って雑誌を投げだした。

雑誌は結城の膝の前に落ちた。

彼は、煙草をとりだしてすった。

「おれのやり方を」

結城は煙を吐いてはじめて言った。

「また非難してるんだね？」

「いいえ」

頼子は首を振った。

「あなたが、わたくしに約束してくださったこと、お破りになったことを申しあげてるんじゃありません。あなたも、わたくしも、不幸な夫婦だったと思うんです」

頼子は、うつむいて言った。

「いま、あなたが、どんなことをなすってらっしゃるか、わたくし、もう何も申しませんわ。でも、あなたの生き方って、とても、わたくし、悲しいんです。こういっても、あなたは、これが、おれの生き方だ、おれの生きる方法だとおっしゃるでしょう？」

そのとおりだ、というような顔を結城はした。やはり、煙草をすっていて、それに返事を与えなかった。

が、膝をくずして、手を畳に支え、天井を向いた。煙を上に吹きつけた。

「その話は分かった」

と、結城は煩《わずら》わしそうな顔をした。

「いま少々、面倒くさいことを考えている。いずれ、そのうちに聞くよ」

「考えていただけますのね？」

頼子は、夫の顔に視線をまっすぐに当てた。

「きみが希望ならね」

と、結城は呟くように言った。

そのあとで、低く何か言っているようだったので、聞いていると、それは小唄を口にしているのだった。

頼子が、座敷を出ようとすると、

「きみは」

と結城が、不意に声を出して呼びとめた。

「今朝、早く人を送りに行ったんだって？」

頼子は足が動かなかった。

「ええ」

と返事してから、動悸が激しくうった。女中から、今朝、夫が早く帰って頼子の留守のことをきいていたことは知らされたが、やはり声をのむ思いだった。

「誰だね？」

夫はきいた。

さすがに、嘘の名前は言えなかった。

「友だちなんです」

名前をきかれるのを覚悟していた。断わるつもりだった。

結城は追わなかった。

「ひどく、早い汽車で行ったものだね」

「そうか」

頼子は、自分の居間で本を読んでいた。文章が少しも頭にはいらなかった。目が活字の上を空《くう》になでているだけであった。

時計は十二時に近かった。

結城は、自分の部屋にいるが、何をしているのか声が聞こえなかった。女中は寝かせてある。頼子が、さっきコーヒーを運んだとき、結城は、何を考えたのか、頼子の肩を押えたものだった。

「いやです」

頼子は、肩を振って夫の手から離れた。

結城は、妻を睨んでいたが、

「そうか」

と言った。頼子が夫を拒絶して、もう二年になっていた。夫が別な家を外に持ってから、それが始まった。

夫が、その動作を見せたのは、久しぶりだった。頼子は、今夜の夫の意識に何かある、と思った。

夫と別れなければならぬ気持が、もっと強くなった。

廊下で、襖《ふすま》の開く音がした。それが夫の部屋であった。この部屋に来るか、と思って体を堅くしていると、はたして、こちらのドアの外で足音がとまった。

「出る」

夫の声は大きかった。ドアをあけて覗きはしなかった。

頼子が立って、廊下に出ると、電灯を暗くした玄関に、彼の姿はコートを着て立っていた。

頼子は、ポケットに手を入れて立っている夫の前にしゃがんで靴を揃《そろ》えた。彼は足を突っこみ、片手を出し、靴脱ぎの石の上で、長い靴べらを使った。横着をしている動作であった。

「車、通ってますかしら?」

時刻を考えて頼子は言った。

「大通りに出たら拾える」

夫は言った。

夫は行先を言わなかったし、頼子もきかなかった。そういうしきたりが、長くつづいていた。

夫は、高い背を暗い外灯の輪の中に見せて、家の前の石段をおりた。靴音が、夜の冷えた感じで石を踏んでいた。

頼子は、ひとりで寝る支度をした。夫は、これで三四日は帰らぬだろうと思った。遠くで、自動車がとまる音がし、すぐに走りだす音がつづいたが、夫が乗ったのかもしれなかった。

頼子は、故郷《くに》の山を思いだしていた。

山峡《やまかい》を二筋の川が流れ、頼子の生まれた盆地の市街で合流していた。山も穏やかな稜線だったし、川もやさしかった。京都も、奈良も近かった。

結城庸雄は、その県の県会議長の息子だったが、頼子とは見合結婚だった。死んだ父が、彼の父親と親しかったのですすめたが、一年もたたぬうちに、父は嗟嘆《さたん》した。

「庸雄は、だめだな。親父《おやじ》はいいが、息子は屑だった」

頼子のほうは、父よりも、もっと前から夫に失望していた。

結城は、地味な職業につこうとする気がなかった。県会議長の父親が、地方政治運動で金を使いはたして実家が没落すると、よけい彼のその性格はひどくなった。

人に使われるのは嫌いだというのが結城の信条らしかったが、それでいて正面から困難に対決して努力しようとする気がなかった。ギャンブルが好きだったが、高級な賭《か》けごとでも、賭けには違いない。

東京に出ても、父親の議長時代の友人の間を、立ちまわる妙な政治ブローカー的な才能だけが、彼を伸ばしていた。

「その気持になったら、いつでも、家に帰ってこい。おまえを結城に与えたのは、おれの責任だ。詫びることはない。おれのほうがあやまるのだ」

父は、よくそう言っていた。結城と、むろん合うはずがなかった。結城は、父が死ぬまで、頼子に、その悪口を言った。

頼子は、それでも、結城のために努力してきた。いやな顔をする父親に頼んで、かなりな金を、何度も出してもらった。

しかし、結城の生活の成功は、頼子とは別なところを走った。

頼子は、結城がどのようなことをしているか知っている。頼子は、死んだ父の言うとおり、結城から、もっと早い時期に別れるべきだと悟ったが、もう、その機会がおそくなっていた。

3

結城庸雄は、窓から射す秋の陽を浴びて、椅子に背中をもたせていた。

机の前には、一冊の帳簿も、一枚の書類もひろげていない。封を切った手紙の束がぞんざいに一方に積んであるだけだった。事務員二人は、しきりと帳簿をつけている。女の子は、後ろむきになって伝票を書いていた。

結城は、退屈そうにぼんやりとしていた。彼は、事務所に出てきても、これという仕事をしなかった。それも、ここに姿を現わすのが珍しいくらいである。

彼は一日じゅう、外ばかり歩いていた。連絡はかならずしてくるが、事務員のほうで彼の行先は知らされなかった。いつも、彼からの一方的な連絡だけであった。彼のビジネスは、帳簿よりも小型手帳に頼っていた。手帳には小文字が書きこまれている。事務所に来て、メモを書きこんだり、眺めたりするのが、彼の大半の仕事のようである。

何をやっているのか、正直のところ、事務員たちにも分からなかった。ひととおりの仕事はあるが、それは、朝陽商事会社の表向きの事務だった。それも、あまり景気のいい内容ではなかった。朝陽商事というのは、帳簿の上では、たいそう不活発な会社である。

事務員たちも、それが、社長の結城の表向きの商売であると察していた。

結城は、悠々《ゆうゆう》としている。貧弱な営業内容にもかかわらず、相当に、経済的には余裕がありそうだった。それが、どこからはいる収入なのか、使用人たちには、まるで見当がつかなかった。

そういえば、このビル全体に軒をならべている会社が、何か、一癖ありそうだった。磨ガラス戸の看板は、ちゃんとした会社名や商会名が掲げられてあるが、普通の実業界では聞いたこともない名前が多かった。

オフィスで働いている事務員たちも、明るいところがない。この建物と同じように、みなの顔が暗かった。

結城が思いだしたように机の引出しから小唄の本を出して、最初を口ずさんだときであった。結城の前の電話が鳴った。

電話といえば、事務員のほうにかかってくる電話と、結城の前の電話とは区別されている。つまり、朝陽商事としての電話機は、事務員の机にあるのである。電話帳の登録にもそうなっていた。だから、結城の机の上の電話は、電話帳には別の名義であった。

結城は、目の前の受話器をとりあげた。

「こちらは、吉岡産業でございますが、社長さんいらっしゃいますか？」

先方の女事務員らしい声がした。

「私です」

「恐れ入ります。社長からでございますが」

電話は、そこで吉岡の声にかわった。

「結城さんかい？　ぼくだが」

吉岡の太い声は言った。

「この前、電話をもらったそうですが」

「ああ、ちょっと、用事があってね。きみがちょうど、出張した日だった」

「それは失敬。仙台に行っていてね、今朝、帰ったばかりなんです」

「忙しいんだね」

と、結城は言った。

「いやに、朝の早い汽車で、行ったそうだが」

「ああ、これで、なかなか、貧乏暇《ひま》なしで。あんたは、いつも、悠々としているが」

吉岡は、低く笑った。それから、ちょっと、何か言いたそうな声をしたが、思いかえしたように、

「それで、用事は？」

ときいた。

「うん、きみが今日帰ってきたのは、ちょうどよかった。今夜、いよいよ……」

言いかけて、結城は声を低めた。

「西村《にしむら》さんを、局長に紹介しようと思っている」

「局長？　田沢さんか？」

電話の相手の声は、少し驚いていた。

「田沢さんが、出てきますか？」

信じられない、というような声だった。

「来るという話を、山田《やまだ》から連絡をもらった。山田のことだから、嘘はないだろう」

「どこで？」

「とりあえず『菊芳《きくよし》』に決めた。まあ、最初だから、そう派手にしなくてもいいだろう」

「来るかなあ？」

吉岡の声は、まだ、半信半疑だった。

「とにかく、約束は今夜ということになっているから、きみも、いっしょに行ってみないか？」

「それは、ぜひ、参加させてもらいたいものですね」

「じゃあ、そういうことにしよう。六時に会場に来てくれ」

「ありがとう。『菊芳』ですね？」

「そう。きみ、西村さんに会ったことがあるかい？」

「いや、名前だけで、まだ一度も」

「ちょうどよかった。じゃ、会ってから」

結城は電話を切った。

ゆっくり煙草をとりだす。ライターを鳴らした。それから、青い煙を肩に流しながら窓の方へ行った。暖かい陽に当たりながら、外を見物するつもりであった。

電話が鳴った。今度も、結城の机の上であった。彼は戻り、面倒くさそうに受話器を耳に当てた。

「なんだ、おまえか」

結城は聞きながら、煙草を灰皿に突っこんだ。

「だめだよ。当分、そっちへ行けない」

甲高い女の声が受話器からもれている。結城は途中で勝手に受話器をおいたが、すぐにその電話のベルが鳴った。

「きみ」

と結城は、事務員を呼んだ。

「おれは、いま、出かけたと言ってくれ」

結城が『菊芳』の玄関に着いたとき、庭石に打った水に灯が映っていた。

「あら、いらっしゃい」

玄関にすわっている女中が三人、笑顔で彼を迎えた。

「もう、来ているかい？」

結城は、靴を脱ぎながらきいた。

「ええ。吉岡さんと、もうお一方《ひとかた》お見えになっていらっしゃいます」

「そう」

結城は、くわえ煙草で、上にあがった。

太った女将《おかみ》が横から出てきて、

「毎度」

と頭をさげた。

「ユウさん、ここんところ、お久しぶりですね」

「ああ、つい、ご無沙汰した」

「お珍しいわ」

と言ったのは、結城の後ろからついてくる年増の女中だった。結城の背中に手を、そっとそえていた。

長い廊下を歩き、拭《ふ》きこんで光っている階段をのぼった。

「吉岡は？」

結城は、女中をふりかえった。

「控え室のほうにいらっしゃいます。すぐ、お座敷においでになりますか？」

「うん、そうだな、お客さんが見えていなければ、ぼくも、吉岡のところにいっしょになろう」

控え室は、広い応接間みたいな構えになっていた。床は良質の桜材で、ガラスのように磨《みが》きこみ、ダンスでもできそうに滑りがよかった。

「やあ」

吉岡は、クッションから半身を起こした。

「早かったね」

結城は、吉岡の傍に腰をおろした。

「お客さんは？」

結城は、小さい声できいた。

「すぐ戻ってくる」

客は、手洗いにでも立っているらしい。

「誰かな？」

「例の西村という人だったが」

先着の吉岡が、西村とは初対面で、結城は遅れてきている。

「すまん。ぼくが紹介するところだったが、おそくなって悪かった。西村さんというのはね」

結城が、途中まで説明しかけると、

「いや、分かっている」

吉岡のほうが、さえぎるようにして、合点した。おりからそこに、女中がお絞りとお茶を運んできたせいもあった。

「局長のほうは、どうなっている？」

吉岡が体を結城に寄せてきいた。

「今、山田が迎えにいっているはずだ。もうすぐ、着くころだろう」

結城は時計を見て答えた。

「しかし、よく、ひっぱりだせたな。あの局長は、なかなか、気軽に出てこない人だと聞いたぜ」

「山田が、この間から、いろいろ工作している。それで、どうにか、田沢さんを動かすことができたらしい。その辺のところは彼の腕だな」

五十ぐらいの、太った男がはいってきたのは、その話が切れたときだった。あから顔で頭が禿《は》げあがっている。金縁眼鏡の奥の細い目が結城に向かった。

「やあ、どうも」

結城のほうで立ちあがって、

「今夜は、どうも、恐縮です。われわれで勝手に会場を指定して」

「いや、いや」

西村という太った紳士は、薄い唇を笑わせて手を振った。

「まあ、万事、よろしくお願いしますよ」

西村は、背の高い結城を見上げて、おじぎをした。

「こうなると、全部、あなたがたにお任せしなければなりません。失礼だが、費用のほうは、私が払わせていただきますよ」

「恐縮です」

結城は、形だけ微笑して、少し頭をさげた。クッションには、吉岡が二人を見くらべてすわっている。

「そうそう、ぼくが遅れてきたので、ご紹介もできなかったが、これが、吉岡産業の社長です。私の友人ですから、よろしく」

「いやあ、さっき、自己紹介をしあいましたよ」

西村は、吉岡を向いて賑やかに笑った。

「なんだか、私が、途中から割りこんだような恰好で、具合が悪いんですが」

吉岡が遠慮した顔で言った。

「いや、いや、けっしてそんなことはありません。結城さんのご友人だったら、私もぜひ、お近づきになりたいです。ちょうどいい機会でした」

「では、そろそろ、座敷のほうに移りましょうか」

「そうですな」

歩きかけたときに、女中がはいってきた。

「いま、山田さまがいらっしゃいました」

「おお、それは、ちょうどいいところへ見えた」

吉岡は言ったが、結城は、

「一人かい?」

と、女中にきいた。

「はい、お一人でございます」

結城の顔は曇った。西村と顔を見合わせて、

「おかしい?」

と呟いた。そこに、老人が急いではいってきた。痩《や》せた、細い男で、髪はまっ白だった。

「西村さんには申しわけないことになった」

山田という老人は、結城の前にすぐ立って言った。

「どうしました？　来られなかったのですか？」

結城は、山田の背後《うしろ》を見た。誰もつづいて現われなかった。

「すまんことです。田沢さんが、どうしても今日は都合が悪い、と言いだしたんですよ。昼間は承知してもらったんですがね、自動車を持って迎えにいくと、この次にはかならず出るが、どうしても手のはなせない会議が、急にはじまりそうだから、今日は勘弁してくれ、と言うんです」

「どういうのだろう？」

結城は、考える目をした。西村が、心配そうな顔をして、結城と山田の顔を交互に見ている。

『菊芳』を出たのが、九時半ごろで、四人は自動車《くるま》二台で、銀座に向かった。

「なにしろ、彼は女の子に持てるんですよ」

と吉岡が、前を行く車の赤い尾灯《テールライト》を見ながら、隣にすわっている西村に言った。

「つきあってて、こっちが損をしますよ。いまの料理屋の女中の一人だって、見送りのとき、怪しげな目つきを結城にしてたでしょう？」

「ああ、彼女《あれ》？」

恰幅《かっぷく》のいい西村は、金縁眼鏡に新橋《しんばし》あたりの走り去っていくネオンを映しながら、ゆっくりと笑った。

「あの年増の女中ね。あたしも気づいていましたよ。座敷のときから妙だった。あれは、タダの間じゃありませんな。二三度ぐらい、何かあったんじゃないかな」

「西村さんは、さすがに、ひとめでお察しがいい」

吉岡が笑った。

「ぼくもそう睨んでます。しかし、あれは結城のほうが、もう、なんでもないんですね。女のほうが未練たっぷりですよ」

「女も、ちょっと年増の色気があっていいじゃないですか。あたしは、ああいう女が好きです」

「おやおや、これは、どうも」

「なるほど結城さんを見ていると、いい顔をしていますね。あれは玄人女《くろうと》が惚《ほ》れる顔です。道楽をしてすいも甘いも嚙みわけ、しかも、あっさりとしているが、どこか深味のある……」

西村はそういう表現をして、

「結城さんは、年増の女がお好きなのかな？」

と、首を傾げた。

「いや、そんなことはありません。そら、若い女にも騒がれますよ。まあ、これから行くキャバレーでもごらんになれます。いや、これは、あなたの散財で申しわけありませんが」

吉岡は頭を動かした。

「いやいや。それは、どうぞ、ご心配なく。これからも結城さん同様におつきあい願わねばなりませんから」

西村は鷹揚に言った。

「しかし、今夜は残念でしたね。田沢局長が来られなくて」

吉岡が言った。

「ええ。いや、しかし、この次ということがありますから。そう、一時にうまくゆくとは思いませんでした」

西村は答えたが、やはり声が寂しかった。吉岡がそれを察して、

「局長となると、いろいろ大事をとりますからね。そりゃ、課長あたりと違って、立場があります。ことに、田沢局長は慎重派でしてね。ぼくは、正直なところ、田沢局長からその返事が来たと結城から聞いて、びっくりしましたよ。その接触ができただけでも大成功です。田沢局長さえ動かしたら、もう安心です。ご承知のとおり、省内切っての実力者ですからな」

「結城さんとの約束は約束で、そのほかにお礼をしなくては……」

西村は呟いていたが、

「そう、これは結城さんの奥さんにしたほうがいいかな。吉岡さん、結城さんの奥さんは、どういうタイプのかたですか？」

と質問した。

「結城の女房ですか。それは……」

吉岡は言いかけて、すこし口ごもった。

「ま、それは、もう少しお待ちになったほうがいいでしょう。まだ早いですよ。それに、結城の女房はそんなことをしてもらっても、あまり喜ばんほうですからね」

「ははあ、それは、どういうわけですか？」

西村は複雑な事情を察したらしいが、とぼけて吉岡にきいた。

「いや、どういうわけということもないですが……」

吉岡は逃げた。ちょうど、具合よくキャバレーの前に自動車が到着した。

が、吉岡の目が、前の自動車から降りて明るい灯を浴びている結城の姿にとまった。

ふいとあることを思いだしたという目つきであった。


そのキャバレーで四人が遊んだ。時間的にも、ちょうど、店が賑《にぎ》やかになっている最中であった。女たちが、十人ばかりも四人の席にはいってきた。ほかの当番の席を空けて、わざわざ割りこんでくる女もいた。

それが結城の傍にだけ集まり、結城にだけ話しかけていた。

「これだから、いやになる」

吉岡が舌打ちした。

「少しは、こっちへ来いよ」

「はいはい。すみません」

女たちは席を動くが、しばらくすると、この店で売れている女たちは結城の横に移動した。結城は、ものしずかにグラスをあげているだけだった。店の内の照明がほの暗いから、結城の彫りの深い顔は、淡い光線を受けてやわらかく浮きでた。

「なるほど、これはたいへんですね」

西村が吉岡に笑いかけた。

「でしょう？　こっちは、すっかり霞《かす》みますよ」

「あら、吉岡さん、なにをぼそぼそ言ってるの。踊らない？」

女の一人が手を出した。

「だめだよ。今ごろ、そんな、手遅れのお世辞を言ったって」

「あらあ、ひがんでらっしゃるのね？」

「こちら、今夜が初めてのお客さまだから、サービスをたのむよ。結城は始終くる奴だからな」

吉岡は西村をさした。

「そうね。結城さんは内輪だから」

「こいつ」

女は笑いながら逃げて、そのまま西村の手をとった。西村と、白髪の山田とは椅子から立って、女といっしょにフロアへ踊りに行った。

「結城」

吉岡が空いた席へ体を移して、結城の横にすわった。

「この間、きみの奥さんを見かけたよ。上野駅でね。そうだ。おれが仙台へ行くときだから、ずいぶん、早い朝だった」

「ああ、そんなことを言ってたな」

結城はグラスをなめ、気のない答え方をした。

「誰か、友だちを送りに行ったと言ってた」

「送りに？」

吉岡が目をむいた。

思わず表情を変えたものである。彼は、結城の横顔を黙って見つめた。結城は、平気でグラスをなめていた。

「どうしたのだ？」

不意に、黙っている吉岡に、結城が顔を向けた。

「いや……」

吉岡のほうが狼狽して、

「ちょうど、見かけたものだから」

と、言いわけのように呟いて目をそらし、自分の酒をとった。

「結城さんの奥さま、おきれいですってね」

女の一人が、その話を受けて言った。

「そう。噂でうかがったわ」

別の女が言って結城の顔をさしのぞいた。

「お仕合わせね。羨しいわ」

結城が顔色を動かさないでいると、

「いや、そんなお話。結城さん踊ってよ」

と、すぐそばの女が、乱暴に結城の手をつかんだ。この店のナンバーワンで、信子《のぶこ》という女だった。


（下巻につづく）

初出　「週刊女性自身」（一九五九年五月二十九日号〜一九六〇年六月十五日号）

本書は、『松本清張全集18』（一九七二年一月第一刷、二〇〇八年六月第九刷
文藝春秋刊）を底本とした。

文春文庫

波《なみ》の塔《とう》上

長篇《ちょうへん》ミステリー傑作選《けっさくせん》

定価はカバーに表示してあります

2009年9月10日　新装版第1刷
2023年12月15日　　　　第5刷

著　者　松本《まつもと》清張《せいちょう》
発行者　大沼貴之
発行所　株式会社 文藝春秋

東京都千代田区紀尾井町3-23　〒102-8008
TEL 03・3265・1211㈹
文藝春秋ホームページ　http://www.bunshun.co.jp

落丁、乱丁本は、お手数ですが小社製作部宛お送り下さい。送料小社負担でお取替致します。

印刷製本・TOPPAN

Printed in Japan
ISBN978-4-16-769722-8

（　）内は解説者。品切の節はご容赦下さい。

松本清張
**無宿人別帳**
罪を犯し、人別帳から除外された無宿者。自由を渇望する男達の逃亡と復讐を鮮やかに描いた連作時代短篇。「町の島帰り」「海嘯《つなみ》」「おのれの顔」「逃亡」「左の腕」他、全十篇収録。（中島　誠）
ま-1-83

松本清張
**神々の乱心**（上下）
昭和八年、「月辰会研究所」から出てきた女官が自殺した。不審の念を強める特高係長と、遺品の謎を追う華族の次男坊。やがて遊水池から、二つの死体が……。渾身の未完の大作千七百枚。
ま-1-85

松本清張
**かげろう絵図**（上下）
徳川家斉の寵愛を受けるお美代の方と背後の黒幕、石翁。腐敗する大奥・奸臣に立ち向かう脇坂淡路守。密偵、誘拐、殺人……。両者の罠のかけ合いを推理手法で描く時代長篇。（島内景二）
ま-1-92

松本清張
宮部みゆき　責任編集
**松本清張傑作短篇コレクション**（全三冊）
松本清張の大ファンを自認する宮部みゆきが、清張の傑作短篇を腕によりをかけてセレクション。究極の清張ワールドを堪能できる決定版。「地方紙を買う女」など全二十六作品を掲載。
ま-1-94

松本清張
**日本の黒い霧**（上下）
占領下の日本で次々に起きた怪事件。権力による圧迫で真相は封印されたが、その裏には米国・GHQによる恐るべき謀略があった。一大論議を呼んだ衝撃のノンフィクション。（半藤一利）
ま-1-97

松本清張
**昭和史発掘**　全九巻
厖大な未発表資料と綿密な取材で、昭和の日本を揺るがした諸事件の真相を明らかにした記念碑的作品。「芥川龍之介の死」「五・一五事件」「天皇機関説」から、「二・二六事件」の全貌まで。
ま-1-99

松本清張
**事故**　別冊黒い画集(1)
村の断崖で発見された血まみれの死体。五日前の東京のトラック事故。事件と事故をつなぐものは？　併録の「熱い空気」はTVドラマ「家政婦は見た！」第一回の原作。（酒井順子）
ま-1-109

（　）内は解説者。品切の節はご容赦下さい。

松本清張
## 陸行水行
別冊黒い画集(2)
あの男の正体が分らなくなりました——。古代史のロマンと推理の面白さが結晶した名作「陸行水行」。清張古代史の原点である。他に「形」「寝敷き」「断線」全四篇を収録。（郷原　宏）
ま-1-110

松本清張
## 危険な斜面
男というものは絶えず急な斜面に立っている。爪を立てて上に登っていくか、下に転落するかだ——。「危険な斜面」「二階」「巻頭句の女」「失敗」「拐帯行」「投影」収録。（永瀬隼介）
ま-1-111

松本清張
風間完　画
## 点と線
長篇ミステリー傑作選
〈東京駅ホームの空白の四分間〉が謎を呼ぶ鉄道ミステリの金字塔を、風間完のカラー挿絵を多数入れた決定版で刊行。清張生誕百年を記念する長篇ミステリー傑作選第一弾。（有栖川有栖）
ま-1-113

松本清張
## 火の路
長篇ミステリー傑作選（上下）
女性古代史学者・通子は、飛鳥で殺傷事件に巻きこまれる。考古学会に渦巻く対立と怨念を背景に、飛鳥文化とペルシャ文明の繋がりを推理する壮大な古代史ミステリー。（森　浩一）
ま-1-117

松本清張
## 波の塔
長篇ミステリー傑作選（上下）
中央省庁の汚職事件を捜査する若き検事は一人の女性と恋に落ちる。だが捜査の中で、彼女が被疑者の妻であることを知る。現代社会の悪に阻まれる悲恋を描くサスペンス。（西木正明）
ま-1-121

松本清張
## 十万分の一の偶然
長篇ミステリー傑作選
婚約者を奪った交通事故の凄惨な写真でニュース写真賞を受賞した奴がいる。シャッターチャンスは十万分の一。これは果たして偶然なのか。真実への執念を描く長篇推理。（宮部みゆき）
ま-1-126

松本清張
## 球形の荒野
長篇ミステリー傑作選（上下）
第二次大戦の停戦工作で日本人外交官が〝生〟を奪われた。その娘は美しく成長し、平和にすごしている。戦争の亡霊が帰還したとき、二人を結ぶ線上に殺人事件が発生した。（半藤一利）
ま-1-127

（　）内は解説者。品切の節はご容赦下さい。

松本清張
## 不安な演奏
心ときめかせて聞いたエロテープは死の演奏の序曲だった！　意外な事件へ発展し、柏崎、甲府、尾鷲、九州……日本全国にわたって謎を追う、社会派推理傑作長篇。（みうらじゅん）
ま-1-131

松本清張
## 強き蟻
三十歳年上の夫の遺産を狙う沢田伊佐子のまわりには、欲望にとりつかれ蟻のようにうごめきまわる人物たちがいる。男女入り乱れ欲望が犯罪を生み出すスリラー長篇。（似鳥　鶏）
ま-1-132

松本清張
## 疑惑
海中に転落した車から妻は脱出し、夫は死んだ。妻・鬼塚球磨子が殺ったと事件を扇情的に書き立てる記者と、国選弁護人の闘いをスリリングに描く。「不運な名前」収録。（白井佳夫）
ま-1-133

松本清張
## 証明
作品が認められない小説家志望の夫は、雑誌記者の妻の行動を執拗に追及する。妻のささいな嘘が、二人の運命を変えていく。狂気の行く末は？　男と女の愛憎劇全四篇。（阿刀田　高）
ま-1-134

松本清張
## 遠い接近
赤紙一枚で家族と自分の人生を狂わされた山尾信治。その裏に隠されたカラクリを知った彼は、復員後、召集令状を作成した兵事係を見つけ出し、ある計画に着手した。（藤井康榮）
ま-1-135

松本清張
## 火と汐
京都・送り火の夜に、姿を消した人妻の行方は？　鉄壁のアリバイ崩しに挑む本格推理の表題作他、「証言の森」「種族同盟」（映像化作品「黒の奔流」原作）「山」の計四篇収録。（大矢博子）
ま-1-136

松本清張
## 絢爛たる流離
九州の炭鉱主が愛娘に買い与えた3カラットのダイヤの指輪。戦前、戦後に次々と持ち主を変え、欲望と愛憎のドラマを描きながら数奇な運命を辿る。傑作連作推理小説。（佐野　洋）
ま-1-137

（　）内は解説者。品切の節はご容赦下さい。

赤川次郎
赤川次郎クラシックス
**幽霊列車**
山間の温泉町へ向う列車から八人の乗客が蒸発。中年警部・宇野は推理マニアの女子大生・永井夕子と謎を追う――。オール讀物推理小説新人賞受賞作を含む記念碑的作品集。（山前　譲）
あ-1-39

赤川次郎
**マリオネットの罠**
私はガラスの人形と呼ばれていた――。森の館に幽閉された美少女、都会の空白に起こる連続殺人。複雑に絡み合った人間の欲望を鮮やかに描いた、赤川次郎の処女長篇。（権田萬治）
あ-1-27

有栖川有栖
**火村英生に捧げる犯罪**
臨床犯罪学者・火村英生のもとに送られてきた犯罪予告めいたファックス。術策の小さな綻びから犯罪が露呈する表題作他、哀切でエレガントな珠玉の作品が並ぶ人気シリーズ。（柄刀　一）
あ-59-1

有栖川有栖
**菩提樹荘の殺人**
少年犯罪、お笑い芸人の野望、学生時代の火村英生の名推理、アンチエイジングのカリスマの怪事件とアリスの悲恋。「若さ」をモチーフにした人気シリーズ作品集。（円堂都司昭）
あ-59-2

阿部智里
**発現**
「おかしなものが見える」心の病に苦しむ兄を気遣う大学生のさつき。しかし自分の眼にも、少女と彼岸花が映り始め――「八咫烏シリーズ」著者が放つ戦慄の物語。（対談・中島京子）
あ-65-8

青柳碧人
**国語、数学、理科、誘拐**
進学塾で起きた小6少女の誘拐事件。身代金5000円、すべて1円玉で?!　5人の講師と生徒たちが事件に挑む。「読むと勉強が好きになる」心優しい塾ミステリ！（太田あや）
あ-67-2

天祢　涼
**希望が死んだ夜に**
14歳の少女が同級生殺害容疑で緊急逮捕された。少女は犯行を認めたが動機を全く語らない。彼女は何を隠しているのか？捜査を進めると意外な真実が明らかになり……。（細谷正充）
あ-78-1

（　）内は解説者。品切の節はご容赦下さい。

天祢 涼
**葬式組曲**
喧嘩別れした父の遺言、火葬を嫌がる遺族、息子の遺体が霊安室で消失……社員4名の北条葬儀社に、故人が遺した様々な"謎"が待ち受ける。葬式を題材にしたミステリー連作短編集。
あ-78-2

秋吉理香子
**サイレンス**
深雪は婚約者の俊亜貴と故郷の島を訪れるが、彼には秘密があった。結婚をして普通の幸せを手に入れたい深雪の運命が狂い始める。一気読み必至のサスペンス小説。（澤村伊智）
あ-80-1

明日乃
**お局美智　経理女子の特命調査**
地方の建設会社の経理課に勤める美智。普段は平凡なＯＬだが、会社を不祥事から守るため、会長から社員の会話を盗聴する特命を負っていた——。新感覚"お仕事小説"の誕生です！
あ-83-1

明日乃
**お局美智　極秘調査は有給休暇で**
突然の異動命令に不穏な動きを察知した美智。さらにパソコンには何者かによってウイルスが仕掛けられ……。犯人は社内の人間か、それとも——。痛快"お仕事小説"第二弾！（東　えりか）
あ-83-2

彩坂美月
**柘榴パズル**
十九歳の美緒、とぼけた祖父、明るい母、冷静な兄、甘えん坊の妹。仲良し家族の和やかな日常に差す不気味な影——。繊細なコージーミステリにして大胆な本格推理連作集。（千街晶之）
あ-87-1

芦沢 央
**カインは言わなかった**
公演直前に失踪したダンサーと美しい画家の弟。代役として主役「カイン」に選ばれたルームメイト。芸術の神に魅入られた男と、なぶられ続けた魂。心が震える衝撃の結末。（角田光代）
あ-90-1

伊集院 静
**星月夜**
東京湾で発見された若い女性と老人の遺体。事件の鍵を握るのは、老人の孫娘、黄金色の銅鐸、そして星月夜の哀しい記憶……。かくも美しく、せつない、感動の長編小説。（池上冬樹）
い-26-21

（　）内は解説者。品切の節はご容赦下さい。

伊集院 静
**日傘を差す女**
ビルの屋上で銛が刺さった血まみれの老人の遺体がみつかった。「伝説の砲手」と呼ばれたこの男の死の裏に隠された悲しき女たちの記憶。『星月夜』に連なる抒情派推理小説。（池上冬樹）
い-26-27

石田衣良
**うつくしい子ども**
閑静なニュータウンの裏山で惨殺された9歳の少女。〝犯人〟は、13歳の〈ぼく〉の弟だった。絶望と痛みの先に少年が辿りつく真実とは——。40万部突破の傑作ミステリー。（五十嵐律人）
い-47-37

池井戸 潤
**株価暴落**
連続爆破事件に襲われた巨大スーパーの緊急追加支援要請を巡って白水銀行審査部の板東は企画部の二戸と対立する。日本経済の闇と向き合うバンカー達を描く傑作金融ミステリー。
い-64-1

池井戸 潤
**シャイロックの子供たち**
現金紛失事件の後、行員が失踪!?　上がらない成績、叩き上げの誇り、社内恋愛、家族への思い……事件の裏に透ける行員たちの葛藤。圧巻の金融クライム・ノベル！（霜月 蒼）
い-64-3

乾《いぬい》 くるみ
**イニシエーション・ラブ**
甘美で、ときにほろ苦い青春のひとときを瑞々しい筆致で描いた青春小説——と思いきや、最後の二行で全く違った物語に！「必ず二回読みたくなる」と絶賛の傑作ミステリ。（大矢博子）
い-66-1

乾 くるみ
**セカンド・ラブ**
一九八三年元旦、春香と出会った。僕たちは幸せだった。春香とそっくりな美奈子が現れるまでは。『イニシエーション・ラブ』の衝撃、ふたたび。究極の恋愛ミステリ第二弾。（円堂都司昭）
い-66-5

石持浅海
**殺し屋、やってます。**
《650万円でその殺しを承ります》——コンサルティング会社を経営する富澤允。しかし彼には、殺し屋という裏の顔があった…。殺し屋が日常の謎を推理する異色の短編集。（細谷正充）
い-89-2

（　）内は解説者。品切の節はご容赦下さい。

石持浅海
**殺し屋、続けてます。**
ひとりにつき650万円で始末してくれるビジネスライクな殺し屋、富澤允。そんな彼に、なんと商売敵が現れて——殺し屋が日常の謎を推理する異色のシリーズ第2弾。（吉田大助）
い-89-3

伊東　潤
**横浜1963**
戦後の復興をかけた五輪開催を翌年に控え、変貌していく横浜で起きた女性連続殺人事件。日米ハーフの刑事と日系三世の米軍SPが事件の真相に迫る社会派ミステリ。（誉田龍一）
い-100-3

伊岡　瞬
**赤い砂**
男が電車に飛び込んだ。検分した鑑識係など3名も相次いで自殺する。刑事の永瀬が事件の真相を追う中、大手製薬会社に脅迫状が届いた。デビュー前に書かれていた、驚異の予言的小説。
い-107-2

内田康夫
**氷雪の殺人**
利尻富士で、不審死したひとりのエリート社員。あの日、利尻島にわたったのは誰だったのか。警察庁エリートの兄とともに謎を追う浅見光彦が巨大組織の正義と対峙する！（自作解説）
う-14-24

内田康夫
**贄門島**《にえもんじま》（上下）
二十一年前の父の遭難事件の謎を追う浅見光彦は、房総に浮かぶ美しい島を訪れる。連続失踪事件、贄送り伝説——因習に縛られた島の秘密に迫る浅見は生きて帰れるのか？（自作解説）
う-14-25

歌野晶午
**葉桜の季節に君を想うということ**
元私立探偵・成瀬将虎は、同じフィットネスクラブに通う愛子から霊感商法の調査を依頼された。その意外な顛末とは？　あらゆる賞を総なめにした現代ミステリーの最高傑作。
う-20-1

歌野晶午
**春から夏、やがて冬**
スーパーの保安責任者・平田は万引き犯の末永ますみを捕まえた。偶然の出会いは神の導きか、悪魔の罠か？　動き始めた運命の歯車が二人を究極の結末へと導いていく。（榎本正樹）
う-20-2

（　）内は解説者。品切の節はご容赦下さい。

冲方　丁
**十二人の死にたい子どもたち**
安楽死をするために集まった十二人の少年少女。全員一致で決を採り実行に移されるはずのところへ、謎の十三人目の死体が!? 彼らは推理と議論を重ねて実行を目指すが。（吉田伸子）
う-36-1

江戸川乱歩・湊　かなえ　編
**江戸川乱歩傑作選　鏡**
湊かなえ編の傑作選は、謎めくパズラー「湖畔亭事件」、ドンデン返し冴える「赤い部屋」他、挑戦的なミステリ作家・乱歩に焦点を当てる。（解題／新保博久・解説／湊　かなえ）
え-15-2

江戸川乱歩・辻村深月　編
**江戸川乱歩傑作選　蟲**
没後50年を記念する傑作選。辻村深月が厳選した妖しく恐ろしい名作。恋に破れた男の妄執を描く「蟲」。四肢を失った軍人と妻の関係を描く「芋虫」他全9編。（解題／新保博久・解説／辻村深月）
え-15-3

榎田ユウリ
**この春、とうに死んでるあなたを探して**
妻と別れ仕事にも疲れた矢口は中学の同級生・小日向と再会する。舞い込んできたのは恩師の死をめぐる謎――事故死か自殺か。切なくも温かいラストが胸を打つ、大人の青春ミステリ。
え-17-1

折原　一《いち》
**異人たちの館**
樹海で失踪した息子の伝記の執筆を母親から依頼された売れない作家・島崎の周辺で次々に変事が。五つの文体で書き分けられた目くるめく謎のモザイク。著者畢生の傑作！（小池啓介）
お-26-17

大沢在昌
**闇先案内人**（上下）
「逃がし屋」葛原に下った指令は、「日本に潜入した隣国の重要人物を生きて故国へ帰せ」。工作員、公安が入り乱れ、陰謀と裏切りが渦巻く中、壮絶な死闘が始まった。（吉田伸子）
お-32-3

大沢在昌
**心では重すぎる**（上下）
失踪した人気漫画家の行方を追う探偵・佐久間公の前に、謎の女子高生が立ちはだかる。渋谷を舞台に描く、社会の闇を炙り出す著者渾身の傑作長篇。新装版にて登場。（福井晴敏）
お-32-12

（　）内は解説者。品切の節はご容赦下さい。

恩田 陸
**夏の名残りの薔薇**
沢渡三姉妹が山奥のホテルで毎秋、開催する豪華なパーティ。不穏な雰囲気の中、関係者の変死事件が起きる。犯人は誰なのか、そもそもこの事件は真実なのか幻なのか——。（杉江松恋）
お-42-2

恩田 陸
**木洩れ日に泳ぐ魚**
アパートの一室で語り合う男女。過去を懐かしむ二人の言葉に、意外な真実が混じり始める。初夏の風、大きな柱時計、あの男の背中。心理戦が冴える舞台型ミステリー。（鴻上尚史）
お-42-3

大山誠一郎
**赤い博物館**
警視庁付属犯罪資料館の美人館長・緋色冴子が部下の寺田聡と共に、過去の事件の遺留品や資料を元に難事件に挑む。超ハイレベルで予測不能なトリック駆使のミステリー！（飯城勇三）
お-68-2

大山誠一郎
**記憶の中の誘拐**
赤い博物館
赤い博物館こと犯罪資料館に勤める緋色冴子。殺人や誘拐などの過去の事件の遺留品や資料を元に、未解決の難事件に挑む!?シリーズ第二弾。文庫オリジナルで登場。（佳多山大地）
お-68-3

垣根涼介
**午前三時のルースター**
旅行代理店勤務の長瀬は、得意先の社長に孫のベトナム行きの付き添いを依頼される。少年の本当の目的は失踪した父親を探すことだった。サントリーミステリー大賞受賞作。（川端裕人）
か-30-1

垣根涼介
**ヒート アイランド**
渋谷のストリートギャング雅《みやび》の頭《ヘッド》、アキとカオルは仲間が持ち帰った大金に驚愕する。少年たちと裏金強奪のプロフェッショナルたちの息詰まる攻防を描いた傑作ミステリー。
か-30-2

加藤 廣
**信長の血脈**
信長の傅役・平手政秀自害の真の原因は？　秀頼は淀殿の不倫で生まれた子？　島原の乱の黒幕は？　『信長の棺』のサイドストーリーともいうべき、スリリングな歴史ミステリー。
か-39-9

香納諒一
**贄《にえ》の夜会**（上下）
《犯罪被害者家族の集い》に参加した女性二人が惨殺された。容疑者は少年時代に同級生を殺害した弁護士！　サイコサスペンス＋警察小説＋犯人探しの傑作ミステリー。（吉野　仁）
か-41-1

神永　学
**ガラスの城壁**
父がネット犯罪に巻き込まれて逮捕された。悠馬は真犯人を捕まえるため、唯一の理解者である友人の暁斗と調べ始めることに――。果たして真相にたどり着けるのか!?（細谷正充）
か-81-1

北村　薫
**街の灯**
昭和七年、士族出身の上流家庭・花村家にやってきた若い女性運転手〈ベッキーさん〉。令嬢・英子は、武道をたしなみ博識な彼女に魅かれてゆく。そして不思議な事件が……。（貫井徳郎）
き-17-4

北村　薫
**鷺《さぎ》と雪《ゆき》**
日本にいないはずの婚約者がなぜか写真に映っていた。英子が解き明かしたそのからくりとは――。そして昭和十一年二月、物語は結末を迎える。第百四十一回直木賞受賞作。（佳多山大地）
き-17-7

桐野夏生
**柔らかな頬**（上下）
旅先で五歳の娘が突然失踪。家族を裏切っていたカスミは、必死に娘を探し続ける。四年後、死期の迫った元刑事が、事件の再調査を……。話題騒然の直木賞受賞作にして代表作。（福田和也）
き-19-6

貴志祐介
**悪の教典**（上下）
人気教師の蓮実聖司は裏で巧妙な細工と犯罪を重ねていたが、綻びから狂気の殺戮へ。クラスを襲う戦慄の一夜。ミステリー界の話題を攫った超弩級エンターテインメント。（三池崇史）
き-35-1

貴志祐介
**罪人の選択**
パンデミックが起きたときあらわになる人間の本性を描いたSFから手に汗握るミステリーまで、人間の愚かさを描く、貴志祐介ワールド全開の作品集が、遂に文庫化。（山田宗樹）
き-35-4

（　）内は解説者。品切の節はご容赦下さい。

喜多喜久
**プリンセス刑事**　生前退位と姫の恋
女王統治下にある日本で、刑事となったプリンセス日奈子。女王が生前退位を宣言し、王室は大混乱に陥る。一方ではテロが相次ぎ――。日奈子と相棒の芦原刑事はどう立ち向かうのか。
き-46-2

黒川博行
**封印**
大阪中のヤクザが政治家をも巻き込んで探している〝物〟とは何なのか。事件に巻き込まれた元ボクサーの釘師・酒井は、恩人の失踪を機に立ち上がった。長篇ハードボイルド。（酒井弘樹）
く-9-4

黒川博行
**後妻業**
結婚した老齢の相手との死別を繰り返す女・小夜子と、結婚相談所の柏木につきまとう黒い疑惑。高齢の資産家男性を狙う〝後妻業〟を描き、世間を震撼させた超問題作！（白幡光明）
く-9-13

倉知　淳
**ドッペルゲンガーの銃**
女子高生ミステリ作家の卵・灯里は小説のネタを探すため、刑事である兄の威光を借りて事件現場に潜入する。彼女が遭遇した「密室」「分身」「空中飛翔」――三つの謎の真相は？
く-40-2

櫛木理宇
**鵜頭川村事件**《うずかわむらじけん》
亡き妻の故郷・鵜頭川村へ墓参りに三年ぶりに帰ってきた父と幼い娘。突然の豪雨で村は孤立し、若者の死体が発見される。狂乱に陥った村から父と娘は脱出できるのか？（村上貴史）
く-41-1

小杉健治
**父の声**
東京で暮らす娘が婚約者を連れて帰省した。父親の順治は娘の変化に気づく。どうやら男に騙され覚醒剤に溺れているらしい。娘を救おうと父は決意をするが……。感動のミステリー。
こ-15-2

今野　敏《びん》
**曙光の街**
元KGBの日露混血の殺し屋が日本に潜入した。彼を迎え撃つのはヤクザと警視庁外事課員。やがて物語は単なる暗殺事件から警視庁上層部のスキャンダルへと繋がっていく！（細谷正充）
こ-32-1

今野 敏
**白夜街道**
外務官僚が、ロシア貿易商と密談後に変死した。警視庁公安部の倉島警部補は、元ＫＧＢの殺し屋で貿易商のボディーガードとなったヴィクトルを追ってロシアへ飛ぶ。緊迫の追跡劇。
こ-32-2

近藤史恵
**インフルエンス**
友梨、里子、真帆。大阪郊外の巨大団地に住む三人の少女は不可解な殺人事件で繋がり、罪を密かに重ね合う。三十年後明らかになる驚愕の真相とは。現代に響く傑作ミステリ。（内澤旬子）
こ-34-6

笹本稜平
**時の渚**
探偵の茜沢は死期迫る老人から、昔生き別れになった息子を捜し出すよう依頼される。やがて明らかになる「血」の因縁と意外な結末。第18回サントリーミステリー大賞受賞作品。（日下三蔵）
さ-41-1

佐々木 譲
**廃墟に乞う**
道警の敏腕刑事だった仙道は、ある事件をきっかけに休職中。だが、心身ともに回復途上の仙道には、次々とやっかいな相談事が舞い込んでくる。第百四十二回直木賞受賞作。（佳多山大地）
さ-43-5

佐々木 譲
**地層捜査**
時効撤廃を受けて設立された「特命捜査対策室」。たった一人の専従捜査員・水戸部は退職刑事を相棒に未解決事件の深層へ切り込む。警察小説の巨匠の新シリーズ開幕。（川本三郎）
さ-43-6

真保裕一
**こちら横浜市港湾局みなと振興課です**
山下公園、氷川丸や象の鼻パーク、コスモワールドの観覧車、外国人居留地——歴史的名所に隠された謎を解き明かせ。港町・横浜ならではの、出会いと別れの物語。（細谷正充）
し-35-9

真保裕一
**おまえの罪を自白しろ**
衆議院議員の宇田清治郎の孫娘が誘拐された。犯人の要求は「記者会見を開き、罪を自白しろ」。犯人の動機とは一体？　圧倒的なリアリティで迫る誘拐サスペンス。（新保博久）
し-35-10